Cranford

Cranford

Elizabeth
Gaskell

Tradução
Solange Pinheiro

MARTIN CLARET

Prefácio

Cranford e as "leis sociais que pecam contra a mocidade"

Thiago Rhys Bezerra Cass*

Cranford (1851-1853), de Elizabeth Gaskell, é uma obra desconcertante. Críticos e estudiosos não sabem muito bem o que fazer com ela. George Saintsbury, provavelmente o mais renomado e influente historiador da literatura de língua inglesa do início do século passado,[1] confessava imensa dificuldade em discutir o legado da "senhora Gaskell". Divisaria em Cranford uma coleção de "esboços [...] muito agradáveis e muito admiráveis", sem todavia atribuir à narrativa a "perfeição absoluta"

---

* Professor Doutor de Literaturas em Língua Inglesa na Universidade de São Paulo, com atuação no Departamento de Letras Modernas e no Programa de Pós-Graduação em Estudos Linguísticos e Literários em Inglês. Professor permanente do Programa de Pós-Graduação em Ciência da Literatura da Universidade Federal do Rio de Janeiro. Bolsista Jovem Cientista do Nosso Estado da Fundação Carlos Chagas Filho de Amparo à Pesquisa do Estado do Rio de Janeiro (Processo E-26/200.202/2023).

[1] Cf. CORMAN, Brian. *Women Novelists Before Jane Austen: The Critics and their Canons.* Toronto – Buffalo – Londres: University of Toronto Press, 2008 (reimpressão, 2009), p. 133.

dos romances de Jane Austen.[2] Ernest A. Baker, no oitavo volume de seu monumental *The History of the English Novel* (1924-1939), também é parcimonioso nos elogios a *Cranford*. De um lado, seria "uma das obras-primas secundárias da literatura inglesa".[3] Esse tesouro diminuto das letras britânicas, Baker pondera, não seria um romance, mas mera "sucessão de cenas e episódios".[4] Para Baker, não haveria sequer uma estória no livrinho da "senhora Gaskell": "não há [...] nem começo, nem meio, nem desfecho".[5] E o responsável por uma edição crítica da London University Press de meados dos anos 1960, T. McClintock, não conseguia apresentar a obra ao público sem oscilar entre o embaraço e a defesa pública de seus méritos. De acordo com McClintock, *Cranford* seria, simultânea e contraditoriamente, um romance dotado de unidade orgânica e com inegáveis problemas estéticos.[6]

Gerações de leitores, portanto, enxergaram em *Cranford* uma rejeição, provavelmente inconsciente, das convenções fundamentais da novelística de seu tempo, a

---

[2] Trecho integral: "but there appears to some to be in her a pervading want of actual success—of *réussite*—absolute and unquestionable. The sketches of *Cranford* are very agreeable and very admirable performances in the manner first definitely thrown out by Addison, and turned to consummate perfection in the way of the regular novel (which be it remembered *Cranford* is not) by Miss Austen" (SAINTSBURY, George. *The English Novel*. Londres: J. M. Dent & Sons – Nova Iorque: E. P. Dutton, 1913 (reimpressão, 1927), p. 253).

[3] "[...] one of the minor masterpieces of English literature" (BAKER, Ernest A. *The History of The English Novel*. Nova Iorque: Barnes & Noble, 1937 (reimpressão, 1950), v. 8, p. 89).

[4] Trecho integral: "Cranford is just a succession of scenes and episodes" (idem, ibidem).

[5] "It has [...] neither beginning, middle, nor end" (idem, ibidem).

[6] Cf. RECCHIO, Thomas. *Elizabeth Gaskell's* Cranford: *A Publishing History*. Londres – Nova Iorque: Routledge, 2016, p. 177.

chamada Era Vitoriana (1837-1901). Mais precisamente, o segundo romance de Elizabeth Gaskell parece engendrar um enredo episódico. Personagens marcantes, como Capitão Brown ou Deborah Jenkyns, são introduzidas com grande estardalhaço para, páginas depois, serem abandonadas na estrada. Anedotas deliciosas – como a da vaquinha de roupas enflaneladas ou dos supostos salteadores da trupe do Signor Brunoni – acumulam-se numa estrutura manifestamente aditiva, em que cenas e eventos poderiam ser incluídos ou extraídos sem maiores prejuízos ao edifício narrativo. A função de tais anedotas no desenrolar do enredo não é evidente à primeira vista. Assim, situações e incidentes – como a quebra de um banco, a chegada da narradora, um acidente ferroviário ou o casamento de uma aristocrata escocesa – sobrevêm uns aos outros sem qualquer relação tangível de causalidade ou necessidade.[7] Alguns críticos creditam (ou creditavam) a aparente amorfia de *Cranford* ao desleixo ou à falta de engenho da escritora. Num misto de acrimônia e jocosidade, o nosso já citado Ernest A. Baker sentenciava que a construção da "trama não era o forte da senhora Gaskell".[8] Como esse tipo de juízo peremptório anda meio fora de moda, alguns estudiosos hoje derivam os princípios construtivos de *Cranford* de seu suporte material e, por extensão, de sua

---

[7] Mesmo a estupenda adaptação para tevê de 2007 da rede BBC, dirigida por Simon Curtis e Steve Hudson, vê-se obrigada a entretecer tantos fios aparentemente soltos: na série televisiva, o Capitão não nos abandona; a simpática vaquinha causa o acidente ferroviário para o qual convergem múltiplas personagens; e a narradora atribui suas constantes visitas a entreveros com a madrasta.

[8] "Plot was not Mrs Gaskell's forte" (BAKER, Ernest A. *The History of The English Novel* cit., v. 8, p. 85).

trajetória editorial. Afinal, sabe-se que *Cranford* não fora inicialmente concebido como um romance. Charles Dickens lera o título de estreia de Gaskell, *Mary Barton* (1848), e convidara a escritora para contribuir com seu recém-criado periódico, *Household Words*. Em 13 de dezembro de 1851, o jornal de Dickens publica "Our Society in Cranford", que corresponde aos capítulos 1 e 2 da presente edição. Trata-se de um conjunto despretensioso de "esboços" da vida provinciana. Dickens e o público, contudo, receberam o texto com entusiasmo e pediram mais. Gaskell atendeu às solicitações e, até 21 de maio de 1853, explorou as possibilidades composicionais daquela pequena comunidade ficcional. De acordo com Thomas Recchio, seria apenas a reunião sob um único volume que, retrospectivamente, permitiria aos leitores tomar como um romance o conjunto de vinhetas dispersas por nove fascículos de *Household Words*.[9] As práticas de produção, circulação e consumo de impressos, por conseguinte, condicionariam as escolhas artísticas da escritora.

A explicação materialista pode até ser mais convincente (e menos ofensiva!) que as impressões meio condescendentes, ou meio misóginas, que informavam os pronunciamentos dos luminares do passado. No entanto, o refinamento teórico, ou correção ideológica, de estudiosos atentos à materialidade dos artefatos literários não refuta a avaliação de Saintsbury ou Baker de que, em *Cranford*, configurar-se-ia uma narrativa que, de tão episódica e coalhada de anedotas desconexas, não se adequaria confortavelmente à tipologia do romance. Num golpe de gatopardismo crítico, mudam-se os métodos, reforçam-se as conclusões.

---

[9] RECCHIO, Thomas. *Elizabeth Gaskell's* Cranford cit., p. 2.

Creio que definir a forma de *Cranford* como desleixada ou acidental jogue poucas luzes sobre a complexa organização de sentidos constituída pelo próprio texto.[10] Em vez de tomarmos *Cranford* como a realização, ou não, de um paradigma etéreo ou como mero produto de engrenagens editoriais, parece-me mais interessante confrontar a obra nos seus próprios termos, e indagar se a narrativa, a despeito de seus supostos descaminhos, produz um senso de completude ou totalidade. Para responder a essa pergunta, convido o leitor a voltar sua atenção à página 66 da presente edição. Encontraremos a Srta. Matty a roncar enquanto o Sr. Holbrook declama um poema:

> Quando retornamos, nada o satisfaria; ele teria de ler para nós os poemas que estivera mencionando; e a Srta. Pole o encorajou na proposta, eu achei, por ela desejar que eu ouvisse a bela leitura dele, da qual ela se vangloriara; contudo, mais tarde ela me disse que era por ela ter chegado a uma parte difícil de seu crochê, e queria contar os pontos sem ter de conversar. Qualquer coisa que ele tivesse proposto teria sido correta para a Srta. Matty; embora ela realmente tivesse adormecido cinco minutos depois de ele ter começado um longo poema chamado "Locksley Hall", e ter tirado uma boa soneca, sem ser observada, até ele terminar; quando a interrupção da voz dele a despertou, e ela disse, sentindo que algo era esperado, e que a Srta. Pole estava contando pontos:
>
> – Que livro bonito!

[10] Dialogo com BOGEL, Fredric V. *New Formalist Criticism: Theory and Practice*. Basingstoke: Palgrave Macmillan, 2013, p. 8.

É uma cena agridoce. Simplória, a bondosa Srta. Matty certamente não está em condições de apreciar a declamação do Sr. Holbrook, muito menos articular um parecer judicioso sobre uma obra literária. Nada consegue dizer além de platitudes. O contraste com o furor intelectual do Sr. Holbrook é marcante. Ocorre que tamanha diferença de intelectos não foi suficiente para aplacar o amor que um sentia pelo outro desde a juventude. Seu casamento fora impedido pelo pai da Srta. Matty, o pároco, e por sua santimonial irmã, Deborah Jenkyns. O reencontro outonal desses eternos enamorados, portanto, não se esgota na comicidade fácil da soneca de Matty. Há também uma implícita, porém inequívoca, temática de frustração e interdição sexual.[11] "Locksley Hall", o extenso poema de Lorde Tennyson que Holbrook recita, mas cujos versos Gaskell não transcreve, configura um eu-lírico que vê malogradas suas aspirações de felicidade conjugal:

> "Amy, prima, diz-me, e diz toda a verdade", lhe pedi:
> "Crê-me, prima, todo o curso de meu ser termina em ti."
>
> Na alva tez e na alva fronte então brotaram luz e cor,
> Tal como ao Norte o anoitecer tinge de um róseo rubor.
>
> E, a tornar-se – mil suspiros, num segundo, acometendo-a –
> Seu espírito a raiar no breu dos olhos cor de amêndoa –,

[11] Ver NILES, Lisa. "Malthusian Menopause: Aging and Sexuality in Elizabeth Gaskell's *Cranford*". *Victorian Literature and Culture*, v. 33, n. 1 (2005), p. 293-310.

Ela disse: "Por receio, o quanto sinto não proclamo";
Disse a mim: "Tu, primo, me amas?", e chorou, "Há muito te amo."

E eis que Amor tomou o Tempo com suas reluzentes mãos;
Cada instante escoou de leve no tremor dos áureos grãos.

E eis que Amor tangeu a Vida e fez um poderoso acorde,
Porque a música do Ser, vibrando além do olhar, transborde.

Manhãs tantas na charneca o bosque ouvíamos tinir,
E eu sentia em seu sussurro a Primavera me invadir.

Tanta noite ao pé do mar as imponentes barcas víamos,
E abraçavam-se os espíritos se os lábios nos uníamos.

Ó, leviana minha prima! Minha, não – Eis afinal!
Ai, sombrio, sombrio urzedo! Ai, estéril litoral![12]

Sua amada se casara com outro, quebrando as juras de amor trocadas na primavera da vida. Apesar do desencanto e da mágoa, apesar dos sonhos e devaneios de fuga, degredo e emigração, o eu-lírico conclui que jamais conseguirá renunciar por completo aos anseios de sua mocidade:

---

[12] TENNYSON, Alfred. "Locksley Hall". Trad. Pedro Mohallem Rodrigues Duarte. In: DUARTE, Pedro Mohallem Rodrigues. "*A infinda névoa e os pavilhões da aurora*": *traduzindo a poesia de Alfred Tennyson*. Dissertação de Mestrado. São Paulo: Universidade de São Paulo, 2023, p. 100.

> A promessa em meu espírito ainda existe, sinto então:
> Ainda jorra a fantasia em mananciais de inspiração.[13]

O discreto diálogo intertextual entre os versos de Tennyson e a novelística de Gaskell certamente complexifica a caracterização do Sr. Holbrook e infunde de *pathos* seu reencontro com a avoada Srta. Matty. "Locksley Hall", no entanto, não se esgota nas efusões de um eu amargurado. Crucialmente, o poema condena de maneira eloquente o moralismo obtuso e os interesses econômicos que, somados, reprimem a sexualidade de moças e rapazes:

> Ó, malditas leis sociais que pecam contra a mocidade!
> Ó, malditas as mentiras que nos furtam da verdade!
>
> Ó, malditas negações da nobre lei da Natureza!
> Ó, maldito o ouro que a fronte do homem estúpido embeleza![14]

Cranford oferece, quero mostrar, uma investigação ficcional das "leis sociais que pecam a mocidade". Logo no parágrafo de abertura, a narradora nos informa que a "comunidade" da cidadezinha que dá título à obra "está na posse das Amazonas". A referência ao povo mitológico de mulheres guerreiras é explicada de imediato:

> [...] todos os proprietários de casas acima de certa renda são mulheres. Se um casal vem se instalar na

---

[13] Idem, p. 104.
[14] Idem, p. 101.

> cidadezinha, de algum modo o cavalheiro desaparece; ele ou prematuramente fica apavorado por ser o único homem nas festas noturnas de Cranford, ou se diz dele que está com o seu regimento, o seu navio, ou muitíssimo ocupado com negócios durante a semana toda na cidadezinha comercial de Drumble, que fica nas proximidades, apenas trinta e dois quilômetros pela estrada de ferro. Resumindo, o que quer que aconteça com os cavalheiros, eles não estão em Cranford.

Gaskell apresenta com tintas cômicas um quadro bastante inquietante. O desequilíbrio entre a população feminina e masculina em Cranford, evocado pela narradora Mary Smith como curiosidade engraçadinha, captura o temor de alguns círculos intelectuais oitocentistas quanto ao futuro da sociedade britânica. O debate público na Grã-Bretanha entre o fim das Guerras Napoleônicas e o advento da Primeira Guerra é permeado por expressões pitorescas e levemente ofensivas às nossas sensibilidades pós-pós-modernas, como "solteironas", "mulheres sem par" [*odd women*] e "viúvas de maridos vivos".[15] Estatísticos alarmavam-se com a taxa decrescente de matrimônios, especialmente entre os membros da classe média.[16] Estaria a Grã-Bretanha se tornando um país de "Amazonas"?

---

[15] Agradeço a Maria Augusta Freicheiras da Silva Santos pelo diálogo constante e iluminador sobre *The Odd Women* (1893), de George Gissing.

[16] TOSH, John. *A Man's Home: Masculinity and the Middle-Class Home in Victorian England*. New Haven – Londres: Yale University Press, 2007, p. 171.

Múltiplas forças conspiram para expulsar a população masculina de lugares como a pequena Cranford.[17] Em meados do século XIX, a Grã-Bretanha era conhecida como a "oficina do mundo". Instaladas no norte da Inglaterra e no sul da Escócia, em centros urbanos como Leeds, Sheffield, Glasgow e Manchester, as indústrias britânicas produziam máquinas, locomotivas e tecidos, que seriam exportados para todos os cantos do globo. O magnetismo econômico desses polos industriais era por vezes irresistível. Nalgumas dessas cidades, cerca de 75% da população adulta era migrante.[18] Camponeses expulsos de suas terras ancestrais para dar lugar à pecuária ovina submetiam-se a jornadas de trabalho extenuantes nas fábricas, numa situação vividamente evocada pela própria Gaskell em romances como *Norte e Sul* (1854-1855) e o já citado *Mary Barton* (1848).[19] De maneira complementar, os filhos dos setores intermediários da sociedade viam no pujante setor industrial e financeiro de locais como Manchester oportunidades para trabalhar como engenheiros, contadores, corretores, advogados, bancários, jornalistas etc. Drumble, argumentam os estudiosos da

---

[17] Há uma extensa bibliografia sobre a supressão da experiência masculina em *Cranford*. Cito três estudos fundamentais: DODSWORTH, Martin. "Women without Men at Cranford". *Essays in Criticism* v. 13 (1963), p. 132-145; CROSKERY, Margaret Case. "Mothers Without Children, Unity Without Plot: Cranford's Radical Charm". *Nineteenth-Century Literature*, v. 52, n. 2 (setembro, 1997), p. 198-220; e PITTOCK, Malcolm. "*Cranford* and Cruelty: An Interpretation". *The Cambridge Quarterly*, v. 38, n. 2 (June 2009), p. 95-119.

[18] Ver FELDMAN, David. "Migration". In: DAUNTON, Martin (ed.). *The Cambridge Urban History of Britain (Volume III: 1840-1950)*. Cambridge: Cambridge University Press, 2000, p. 185-206, especialmente p. 185.

[19] Sobre as migrações internas na Grã-Bretanha vitoriana, ver: idem, p. 185-206.

obra de Gaskell, seria o equivalente ficcional de Manchester, a abduzir os potenciais homens de negócios da também fictícia Cranford.[20] O pai da própria narradora, Srta. Smith, deixara Cranford rumo a Drumble para se tornar um próspero empresário do setor têxtil:

> E a Srta. Betty Barker havia vindo convidar a Srta. Matty para tomar chá em sua casa na terça-feira seguinte. Ela também me fez um convite improvisado, já que eu era uma visita – embora eu pudesse perceber que ela sentia um ligeiro receio caso, como o meu pai havia ido morar em Drumble, ele pudesse ter se envolvido naquele "horrível comércio de algodão", e com isso arrastado a sua família para fora da "sociedade aristocrática" (p. 129).

Não eram apenas os polos industriais que operavam como sorvedouros de mão de obra masculina. Muitos rapazes eram arregimentados pelas forças armadas como instrumentos na projeção do poder do Estado britânico. Ao longo de todo o século XIX, a Grã-Bretanha envolveu-se em inúmeros conflitos no continente europeu. Nas primeiras décadas do período, enfrentou a França bonapartista e seus satélites. Em outubro de 1853, cinco meses depois de *Household Words* publicar o último fascículo de *Cranford*, os britânicos participariam da Guerra da Criméia, para evitar a interferência russa no Mar Negro e a expansão de sua influência sobre o moribundo Império Otomano. Anos mais tarde, com a unificação alemã, entregaram-se a uma desabalada corrida

---

[20] BIRCH, Dinah. "Explanatory Notes". In: GASKELL, Elizabeth. *Cranford*. Ed. Elizabeth Porges Watson. Oxford: Oxford University Press, 2011, p. 199.

armamentista, preparando-se para uma guerra inevitável. Se a Europa testemunhava as grandes manobras do Exército e da Marinha de sua Majestade, pequenos e médios destacamentos eram o instrumento armado para construção e consolidação do Império Britânico, que subjugava povos em todos os continentes, muitas vezes com imensa crueldade, como seria o caso da supressão ao Motim Indiano, em 1857. Manter essa gigantesca e terrivelmente eficiente máquina de guerra demandava um contingente considerável de tropas, recrutadas tanto nas Ilhas Britânicas quanto nas colônias. Enquanto *Cranford* era publicado, no início da década de 1850, cerca de 20.000 homens se alistavam anualmente no Exército e quase 40.000 na Marinha.[21] Peter, o irmão da Srta. Matty, também se junta às forças armadas, mas para escapar de uma humilhação pública. Pouco depois, desaparece:

> – Onde estava o Sr. Peter? – eu disse.
>
> – Ele havia ido até Liverpool; e havia a guerra, então; e alguns dos navios reais estavam ao largo da foz do Mersey; e eles ficaram muito felizes por ter um rapaz belo e promissor como ele (1,75m de altura, é o que ele tinha), ir se alistar (p. 119).

A imensa mobilização de praças e oficiais nos confins do globo não se justificava exclusivamente em cálculos geopolíticos. Havia o interesse de defender populações e interesses britânicos dispersos por todos os continentes. Quase vinte e três milhões de pessoas deixaram as Ilhas

---

[21] ODDY, Derek J. "Gone for a Soldier: The Anatomy of a Nineteenth-Century Army Family". *Journal of Family History*, v. 25 n. 1 (janeiro, 2000), p. 39-62 e TILL, Geoffrey. *The Royal Navy since 1815*. Houndmills: Palgrave, 2005, p. 27.

Britânicas entre as Guerras Napoleônicas e a Primeira Guerra Mundial para viver em territórios no além-mar. A imensa maioria homens. Conforme escreveria o romancista Grant Allen em artigo para a prestigiosa *Fortnightly Review*, no final da década de 1880:

> [...] ele está no exército, na Marinha, no serviço civil indiano, na Artilharia Montada do Cabo. Ele está criando ovelhas na Nova Zelândia, pastoreando no Colorado, cultivando chá em Assam, plantando café no Ceilão; ele é um caubói em Montana, um plantador de trigo em Manitoba, um escavador de diamantes em Kimberley, ou um comerciante em Melbourne: ou seja, ele está em todos os lugares, menos onde deveria estar: paquerando as belas mocinhas da Inglaterra.[22]

Locais como Canadá, Austrália, Nova Zelândia e África do Sul se tornaram colônias de povoamento branco, em que os europeus e seus descentes expulsavam, subjugavam ou simplesmente marginalizavam a população nativa, por meio da aquisição ou conquista de terras e exploração de recursos naturais valiosos, como ouro e diamantes.[23] De modo simultâneo, mas não menos

---

[22] "[...] he is in the army, in the navy, in the Indian Civil Service, in the Cape Mounted Rifles. He is sheep-farming in New Zealand, ranching in Colorado, growing tea in Assam, planting coffee in Ceylon: he is a cowboy in Montana, or a wheat-farmer in Manitoba, or diamond-digger at Kimberley, or a merchant at Melbourne: in short, he is anywhere and everywhere, except where he ought to be, making love to the pretty girls of England" (apud TOSH, John. *A Man's Home* cit., p. 176).

[23] Sobre a imigração para as colônias do Império Britânico durante o século XIX, ver HARPER, Marjorie. "British Migration and the Peopling of Empire". PORTER, Andrew (ed.). *The Oxford History of the British Empire: Volume III: The Nineteenth Century*. Oxford: Oxford University Press, 1999 (reimpressão, 2009), p. 75-86.

importante, servidores públicos, administradores, mercadores, investidores e missionários se deslocaram para o subcontinente indiano para supervisionar ou lucrar com o riquíssimo comércio de tecidos, ópio, índigo, pedras preciosas, especiarias e chá.[24] Em *Cranford*, muitos personagens masculinos não terão como resistir a tantas promessas de riqueza e cruzarão os mares em busca de ocupação e fortuna.

Em declínio econômico, mas ainda aferrada a seus costumes antiquados, a comunidade de Cranford confronta-se com um risco existencial. Aqui, a modernidade avulta como ameaça. De maneira reiterada, os símbolos mais salientes do novo, como trens e organizações financeiras, são evocados não como soluções à paralisia da cidadezinha, mas como fatores de desordem e destruição, levando seus habitantes à ruína ou à morte. Noutro nível, processos para além do controle da comunidade local empurram os rapazes de classe média para longe, para lugares como Drumble ou o subcontinente indiano, em busca de oportunidades que Cranford não tem como oferecer. Os líderes comunitários, como a pedante Deborah Jenkyns e a pomposa Sra. Jamieson, não estão à altura do desafio. Com suas noções retrógradas de hierarquia e distinção social, obstam (ou tentam obstar) o caminho daqueles poucos rapazes que quiserem ou tiveram de ficar em Cranford, como o Sr. Holbrook:

> — E como foi que a Srta. Matilda não se casou com ele? — perguntei.

---

[24] WASHBROOK, D. A. "India, 1818-1860: The Two Faces of Colonialism". PORTER, Andrew (ed.). *The Oxford History of the British Empire* cit., p. 395-421, especialmente p. 403.

– Ah, eu não sei. Ela estava muito inclinada, eu acho; mas a senhorita sabe, o Primo Thomas não teria sido cavalheiro o bastante para o pároco e a Srta. Jenkyns.

– Bem! Mas eles não iriam se casar com ele – eu disse, impaciente.

– Não; mas eles não queriam que a Srta. Matty se casasse abaixo de sua classe. A senhorita sabe, ela era filha do Pároco e, de algum modo, aparentada com Sir Peter Arley; a Srta. Jenkyns era muito ciosa disso (p. 72).

Empenhada em figurar o lento, porém irrefreável, processo de erosão de uma comunidade, Gaskell não pôde socorrer-se da mais importante estrutura narrativa do romance britânico: o enredo matrimonial. Em meados do século XVIII, alguns romancistas ingleses desenvolvem uma fórmula poderosíssima. Em obras como *Pamela* (1740), de Samuel Richardson, e *Tom Jones* (1749), de Henry Fielding, engendra-se uma história de amor entre protagonistas de classes sociais distintas que, no entanto, culmina com seu matrimônio. É uma fórmula que, por um lado, tem o condão de outorgar unidade e direcionamento à ação, uma vez que há uma abertura e um fecho naturais à intriga: respectivamente, o primeiro encontro e a união dos pombinhos. Emprestada da comédia, a fórmula matrimonial também tem uma dimensão intrinsecamente conciliadora. Apesar dos altos e baixos por que passará o relacionamento dos protagonistas, apesar dos desentendimentos decorrentes de suas diferenças sociais, teremos, inevitavelmente, um final feliz, em que o amor triunfará.[25] Basta ler qualquer romance de Jane

[25] FRYE, Northrop. *Anatomy of Criticism: Four Essays*. Princeton – Oxford: Princeton University Press, 1957 (reimpressão, 2020), p. 163.

Austen. Ou basta ler o final de *The Wild Irish Girl* (1806), de Sydney Owenson, em que o casamento entre um inglês e uma irlandesa é apresentado como "profético" de um entendimento entre povos inimigos:

> Toma-*a*, então, ao teu peito: quem os céus parecem ter escolhido como íntima parceira da tua alma, e quem o preconceito hereditário e nacional em vão tentariam afastá-la de ti. – Nesta que é a mais estimada, sagrada e duradoura das relações humanas, [...] enterra as distinções entre inglês e irlandês, protestante e católico. E, enquanto esperas que esta aliança familiar seja profeticamente típica de uma unidade nacional de interesses e afeições [...].[26]

No enredo matrimonial, há uma afirmação da vida, a consumação de um arquétipo primaveril. As antigas desavenças são deixadas para trás e vislumbra-se um novo arranjo social, simbolizado pela unidade familiar recém-formada. Há uma promessa de futuro, de renovação, renascimento e regeneração.[27] Essa promessa ficaria completamente fora de lugar em *Cranford*, em que se representa um modo de vida sitiado pelas forças hostis

---

[26] "Take then to thy bosom *her* whom heaven seems to have chosen as the intimate associate of thy soul, and whom national and hereditary prejudice would in vain withhold from thee.– In this the dearest, most sacred, and most lasting of all human ties, let [...] the distinctions of English and Irish, of protestant and catholic, for ever buried. And, while you look forward with hope to this family alliance being prophetically typical of a national unity of interests and affections [...]" ((OWENSON, Sydney (Lady Morgan). *The Wild Irish Girl*. Ed. Kathryn Kirkpatrick. Oxford: Oxford University Press, 1999 (reimpressão, 2008), p. 250).

[27] FRYE, Northrop. *Anatomy of Criticism* cit., p. 163-186.

da modernidade. Caso Gaskell atasse os protagonistas de *Cranford* a um enredo matrimonial, haveria uma insanável contradição entre a estrutura da narrativa e os temas que ela mobiliza. Gaskell precisou desenvolver uma maneira de narrar que, no seu próprio arranjo, capturasse a profunda disfuncionalidade da cidadezinha. (O tantas vezes citado) Ernst A. Baker reclamava que esse arranjo não possuía "nem começo, nem meio, nem desfecho". O que Baker talvez não tenha entendido é que essa estrutura episódica, sem unidade tangível, não é sintomática imperícia ou desleixo composicional. Muito pelo contrário. As idas e vindas das amazonas de Cranford nos revelam mais sobre a vida na Grã-Bretanha do século XIX que qualquer estória amarradinha, a culminar em casamento. Deixem a Srta. Matty roncar em paz!

Nota da tradutora

Esta tradução foi feita com base em *Cranford*, Edited by Patricia Ingham. London: Penguin Classics, 2008.

As referências bíblicas na tradução foram tiradas de https://www.bibliaonline.com.br

Cranford

Capítulo I – Nossa comunidade

Para começar, Cranford está na posse das Amazonas; todos os proprietários de casas acima de certa renda são mulheres. Se um casal vem se instalar na cidadezinha, de algum modo o cavalheiro desaparece; ele ou prematuramente fica apavorado por ser o único homem nas festas noturnas de Cranford, ou se diz dele que está com o seu regimento, o seu navio, ou muitíssimo ocupado com negócios durante a semana toda na cidadezinha comercial de Drumble, que fica nas proximidades, apenas trinta e dois quilômetros pela estrada de ferro. Resumindo, o que quer que aconteça com os cavalheiros, eles não estão em Cranford. O que eles poderiam fazer se estivessem lá? O médico tem os seus pacientes em um perímetro de uns cinquenta quilômetros e dorme em Cranford; mas todos os homens não podem ser médicos. Para manter os jardins bem cuidados, repletos de flores selecionadas sem um matinho para conspurcá-las; para assustar os menininhos que olham desejosos para as ditas flores através das grades; para espantar os gansos que de vez em quando se arriscam a entrar nos jardins se os portões ficam abertos; para decidir todas as questões de literatura e de política sem se perturbar com motivos ou argumentos desnecessários; para ter um conhecimento claro e preciso da vida de todas as pessoas da paróquia; para manter as suas arrumadas empregadas em uma ordem admirável; para gentileza (de um modo um tanto ditatorial) com os pobres, e boas ações verdadeiramente solícitas entre si sempre que se encontrem em situação aflitiva, as senhoras de Cranford são mais que suficientes. "Um homem", como uma delas me disse certa vez, "fica *tão* no meio do caminho em casa!" Embora as senhoras de Cranford conheçam as atitudes de todas as outras, elas dão pouquíssima atenção às opiniões das demais. Na verdade, como cada qual tem a sua individualidade, para não mencionar excentricidade, muito bem desenvolvida, nada é tão fácil quanto a retaliação verbal; porém, de algum modo, a boa vontade reina entre elas em um grau considerável.

As senhoras de Cranford têm somente uma briguinha ocasional, manifestada em umas poucas palavras apimentadas e meneios raivosos da cabeça; só o suficiente para evitar que o ritmo constante de suas vidas fique insípido demais. A vestimenta delas é muito independente da moda; como elas observam, "E o que importa como nos vestimos aqui em Cranford, onde todos nos conhecem?" E se elas saem da cidade, seu motivo é igualmente poderoso, "E o que importa como nos vestimos aqui, onde ninguém nos conhece?" O tecido das roupas delas é, em geral, bom e sem vida, e a maior parte delas é quase tão escrupulosa quanto a Srta. Tyler, de imaculada memória; mas eu posso garantir, as últimas mangas presunto e a última anágua justa e simples usada na Inglaterra foram vistas em Cranford – e vistas sem um sorriso.

Eu posso dar provas de um magnífico guarda-chuva de família, de seda vermelha, sob o qual uma gentil senhorinha solteira, a única restante de muitos irmãos e irmãs, costumava ir com passos rápidos e miúdos para a igreja nos dias de chuva. Vocês têm guarda-chuvas vermelhos em Londres? Nós tínhamos uma tradição do primeiro já visto em Cranford; e os menininhos o atacavam, e o chamavam de uma "varinha com anáguas". Poderia ter sido exatamente o guarda-chuva de seda vermelha que descrevi, segurado por um pai forte sobre um bando de crianças; a pobre senhorinha – a sobrevivente de todos – mal conseguia carregá-lo.

Então havia as regras e os regulamentos para fazer visitas e ir à casa dos outros; e eles eram anunciados para qualquer pessoa jovem que pudesse estar hospedada na cidadezinha, com toda a solenidade com que as antigas leis da Ilha de Man eram lidas uma vez por ano no Monte Tinwald.

"Nossas amigas mandaram perguntar como você está depois da sua viagem desta noite, minha cara" (pouco mais de vinte e dois quilômetros em uma carruagem de um cavalheiro); "elas vão lhe dar um pouco de descanso amanhã; porém, no dia seguinte, não tenho dúvida, elas virão aqui; então, esteja desimpedida depois do meio-dia... das doze horas às três horas são as nossas horas de fazer visitas".

Então, depois de elas terem feito a visita...

"É o terceiro dia; arrisco-me a dizer que a sua mãe lhe disse, minha cara, nunca deixe passar mais de três dias entre receber uma visita e retribuí-la; e, além disso, que você nunca deve ficar por mais de um quarto de hora."

"Mas eu devo olhar o meu relógio? Como vou saber quando se passou um quarto de hora?"

"Você tem de ficar pensando no tempo, minha cara, e não se dar a liberdade de esquecê-lo durante a conversa."

Como todas tinham essa regra em mente, quer recebessem uma visita ou a fizessem, é claro que nenhum assunto interessante jamais era discutido. Nós nos limitávamos a frases curtas de conversa banal, e éramos pontuais.

Imagino que alguns dos moradores de maior prestígio de Cranford fossem pobres, e tivessem certa dificuldade para fazer o dinheiro durar até o fim do mês; mas eles eram como os espartanos, e ocultavam suas tribulações sob um rosto sorridente. Nenhum de nós falava de dinheiro, porque esse assunto tinha um travo de negócios, de comércio, e embora alguns pudessem ser pobres, éramos todos aristocratas. Os cranfordianos tinham aquele *esprit de corps*[1] inato que os fazia ignorar todas as deficiências no tocante ao sucesso quando alguém dentre eles tentava ocultar a sua pobreza. Quando a Sra. Forrester, por exemplo, dava uma festa em sua residência, que mais parecia uma casinha de boneca, e a pequena empregada perturbava as senhoras sentadas no sofá com a solicitação para poder tirar a bandeja de chá de debaixo do sofá, todas encaravam esse estranho procedimento como a coisa mais natural do mundo, e continuavam a falar sobre regras e cerimônias domésticas como se todas nós acreditássemos que nossa anfitriã tivesse uma sala para os serviçais e uma mesa para os serviçais, com uma governanta e mordomo, em vez da única empregadinha saída da escola de caridade, cujos braços curtos e avermelhados jamais poderiam ter sido fortes o bastante para levar a bandeja para o andar de cima, não tivesse ela sido ajudada discretamente por sua patroa, que então se sentava com toda a pompa, fingindo

---

[1] Orgulho de pertencer a um grupo ou localidade. Em francês no original. (N. T.)

não saber quais bolos estavam sendo mandados lá para cima, embora ela soubesse, e nós soubéssemos, e ela soubesse que nós sabíamos, e nós soubéssemos que ela sabia que nós sabíamos que ela estivera ocupada a manhã inteira fazendo pãezinhos para o chá e pão de ló.

Havia uma ou duas consequências decorrentes dessa pobreza geral, mas não admitida, e desse refinamento muito reconhecido, que não eram impróprias, e poderiam ser introduzidas em muitos círculos da sociedade, para grande benefício deles. Por exemplo, os moradores de Cranford acordavam e se deitavam cedo, e voltavam para casa fazendo barulho com seus sapatos com solas de madeira, sob a liderança de um portador de candeeiro, às nove horas da noite; e a cidadezinha inteira estava deitada e dormindo às dez e meia. Além do mais, era considerado "vulgar" (uma palavra impressionante em Cranford) oferecer algo caro, sob a forma de comida ou bebida, nas recepções noturnas. Pãezinhos com manteiga e biscoitos champanhe eram tudo que a Honorável Sra. Jamieson oferecia; e ela era cunhada do falecido Conde de Glenmire, embora ela realmente praticasse tal "economia elegante".

"Economia elegante!" Quão naturalmente a pessoa recorre à fraseologia de Cranford! Lá, a economia era sempre "elegante", e gastar dinheiro, sempre "vulgar e ostentoso", uma atitude do tipo as-uvas-estão-verdes que nos deixava muito tranquilos e satisfeitos. Eu jamais me esquecerei da consternação sentida quando certo Capitão Brown foi viver em Cranford e falou abertamente a respeito de ser pobre – não em um sussurro para um amigo íntimo, as portas e janelas sendo previamente fechadas, mas no meio da rua! Em uma sonora voz militar!, dando como justificativa a sua pobreza para não alugar determinada casa. As senhoras de Cranford já estavam se lamentando por causa de seus territórios serem invadidos por um homem e um cavalheiro. Ele era um Capitão com soldo reduzido, e havia conseguido um emprego em uma estrada de ferro nas proximidades, a qual havia sido veementemente combatida pela cidadezinha; e se, além de seu sexo masculino, e sua conexão com a desagradável estrada de ferro, ele era tão despudorado a ponto de falar sobre ser pobre... Ora, então, na verdade, ele deveria ser desterrado. A morte era tão verídica e tão comum quanto a pobreza; contudo, as pessoas nunca falavam disso em voz alta nas ruas. Era uma palavra a não ser mencionada para ouvidos educados. Nós havíamos tacitamente concordado em ignorar que qualquer pessoa com que nós nos relacionássemos em pé de igualdade na hora de fazer visitas pudesse alguma vez, por causa da pobreza, ser impedida de fazer alguma coisa que ela desejasse. Se nós íamos a uma festa, ou dela voltássemos, a pé, era porque a noite estava *tão* agradável, ou o ar *tão* refrescante, e não porque as liteiras fossem caras. Se nós usávamos algodão estampado em vez de seda de verão, era por preferirmos um tecido lavável; e assim por diante, até ficarmos cegas para o fato vulgar de que éramos, todas nós, pessoas de recursos muito moderados. É claro, então, que nós não sabíamos o que fazer de um homem capaz de falar de pobreza como se ela não fosse uma desonra. Contudo, de algum modo, o Capitão Brown se fez respeitar em Cranford, e era visitado, apesar de todas as resoluções em contrário. Eu me surpreendi ao ouvir as suas opiniões citadas como referência em uma visita que fiz a Cranford cerca de um ano depois de ele ter se instalado na cidade. Minhas próprias amigas tinham estado entre as oponentes mais encarniçadas de qualquer proposta de uma visita ao Capitão e às filhas dele, apenas doze meses antes; e agora ele era até recebido nas horas proibidas antes das doze. É verdade, tinha sido para descobrir a causa de uma chaminé fumegante, antes de o fogo ter sido aceso; mas, ainda assim, o Capitão Brown subiu as escadas, nem um pouco intimidado, falou em uma voz possante demais para o aposento, e contou anedotas pela casa com o tom brincalhão de um homem manso. Ele não percebera todas as ínfimas desfeitas e omissões de cerimônias triviais com que havia sido recebido. Ele havia sido amistoso, embora as senhoras de Cranford tivessem sido distantes; ele havia respondido a pequenos elogios sarcásticos com boa fé; e com a sua franqueza viril havia sobrepujado toda a repulsa que o acolhera como um homem que não se envergonhava de ser pobre. E, finalmente, seu excelente bom senso masculino e a sua facilidade para criar artifícios para superar os dilemas domésticos haviam-lhe granjeado um lugar extraordinário como uma autoridade entre as senhoras de Cranford. Ele próprio seguia o seu rumo, tão ignaro de sua popularidade como havia sido do oposto; e eu tenho certeza de que ele se sobressaltou um dia ao descobrir seus conselhos tão apreciados a ponto de fazer com que um parecer que ele havia dado em tom de brincadeira fosse recebido com toda a seriedade.

Foi sobre o seguinte assunto: Uma senhora idosa tinha uma vaca Alderney, que ela considerava como uma filha. Não era possível fazer-lhe a breve visita de um quarto de hora sem que o maravilhoso leite ou a maravilhosa inteligência desse animal fossem mencionados. Toda a cidadezinha conhecia a Alderney da Srta. Betty Barker e a olhava com afeição; portanto, grande foram a simpatia e o pesar quando, em um momento de desatenção, a pobre vaca caiu em um poço de cal. Ela gemia tão alto que logo foi ouvida e resgatada; mas, entrementes, o pobre animal havia perdido a maior parte de seus pelos, e saiu do poço aparentando estar despida, enregelada e infeliz, com a pele nua. Todos se condoeram do animal, embora alguns não fossem capazes de conter o sorriso perante a sua aparência esquisita. A Srta. Betty Barker chorava de pesar e consternação; e disseram que ela pensou em tentar um banho de óleo. Esse remédio talvez tenha sido recomendado por alguém dentre as pessoas cujo conselho ela solicitou; mas a proposta, se ela foi feita, foi prontamente derrotada pelo peremptório "Arrume um casaco de flanela e calças de flanela para ela, minha senhora, se quiser mantê-la viva. Mas o meu conselho é, mate a pobre criatura agora mesmo".

A Srta. Betty Barker secou os olhos e agradeceu ao Capitão com toda sinceridade; ela colocou mãos à obra e, logo depois, toda a cidadezinha apareceu para ver a Alderney mansamente indo para o pasto, vestida de flanela cinza-escuro. Eu a vi muitas vezes. Vocês já viram vacas vestidas de flanela cinza em Londres?

O capitão Brown havia alugado uma casinha nos arredores da cidade, onde morava com as duas filhas. Ele deveria ter mais de sessenta anos na época da primeira visita que fiz a Cranford depois de ter residido lá. Porém, ele tinha uma figura musculosa, bem treinada e ágil, um modo militar de jogar a cabeça para trás, e passos elásticos, que o faziam aparentar bem mais jovem do que era. Sua filha mais velha aparentava ser quase tão velha quanto ele, e traía o fato de a idade real dele ser mais do que a aparente. A Srta. Brown deveria ter quarenta anos; tinha uma expressão doentia, pesarosa e sofrida, e dava a impressão de que a alegria da juventude houvesse de há muito fenecido. Mesmo quando jovem ela deveria ter sido banal e com traços duros. A Srta. Jessie Brown era dez anos mais jovem do que a irmã, e vinte vezes mais bonita. Seu rosto era redondo e com covinhas. A Srta. Jenkyns disse uma vez, em um rompante contra o Capitão Brown (cuja causa vou lhes contar em breve), "que ela achava que já era mais que hora de a Srta. Jessie abandonar as suas covinhas e não ficar o tempo todo tentando ter a aparência de uma criança." É verdade que havia algo infantil em seu rosto; e vai haver, eu creio, até ela morrer, ainda que viva até os cem anos. Seus olhos eram grandes, azuis e cheios de espanto, olhando diretamente para você; seu nariz não tinha forma definida e era arrebitado, e seus lábios vermelhos e úmidos; ela penteava os cabelos, também, em pequenos cachos, que intensificavam essa aparência. Eu não sei se ela era bonita ou não; mas gostava do rosto dela, assim como todos, e não creio que ela pudesse evitar as suas covinhas. A Srta. Jessie tinha algo da desenvoltura dos passos e dos modos do pai; e qualquer observadora feminina poderia detectar uma ligeira diferença na vestimenta das duas irmãs — a da Srta. Jessie sendo, por ano, umas duas libras mais cara que a da Srta. Brown. Duas libras eram uma grande quantia nas despesas anuais do Capitão Brown.

Tal foi a impressão causada em mim pela família Brown quando vi todos juntos na Igreja de Cranford. O Capitão eu havia encontrado antes — na ocasião da chaminé fumegante que ele havia consertado por meio de alguma simples alteração no cano da chaminé. Na igreja, ele mantinha os óculos junto dos olhos durante o Hino Matinal, e então erguia a cabeça, ereta, e cantava em voz alta e alegre. Ele pronunciava os responsos mais alto que o sacristão — um homem idoso com uma voz trêmula e fraca que, eu creio, sentia-se ofendido com o sonoro baixo do Capitão, e sua voz trêmula era cada vez mais alta como consequência.

Ao sair da igreja, o ativo Capitão dava a mais galante das atenções às duas filhas. Ele acenava com a cabeça e sorria para os conhecidos; mas não trocava apertos de mão com ninguém até ter ajudado a Srta. Brown a abrir sua sombrinha, ter tirado das mãos dela o seu livro de orações, e ter esperado, paciente, até que ela, com mãos trêmulas e nervosas, tivesse erguido um pouquinho o vestido para caminhar pelas ruas molhadas.

Eu me perguntava como as senhoras de Cranford entretinham o Capitão Brown em suas reuniões. Nós havíamos nos alegrado tantas vezes, em dias passados, por não haver um cavalheiro para receber atenções, e com o qual tivéssemos de encontrar assunto para conversa, nas reuniões para jogar cartas. Nós tínhamos nos congratulado pelo aconchego das noites; e, em nosso amor pelo refinamento e desapreço pela humanidade, tínhamos quase nos persuadido de que ser um homem era ser "vulgar"; de modo que, quando soube que a minha amiga e anfitriã, a Srta. Jenkyns, iria oferecer uma festa em minha honra, e que o Capitão e as Srtas. Brown haviam sido convidados, eu me perguntava como as coisas seriam no decorrer da noite. Mesas de jogo, cobertas com baeta verde, foram arrumadas à luz do dia, como de costume; era a terceira semana de novembro, então a tarde terminava perto das quatro horas. Velas e maços novos de cartas foram colocados em cada mesa. A lareira foi acesa; a correta empregada havia recebido as suas últimas ordens; e lá estávamos nós, com as nossas melhores roupas, cada qual com um pedaço de papel nas mãos, prontas para ir correndo acender as velas assim que a primeira batida à porta soasse. As reuniões em

Cranford eram festividades solenes, fazendo com que as senhoras se sentissem sobriamente exaltadas enquanto se sentavam juntas com as suas melhores indumentárias. Assim que três pessoas chegaram, nós nos sentamos para jogar "Preference",[2] eu sendo a infeliz carteadora. Os quatro convidados seguintes foram imediatamente colocados em outra mesa, e em seguida as bandejas de chá, que eu havia visto na despensa enquanto passava por lá de manhã, foram colocadas cada uma no meio de uma mesa de jogo. A porcelana era delicada como casca de ovo; a prata antiquada faiscava devido ao polidor, mas os comestíveis eram extremamente simples. Enquanto as bandejas ainda estavam nas mesas, o Capitão e as Srtas. Brown chegaram; e eu pude observar que, de um modo ou de outro, o Capitão era um favorito de todas as senhoras presentes. Testas franzidas se alisaram, vozes se abaixaram com a chegada dele. A Srta. Brown aparentava estar doente, e deprimida quase ao ponto de estar sorumbática. A Srta. Jessie sorria, como de costume, e parecia quase tão popular quanto o seu pai. Ele na mesma hora, e discretamente, assumiu o lugar de homem na sala; atendeu às necessidades de todas, diminuiu o serviço da bonita empregada cuidando das xícaras vazias e de senhoras sem pão com manteiga; e, no entanto, fez tudo isso com modos tão tranquilos e dignos, e como se fosse uma questão corriqueira que os fortes cuidassem dos fracos, que ele foi um homem de verdade o tempo todo. Ele jogava por pontos valendo três *penny* com um interesse tão sério como se fossem libras; e, contudo, mesmo com todas as suas atenções para os desconhecidos,

---

[2] Jogo de cartas semelhante ao *whist*, em que o carteador fica de fora. (N. T.)

ele mantinha a filha doentia sob suas vistas – pois eu tinha certeza de que doente ela estava, embora, para muitos olhos, somente parecesse ser irritadiça. A Srta. Jessie não sabia jogar cartas; mas ela conversava com as senhoras que não jogavam; as quais, antes da sua chegada, tinham estado muito inclinadas a ser ríspidas. Ela cantou, também, acompanhada por um piano velho e rachado que, eu suponho, tinha sido uma espineta em sua juventude. A Srta. Jessie cantou o poema de Walter Scott, "Jock of Hazeldean", um pouquinho desafinada; mas nenhuma de nós tinha ouvido para música, embora a Srta. Jenkyns acompanhasse o compasso, fora de ritmo, tentando aparentar que tivesse bom ouvido.

Era muita gentileza da Srta. Jenkyns agir assim; pois eu havia percebido que, um pouquinho antes, ela tinha estado bastante irritada pela admissão descuidada da Srta. Jessie Brown (*à propos*[3] de lã de Shetland), que ela tinha um tio, irmão da sua mãe, que era comerciante em Edimburgo. A Srta. Jenkyns tentou abafar a confissão com uma tosse pavorosa – pois a Honorável Sra. Jamieson estava sentada a uma mesa de jogos bem perto da Srta. Jessie; e o que ela diria ou pensaria se descobrisse que estava na mesma sala com a sobrinha de um comerciante! Mas a Srta. Jessie Brown (que não tinha tato, como todas nós estávamos de acordo na manhã seguinte) *repetiu* a informação, e garantiu para a Srta. Pole que ela, com facilidade, poderia obter para ela a necessária lã de Shetland idêntica, "por intermédio do meu tio, que tem o melhor estoque de mercadorias de Shetland que qualquer outro em Edinbro'." Foi para tirar o travo dessa informação de

[3] Em relação a. Em francês no original. (N. T.)

nossas bocas, e o som dela de nossos ouvidos, que a Srta. Jenkyns propôs a música; então, digo de novo, foi muita bondade dela bater o compasso com a canção.

Quando as bandejas reapareceram com biscoitos e vinho, pontualmente às nove menos um quarto, houve conversa, comparação de cartas e comentários sobre os trunfos; porém, lá pelas tantas o Capitão Brown falou um pouquinho sobre literatura.

— As senhoras leram alguma parte d'*As Aventuras do Sr. Pickwick*? — ele perguntou. (Elas estavam sendo publicadas então em partes.) — Uma excelente obra!

Bem, a Srta. Jenkyns era filha de um falecido pároco de Cranford; e, apoiada por uma quantidade de sermões manuscritos e uma boa biblioteca de teologia, se considerava literata, e considerava qualquer conversa sobre livros como um desafio pessoal. Então ela respondeu e disse: "Sim, ela as havia visto; na verdade, poderia dizer que as havia lido".

— E o que a senhorita pensa delas? — disse o Capitão Brown. — Não são extremamente boas?

Assim instada, a Srta. Jenkyns não pode deixar de falar.

— Devo dizer, não creio que estejam de modo algum à altura do Dr. Johnson. Além do mais, talvez o autor seja jovem. Que ele persevere, e quem sabe o que ele poderá se tornar se tomar o grande Doutor como modelo? — Isso, evidentemente, era demais para o Capitão Brown aceitar na boa paz; e eu vi as palavras na ponta de sua língua antes de a Srta. Jenkyns ter terminado a frase.

— É uma coisa bastante diferente, minha cara senhora — ele começou.

— Eu tenho ciência disso — ela retrucou. — E estou fazendo concessões, Capitão Brown.

— Só me permita ler para a senhorita uma cena do número deste mês — ele pediu. — Eu o recebi somente esta manhã; e não creio que os presentes possam tê-lo lido ainda.

— Como queira — disse ela, se acomodando com ar de resignação. Ele leu o relato da "suarrê"[4] que Sam Weller ofereceu em Bath. Algumas de nós rimos com gosto. *Eu* não ousei, porque estava hospedada na casa. A Srta. Jenkyns sentava-se em uma seriedade paciente. Quando a leitura terminou, ela se voltou para mim, e disse com uma dignidade plácida:

— Pegue o *Rasselas* para mim, minha cara, lá na biblioteca.

Quando eu o trouxe para ela, ela se voltou para o Capitão Brown:

— Agora, permita-*me* ler para o senhor uma cena, e então as pessoas presentes podem julgar entre o seu favorito, o Sr. Boz, e o Dr. Johnson.

Ela leu uma das conversas entre Rasselas e Imlac, em uma voz aguda e majestosa; e, tendo terminado, disse:

— Imagino que agora eu esteja justificada na minha preferência do Dr. Johnson como escritor de ficção. — O Capitão franziu a boca e tamborilou na mesa, mas nada disse. Ela achava que lhe daria um ou dois golpes finais.

— Eu considero vulgar, e abaixo da dignidade da literatura, publicar em fascículos.

— Como o *Rambler* foi publicado, senhora? — perguntou o Capitão em voz baixa, que eu pensei que a Srta. Jenkyns poderia não ter ouvido.

---

[4] Em inglês, 'swarry', escrita fora da norma de 'soirée', palavra francesa que significa reunião (entre amigos ou entre intelectuais) realizada à noite. (N. T.)

– O estilo do Dr. Johnson é um modelo para jovens iniciantes. Meu pai o recomendou para mim quando comecei a escrever cartas... Desenvolvi meu estilo com base nele; eu o recomendo para o seu favorito.

– Eu lamentaria muito se ele trocasse o estilo dele por qualquer escrita pomposa – disse o Capitão Brown.

A Srta. Jenkyns considerou isso como uma afronta pessoal, de um modo que o Capitão não havia sonhado. Escrita epistolar ela e as suas amigas consideravam como o seu *forte*. Muitas cópias de muitas cartas eu vi escritas e corrigidas na ardósia, antes de ela "aproveitar a meia hora antes da passagem do correio para informar" suas amigas disto ou daquilo; e o Dr. Johnson era, como ela disse, seu modelo nessas composições. Ela se endireitou, digna, e apenas respondeu a última observação do Capitão Brown dizendo, com grande ênfase em cada sílaba:

– Eu prefiro o Dr. Johnson ao Sr. Boz.

Dizem – não vou confirmar o fato – que ouviram o Capitão Brown dizer, *sotto voce*,[5] "para os diabos com o Dr. Johnson!". Se ele o fez, se arrependeu em seguida, conforme ele demonstrou indo se postar perto da poltrona da Srta. Jenkyns e tentando fazê-la conversar sobre algum assunto mais agradável. Porém, ela foi inexorável. No dia seguinte ela fez a observação por mim mencionada sobre as covinhas da Srta. Jessie.

[5] Em voz baixa. Em italiano no original. (N. T.)

Capítulo II – O capitão

Era impossível viver um mês em Cranford e não ficar sabendo dos costumes diários de cada residente; e muito antes de a minha visita ter acabado eu sabia muito a respeito de todo o trio Brown. Não havia nada de novo a ser descoberto sobre a pobreza deles, pois eles haviam falado com simplicidade e franqueza sobre o assunto desde o início. Eles não faziam segredo sobre a necessidade de serem econômicos. Tudo que restava a ser descoberto era a infinita bondade do coração do Capitão, e os diversos modos por meio dos quais, de forma inconsciente, ele a manifestava. Algumas pequenas histórias eram comentadas por algum tempo depois de elas acontecerem. Como nós não líamos muito, e como todas as senhoras tinham o número adequado de empregados, havia uma escassez de assuntos para conversas. Portanto, nós discutíamos a circunstância de o Capitão ter tirado o prato de comida das mãos de uma pobre mulher em um domingo muito escorregadio. Ele a encontrara voltando do padeiro enquanto ele vinha da igreja, e tinha percebido os passos precários dela; e, com a dignidade séria com que fazia tudo, ele a livrou de seu fardo, e caminhou pela rua ao lado dela, carregando o carneiro assado com batatas da senhorinha em segurança até em casa. Isso foi considerado muito excêntrico, e se esperava que ele fosse fazer uma série de visitas na manhã de segunda-feira para explicar e pedir desculpas para o conceito de bons modos de Cranford; porém, ele não fez tal coisa; e foi então decidido que ele estava com vergonha e estava se ocultando. Em um indulgente sentimento de piedade para com ele, nós começamos a dizer, "Afinal, a ocorrência da manhã de domingo mostrou uma grande bondade de coração", e foi resolvido que ele deveria ser consolado ao comparecer entre nós da próxima vez; contudo, ai de nós!, ele se aproximou de nós intocado por qualquer sentimento de constrangimento, falando em voz alta e com seu tom de baixo, como sempre, a cabeça jogada para trás, a peruca tão arrumada e bem cacheada como de costume, e nós fomos obrigadas a concluir que ele havia se esquecido de tudo relacionado ao domingo.

A Srta. Pole e a Srta. Jessie Brown haviam iniciado um tipo de amizade com base na lã de Shetland e em novos pontos de tricô; então, quando fui visitar a Srta. Pole, eu vi mais os Browns do que quando estava hospedada com a Srta. Jenkyns, a qual nunca havia superado o que ela chamava de os comentários desonrosos do Capitão Brown sobre o Dr. Johnson como escritor de ficção ligeira e agradável. Eu descobri que a Srta. Brown estava muito doente, com uma enfermidade lenta e incurável, a dor ocasionada por ela dando ao seu rosto a expressão intranquila que eu havia julgado como completa rabugice. Rabugenta, ela era às vezes, quando a irritabilidade nervosa ocasionada por sua enfermidade ia além do suportável. A Srta. Jessie a suportava nessas ocasiões com ainda mais paciência do que suportava as amargas autorrecriminações que invariavelmente se sucediam. A Srta. Brown costumava se acusar, não somente de um temperamento impaciente e irritável, mas também de ser a causa pela qual o pai e a irmã eram obrigados a economizar tanto, de modo a proporcionar-lhe os pequenos luxos necessários em sua condição. Ela teria, com tanta alegria, feito sacrifícios por eles, e aliviado suas responsabilidades, que a generosidade inata de seu temperamento acrescentava azedume ao seu gênio. Tudo isso era suportado pela Srta. Jessie e pelo pai com mais do que placidez – com ternura absoluta. Eu perdoei a Srta. Jessie por cantar desafinado e se vestir num estilo tão juvenil quando a vi em casa. Eu cheguei a entender que a escura peruca encaracolada do Capitão Brown e o casaco acolchoado (ai dele! com tanta frequência puído) eram remanescentes da elegância militar de sua juventude, e que ele usava então de modo inconsciente. Ele era um homem muito desembaraçado, característica adquirida em sua experiência no quartel. Como ele confessou, ninguém era capaz de lustrar as suas botas a contento, a não ser ele próprio; mas, na verdade, ele não se considerava acima de ajudar a empregadinha de todos os modos – sabendo, com toda a certeza, que a doença de sua filha tornava o emprego difícil.

Ele se esforçou para fazer as pazes com a Srta. Jenkyns logo depois da memorável discussão que eu mencionei, dando uma pá de lareira de madeira (feita por ele próprio) de presente, tendo-a ouvido dizer como o barulho do ferro a aborrecia. Ela recebeu o presente com uma gratidão fria, e lhe agradeceu de modo formal. Quando ele foi embora, ela me pediu que colocasse a pá no quartinho de despejo; julgando, com toda probabilidade, que nenhum presente de um homem que preferia o Sr. Boz ao Dr. Johnson pudesse ser menos irritante que uma pá de lareira de ferro.

Tal era o estado das coisas quando parti de Cranford e fui para Drumble. Eu tinha, contudo, diversas correspondentes, que me mantinham *au fait*[1] dos acontecimentos da querida cidadezinha. Havia a Srta. Pole, que estava ficando tão entusiasmada com o crochê como estivera outrora com o tricô, e cuja carta tinha como tema principal algo parecido com o "Mas não vá se esquecer da lã branca na loja Flint's" da velha canção; pois no fim de cada frase com notícias vinha uma nova instrução que eu deveria cumprir para ela relacionada a crochê. A Srta. Matilda Jenkyns (que não se importava em ser chamada de Srta. Matty, quando a Srta. Jenkyns não estava por perto) escrevia cartas agradáveis e gentis e desconexas, de vez em quando se arriscando a expressar uma opinião própria; mas de repente se contendo, e ou me suplicando para não mencionar o que ela havia dito, já que Deborah pensava de outro modo, e *ela* sabia, ou então colocando um *postscriptum* indicando que, desde que escrevera o mencionado acima, ela estivera discutindo o assunto com Deborah, e estava muito convencida de que etc... (aqui provavelmente se seguia uma retratação de cada opinião por ela manifestada na carta). Então vinha a Srta. Jenkyns – Debōrah, como ela gostava que a Srta. Matty a chamasse, seu pai tendo dito uma vez que o nome hebraico deveria ser pronunciado dessa maneira. Eu acho, em segredo, que ela tomava a profetiza hebraica como modelo de temperamento; e, na verdade, ela não era diferente da severa profetiza em alguns aspectos, levando em consideração, é claro, os costumes modernos e as diferenças na indumentária. A Srta. Jenkyns usava um lenço de pescoço de renda, e uma touquinha parecida

[1] a par. Em francês no original. (N. T.)

com o boné de um jóquei, e de modo geral tinha a aparência de uma mulher muito decidida; embora tivesse desprezado a ideia moderna de as mulheres serem iguais aos homens. Iguais, ora essa!, ela sabia que eles eram superiores. Mas voltando às cartas dela. Tudo nelas era pomposo e formidável como ela própria. Eu as estive relendo (cara Srta. Jenkyns, como eu a honrava!), e vou mostrar um trecho, sobretudo porque ele se relaciona ao nosso amigo Capitão Brown:

"A Honorável Sra. Jamieson acabou de sair daqui; e, no decorrer da conversa, me transmitiu a informação de ter recebido ontem uma visita do prístino amigo de seu reverenciado marido, Lorde Mauleverer. A senhorita não há de conjecturar com facilidade o que fez Sua Senhoria adentrar os limites de nossa cidadezinha. Foi para ver o Capitão Brown, com quem, ao que parece, Sua Senhoria travou conhecimento nas 'guerras plumadas', e que teve o privilégio de impedir a ocorrência da destruição da cabeça de Sua Senhoria quando certo grande perigo a ameaçava, ao largo do erroneamente chamado Cabo da Boa Esperança. A senhorita conhece a deficiência de nossa amiga, a Honorável Sra. Jamieson, no tocante à curiosidade inocente; e, portanto, não há de se sentir muito surpresa quando eu lhe disser que ela foi bastante incapaz de me esclarecer a natureza exata do perigo em questão. Eu sentia-me ansiosa, confesso, para averiguar de que modo o Capitão Brown, com suas limitadas acomodações, poderia receber visita tão distinta; e descobri que Sua Senhoria se retirou para descansar, e, esperemos, para um sono revivificante, no Hotel Anjo; porém, compartilhou das refeições Brunonianas durante os dois dias em que honrou Cranford com sua augusta presença. A Sra. Johnson, nossa educada esposa do açougueiro, me informa que a Srta. Jessie comprou uma perna de carneiro; porém, além disso, não tenho notícias de quaisquer preparativos para oferecer uma recepção adequada a tão distinto visitante. Talvez eles o tenham recepcionado com 'o festim da razão e o fluir da alma'; e, para nós, que temos conhecimento da triste falta de gosto do Capitão Brown pelas 'não conspurcadas fontes do Inglês imaculado', pode ser motivo de júbilo que ele tenha tido a oportunidade de aprimorar o seu gosto conversando com um elegante e refinado membro da aristocracia inglesa. Contudo, de certos sentimentos mundanos, quem está totalmente isento?"

A Srta. Pole e a Srta. Matty me escreveram na mesma remessa dos correios. Uma notícia como a visita de Lorde Mauleverer não passaria em branco para as missivistas de Cranford; elas a aproveitaram ao máximo. A Srta. Matty humildemente se desculpava por escrever ao mesmo tempo em que a irmã, tão mais capaz do que ela de descrever a honra feita a Cranford; entretanto, apesar de uns errinhos de ortografia, o relato da Srta. Matty me deu a melhor ideia da comoção causada pela visita de Sua Senhoria, depois de ela ter ocorrido; pois, com exceção dos empregados do Anjo, dos Browns, da Sra. Jamieson e de um menininho a quem Sua Senhoria destratou por ter lançado um aro de metal sujo contra as suas pernas aristocráticas, eu não tive notícias de ninguém com quem Sua Senhoria tivesse conversado.

Minha visita seguinte a Cranford aconteceu no verão. Não tinha havido nem nascimentos, nem mortes, nem casamentos, desde que eu estivera lá pela última vez. Todos viviam na mesma casa, e usavam praticamente as mesmas roupas bem conservadas e fora de moda. O grande evento tinha sido o fato de a Srta. Jenkyns ter comprado um novo tapete para a sala de estar. Oh, mas que trabalho a Srta. Matty e eu tínhamos afugentando os raios de sol, enquanto eles caíam, à tarde, bem em cima do tapete, através das janelas sem cortinas! Nós colocamos jornais naqueles pontos e nos sentamos para a nossa leitura ou a nossa costura; e, vejam só!, em um quarto de hora o sol havia se movido, e estava brilhando em um lugar diferente; e lá ficamos nós de joelhos para mudar a posição dos jornais. Nós estivemos ocupadas também uma manhã inteira, antes de a Srta. Jenkyns ter oferecido a sua reunião, seguindo as instruções dela e cortando e costurando pedaços de jornal de modo a formar pequenas trilhas para cada cadeira colocada para as visitas esperadas, ou então os sapatos delas poderiam sujar ou macular a pureza do tapete. Em Londres, vocês fazem trilhas de jornal para cada visita andar?

O Capitão Brown e a Srta. Jenkyns não eram cordiais um com o outro. A briga literária, da qual eu havia visto o começo, era uma "ferida", na qual o mais ligeiro toque os fazia estremecer. Foi a única diferença de opinião que eles tiveram; mas essa diferença foi o suficiente. A Srta. Jenkyns não conseguia deixar de falar com o Capitão Brown com ar professoral; e, embora ele não respondesse, tamborilava com os dedos, ação que ela julgava ser um grande insulto para o Dr. Johnson, e se ressentia dela. Ele era muito ostensivo em sua preferência pelos escritos do Sr. Boz; andava pelas ruas tão absorto neles que praticamente se chocou com a Srta. Jenkyns; e embora suas desculpas fossem insistentes e sinceras, e embora ele, na verdade, não tivesse feito mais que assustá-la e a si mesmo, ela me informou que preferiria que ele a tivesse derrubado, se ele estivesse lendo um estilo mais elevado de literatura. O pobre e corajoso Capitão! Ele aparentava estar mais velho, e mais abatido, e suas roupas estavam muito puídas. Porém, ele parecia tão cheio de vida e alegre como sempre, a não ser que lhe perguntassem da saúde da filha.

"Ela sofre muito, e deve sofrer mais; nós fazemos o possível para aliviar a dor dela... Seja feita a vontade de Deus!". Ele tirava o chapéu com essas últimas palavras. Eu descobri, por intermédio da Srta. Matty, que tudo havia sido feito, na verdade. Um médico de grande reputação nas redondezas havia sido chamado, e todos os conselhos dados por ele haviam sido seguidos, sem pensar nas despesas. A Srta. Matty tinha certeza de que eles se privavam de muitas coisas para deixar a inválida confortável; mas eles nunca mencionavam o assunto; e, quanto à Srta. Jessie!, "Eu acho mesmo que ela é um anjo", disse a pobre Srta. Matty, muito emocionada. "Ver o modo como ela suporta a rabugice da Srta. Brown, e o rosto alegre que ela apresenta depois de ter ficado velando a noite inteira e sendo censurada metade do tempo, é muito bonito. No entanto, ela aparenta estar tão arrumada e tão pronta para acolher o Capitão na hora do café da manhã como se tivesse dormido na cama da Rainha a noite inteira. Minha cara!, você jamais poderia rir dos seus cachinhos tão arrumados ou de suas fitas cor de rosa de novo se a visse como eu vi." Eu só conseguia me sentir muito arrependida, e acolhi a Srta. Jessie com o dobro de respeito quando a encontrei da próxima vez. Ela estava abatida e com o rosto encovado; e os seus lábios começaram a tremer, como se ela estivesse muito fraca, ao falar da irmã. Mas ela se animou, e conteve as lágrimas que brilhavam em seus lindos olhos, ao dizer:

"Mas, certamente, não há lugar como Cranford por sua gentileza! Não suponho que ninguém tenha um jantar melhor que o de costume sem que a melhor parte dele venha em uma vasilha coberta para a minha irmã. As pessoas pobres deixam os seus vegetais mais frescos à nossa porta para ela. Elas falam pouco, e com voz ríspida, como se estivessem envergonhadas disso; mas com certeza, me emociono ao ver a consideração delas." As lágrimas surgiram de novo e correram; mas, depois de um minuto ou dois, ela começou a se censurar, e acabou indo embora a mesma alegre Srta. Jessie de sempre.

– Mas por que Lorde Mauleverer não faz alguma coisa pelo homem que salvou a vida dele? – eu perguntei.

– Ora, veja, a não ser que o Capitão Brown tenha algum motivo para isso, ele nunca fala de ser pobre, e ele caminhava ao lado de Sua Senhoria aparentando estar tão feliz e contente como um príncipe; e como eles nunca chamaram a atenção para o jantar deles pedindo desculpas, e como a Srta. Brown estava melhor naquele dia, e tudo parecia muito bom, eu ouso dizer que Sua Senhoria nunca soube quanta preocupação havia por trás disso. Ele mandou carne de caça no inverno com bastante frequência, mas agora partiu para o exterior.

Eu muitas vezes tivera oportunidade para observar o uso que era feito de fragmentos e de pequenas oportunidades em Cranford: as pétalas de rosas que eram colhidas antes de caírem para fazer um *pot-pourri* para alguém que não tinha jardim; os pequenos pacotes de flores de lavanda mandados para colocar nas gavetas de algum morador da cidade, ou para queimar no quarto de algum inválido. Coisas que muitas pessoas desdenhariam, e ações que mal pareceriam dignas de fazer, todas eram feitas em Cranford. A Srta. Jenkyns encheu uma maçã de cravos, para ser aquecida e emanar um cheiro bom no quarto da Srta. Brown; e enquanto espetava cada cravo ela pronunciava uma frase johnsoniana. Na verdade, ela nunca era capaz de pensar nos Browns sem falar em Johnson; e, como eles dificilmente se afastavam de seus pensamentos na época, eu ouvi muitas frases muito refinadas e sonoras.

O Capitão Brown foi visitar a Srta. Jenkyns um dia para lhe agradecer por muitas pequenas gentilezas, que até então eu não sabia que ela havia feito. Ele repentinamente se transformara em um homem velho; sua profunda voz de baixo tremia, seus olhos pareciam baços, e as rugas em sua face eram profundas. Ele não falava com alegria no estado da filha – não poderia – mas falava com uma resignação máscula e piedosa, e não muito. Duas vezes ele disse, "O que Jessie tem sido para nós, só Deus sabe!"; e, depois da segunda vez, ele se levantou apressado, trocou apertos de mão com todos sem falar, e saiu da sala.

Naquela tarde, nós percebemos grupinhos na rua, todos ouvindo com faces assustadas uma ou outra história. A Srta. Jenkyns se perguntou qual poderia ser o problema por certo tempo, antes de tomar a indigna decisão de mandar Jenny sair para perguntar.

Jenny voltou com um rosto pálido de terror.

– Oh, patroa! Oh, Srta. Jenkyns, minha patroa! O Capitão Brown foi morto por aquela cruel estrada de ferro! – e ela rompeu em lágrimas. Ela, assim como tantas outras pessoas, havia conhecido a gentileza do pobre Capitão.

– Como...? Onde... onde...? bom Deus! Jenny, não perca tempo chorando, conte-nos alguma coisa. – A Srta. Matty saiu correndo para a rua na hora, e se apoderou do homem que estava contando a história.

— Venha... venha à casa de minha irmã agora mesmo... a Srta. Jenkyns, a filha do pároco. Oh, senhor, senhor!, diga que não é verdade! — ela exclamou, enquanto trazia o assustado cocheiro, que alisava os cabelos, para a sala de estar, onde ele ficou em pé com as botas úmidas no tapete novo, e ninguém prestou atenção nisso.

— Com sua licença, dona, é verdade. Eu vi com meu zóio — e ele tremeu com a recordação. — O Capitão, ele tava lendo um livro novo com muita atenção, esperando o trem que vinha chegando; e tinha uma menininha bem pequenininha que queria ir pra perto da mamãe dela, e escapou da irmã, e saiu andando pelos trilho. E o Capitão olhou de repente, com o som do trem vindo, e viu a menininha, e ele correu pra linha e 'garrou ela, e os pé dele escorregou, e o trem passou por cima dele na hora. Oh Deus, Deus! Dona, é bem verdade, e eles foram contar pras filha dele. A menina tá salva, no entanto, só com um machucado no ombro, porque ele jogou ela pra mamãe dela. Pobre do Capitão, ele ia ficar contente com isso, num ia? Deus abençoe ele! — O grande e rústico cocheiro franziu o seu rosto viril e se virou para esconder as lágrimas. Eu me voltei para a Srta. Jenkyns. Ela aparentava estar se sentindo muito mal, como se fosse desmaiar, e me fez um gesto para abrir a janela.

— Matilda, traga-me minha touca. Tenho de ir ver aquelas moças. Deus me perdoe, se alguma vez eu falei com desdém com o Capitão!

A Srta. Jenkyns se preparou para sair, dizendo para a Srta. Matilda dar ao homem uma taça de vinho. Enquanto ela estava fora, a Srta. Matty e eu ficamos bem juntinho da lareira, falando em voz baixa e assustada. Eu sabia que nós chorávamos silenciosamente o tempo todo.

A Srta. Jenkyns voltou silenciosa para casa, e nós não ousamos fazer-lhe muitas perguntas. Ela nos disse que a Srta. Jessie havia desmaiado, e ela e a Srta. Pole tinham tido certa dificuldade para fazê-la recobrar os sentidos; mas que, tão logo se recuperou, ela suplicou que uma delas fosse ficar com a irmã.

"O Sr. Hoggins diz que ela não pode viver muitos dias, e deve ser poupada desse choque", disse a Srta. Jessie, tremendo com sentimentos que ela não ousava manifestar.

"Mas como a senhorita vai ser capaz disso, minha cara?", perguntou a Srta. Jenkyns. "A senhorita não consegue suportar; ela há de ver as suas lágrimas."

"Deus há de me ajudar... Eu não vou ceder... Ela estava dormindo quando a notícia chegou; ainda deve estar dormindo. Ela ficaria tão absolutamente infeliz, não apenas com a morte de meu pai, mas pensando no que aconteceria comigo; ela é tão boa para mim." Ela olhou ansiosa para o rosto delas com os seus olhos meigos e sinceros, e a Srta. Pole disse depois para a Srta. Jenkyns que ela mal conseguia suportar isso, sabendo, como ela sabia, como a Srta. Brown tratava a irmã.

Entretanto, tudo foi feito de acordo com os desejos da Srta. Jessie. A Srta. Brown ficaria sabendo que o pai havia sido convocado para fazer uma viagem curta, a negócios para a estrada de ferro. Elas conseguiram fazer isso de algum modo – a Srta. Jenkyns não soube dizer exatamente como. A Srta. Pole ficaria com a Srta. Jessie. A Sra. Jamieson havia mandado pedir notícias. E isso foi tudo de que ficamos sabendo aquela noite; e uma noite cheia de pesar ela foi. No dia seguinte, um relato completo do acidente fatal apareceu no jornal do condado, que a Srta. Jenkyns recebia. Seus olhos eram muito fracos, ela disse, e ela me pediu para lê-lo. Quando cheguei a "o galante cavalheiro estava profundamente mergulhado na leitura de um número do *Pickwick*, que havia acabado de receber", a Srta. Jenkyns balançou a cabeça lenta e solenemente, e então suspirou, "Pobre, prezado homem enfatuado!"

O corpo seria levado da estação para a igreja paroquial, para lá ser enterrado. A Srta. Jessie havia decidido segui-lo ao túmulo; e nenhum argumento contrário poderia alterar a sua resolução. Seu autocontrole a fez ser quase obstinada; ela resistiu a todas as súplicas da Srta. Pole e a todos os conselhos da Srta. Jenkyns. Finalmente, a Srta. Jenkyns desistiu do assunto; e depois de um silêncio, que eu temia prognosticasse um profundo desprazer relacionado à Srta. Jessie, a Srta. Jenkyns disse que acompanharia a moça ao funeral.

– Não é adequado que a senhorita vá sozinha. Seria contra tanto o decoro quanto a humanidade se eu permitisse isso.

A Srta. Jessie parecia não gostar nem um pouco dessa solução; mas a sua obstinação, se ela tivesse alguma, havia se esgotado em sua determinação de ir ao enterro. Ela ansiava, pobrezinha!, eu não tenho dúvidas, por chorar sozinha sobre o túmulo do amado pai para quem ela havia sido tudo, e desabafar por uma meia horinha, sem ser interrompida pela simpatia e sem ser observada pela amizade. Mas não seria assim. Naquela tarde, a Srta. Jenkyns mandou comprar um metro de crepe negro, e ficou muito ocupada arrumando a pequena touca de seda negra, sobre a qual eu já falei. Quando ela estava pronta, a Srta. Jenkyns a colocou, e olhou para nós, em busca de aprovação – admiração ela desprezava. Eu estava pesarosa, mas, devido a um daqueles pensamentos caprichosos que surgem sem que sejam solicitados em nossa cabeça, nos momentos de dor mais profunda, mal eu vi a touca e pensei em um capacete; e naquela touca híbrida, em parte capacete, em parte boné de jóquei, a Srta. Jenkyns compareceu ao funeral do Capitão Brown e, eu creio, deu apoio à Srta. Jessie com uma firmeza terna e indulgente que foi inestimável, permitindo-lhe chorar toda a sua dor antes de elas irem embora.

A Srta. Pole, a Srta. Matty e eu, entrementes, cuidávamos da Srta. Brown; e julgamos muito difícil atender às suas queixas e reclamações incessantes. Mas se nós estávamos tão cansadas e desanimadas, como deveria se sentir a Srta. Jessie! Contudo, ela voltou quase calma, como se tivesse adquirido uma nova força. Ela tirou a sua vestimenta de luto, e entrou, pálida e gentil, agradecendo a cada uma de nós com um longo e delicado aperto de mão. Ela conseguiu até sorrir – um sorriso fraco, meigo e descorado – como que para nos assegurar de sua capacidade de resistir; mas a sua aparência fez com que nossos olhos se enchessem repentinamente de lágrimas, mais do que se ela tivesse extravasado a sua dor.

Fora combinado que a Srta. Pole ficaria com ela durante toda a noite de vigília; e que a Srta. Matty e eu voltaríamos de manhã para substituí-las, e dar à Srta. Jessie a oportunidade de ter umas horas de sono. Porém, ao amanhecer, a Srta. Jenkyns apareceu à mesa do café da manhã, paramentada em sua touca-capacete, e ordenou que a Srta. Matty ficasse em casa, já que ela tencionava ir auxiliar a cuidar da doente. Ela com toda clareza se encontrava em um estado de grande empolgação amistosa, que demonstrou tomando o seu café da manhã em pé, e censurando todas as pessoas da casa.

Nenhum cuidado – nenhuma mulher decidida e energética seria capaz de auxiliar a Srta. Brown então.

Havia algo naquele quarto, quando entramos, mais forte que nós todas, e fez com que recuássemos em uma impotência assombrada e solene. A Srta. Brown estava morrendo. Nós mal reconhecemos a sua voz, não havia nada do tom queixoso que sempre associávamos a ela. A Srta. Jessie me disse posteriormente que a voz, e o rosto também, eram exatamente o que tinham sido outrora, quando a morte da mãe delas deixou-a como a jovem e ansiosa chefe da família, da qual apenas a Srta. Jessie sobrevivia.

A Srta. Brown tinha consciência da presença da irmã, embora, eu ache, não da nossa. Nós ficamos um pouquinho atrás do cortinado; a Srta. Jessie se ajoelhava com o rosto perto do da irmã, de modo a ouvir os derradeiros sussurros baixos e impressionantes.

– Ah, Jessie! Jessie! Como tenho sido egoísta! Deus me perdoe por ter permitido que você se sacrificasse por mim como se sacrificou! Eu amei tanto você... E, no entanto, só pensei em mim. Deus me perdoe!

– Shhh, meu bem! Shhh! – disse a Srta. Jessie, soluçando.

– E o meu pai, meu pai tão, tão querido! Não vou me queixar agora, se Deus me der forças para ser paciente. Mas, ah, Jessie! Diga para o meu pai como eu desejava e ansiava vê-lo uma última vez, e pedir-lhe o seu perdão. Ele jamais poderá saber agora como eu o amei... Oh! Se eu ao menos pudesse lhe dizer, antes de morrer! Que vida de dores tem sido a dele, e eu fiz tão pouco para alegrá-lo!

Uma luz surgiu no rosto da Srta. Jessie:

– Seria um consolo para você, caríssima, pensar que ele agora sabe? Seria um consolo para você, meu amor, saber que as preocupações dele, os pesares dele... – A voz dela tremeu, mas ela forçou-a a ficar calma. – Mary!

Ele partiu antes de você para o local onde repousam os cansados. Ele agora sabe como você o amava.

Uma expressão estranha, que não era sofrimento, surgiu no rosto da Srta. Brown. Ela nada disse por alguns minutos, mas então vimos os lábios dela formando as palavras, mais do que ouvimos o som – "Pai, mãe, Harry, Archy..." Então, como se fosse um novo pensamento lançando uma sombra em sua mente que se toldava:

– Mas você vai ficar sozinha... Jessie!

A Srta. Jessie estivera sentindo isso tudo durante o silêncio, acho, pois as lágrimas corriam por suas faces como chuva, com essas palavras, e ela não foi capaz de responder a princípio. Então ela juntou as mãos com força e as ergueu, e disse – mas não para nós:

– Ainda que Ele me mate, Nele esperarei.

Em mais alguns momentos a Srta. Brown jazia calma e imóvel – para nunca mais sentir dor ou murmurar.

Depois desse segundo funeral, a Srta. Jenkyns insistiu que a Srta. Jessie fosse ficar com ela e não voltasse para a desolada casa, da qual, na verdade, nós soubemos pela Srta. Jessie, ela deveria sair, por não ter recursos para mantê-la. Ela possuía um pouco mais de vinte libras por ano, além dos juros do dinheiro que seria obtido com a venda da mobília; mas não poderia viver com isso; então nós discutimos as suas qualificações para ganhar dinheiro.

– Sei costurar muito bem – ela disse –, e gosto de cuidar dos doentes. Acho, também, que conseguiria cuidar de uma casa, se alguém me desse um posto de governanta; ou eu poderia trabalhar em uma loja como vendedora, se tiverem paciência comigo, a princípio.

A Srta. Jenkyns declarou, com voz irritada, que ela não faria nada disso, e ficou falando com os seus botões sobre "certas pessoas que não têm ideia de sua posição como filha de um Capitão" por quase uma hora em seguida, quando ela levou para a Srta. Jessie uma tigela de araruta muito bem preparada, e ficou perto dela como um soldado da cavalaria até a última colherada ter se acabado; então ela desapareceu. A Srta. Jessie começou a me contar mais alguns dos planos que se lhe haviam ocorrido, e, sem se dar conta, passou a falar dos dias passados, e me manteve tão interessada que eu nem sabia como o tempo havia passado, e tampouco reparei nisso. Nós duas nos sobressaltamos quando a Srta. Jenkyns tornou a aparecer e nos flagrou chorando. Eu estava com medo de ela se sentir insatisfeita, pois ela dizia com frequência que chorar atrapalhava a digestão, e eu sabia que ela desejava que a Srta. Jessie ficasse forte; mas, pelo contrário, ela estava com um ar estranho e empolgado, e ficou nos rodeando sem dizer nada. Finalmente, ela disse:

— Eu fiquei tão sobressaltada... Não, eu não fiquei nem um pouco sobressaltada... Não se importe comigo, minha cara Srta. Jessie... Eu fiquei muito surpresa... Na verdade, eu recebi uma visita, uma pessoa que a senhorita conheceu outrora, minha cara Srta. Jessie...

A Srta. Jessie ficou muito pálida, então enrubesceu profundamente, e olhou ansiosa para a Srta. Jenkyns.

— Um cavalheiro, minha cara, que gostaria de saber se a senhorita o receberia.

— É...? Não é... — gaguejou a Srta. Jessie, e não falou mais nada.

— Este é o cartão de visitas dele — disse a Srta. Jenkyns, dando-o para a Srta. Jessie; e, enquanto a cabeça dela estava inclinada sobre o cartão, a Srta. Jenkyns passou por uma série de piscadelas e de expressões estranhas dirigidas a mim, e formou com os lábios uma longa frase, da qual, é lógico, eu não consegui entender uma palavra.

— Ele pode subir? — a Srta. Jenkyns finalmente perguntou.

— Oh, sim! Com certeza! — disse a Srta. Jessie, quase como se fosse dizer, esta é a sua casa, a senhorita pode deixar entrar qualquer visita que deseje. Ela pegou um trabalho de tricô da Srta. Matty e começou a ficar muito ocupada, embora eu pudesse ver que ela tremia toda.

A Srta. Jenkyns tocou o sino, e disse para a empregada, que veio atender, que acompanhasse o Major Gordon até ali; e, em seguida, entrou um homem de uns quarenta anos, ou pouco mais, alto, e bem-apessoado e com olhar franco. Ele trocou um aperto de mãos com a Srta. Jessie, mas não pôde ver os olhos dela, ela os mantinha bem fixos no chão. A Srta. Jenkyns me perguntou se eu iria ajudá-la a guardar as compotas na despensa; e embora a Srta. Jessie se agarrasse ao meu vestido, e até me olhasse com olhos súplices, eu não poderia me recusar a ir aonde a Srta. Jenkyns pedia. Em vez de guardar as compotas na despensa, entretanto, nós fomos conversar na sala de jantar; e lá a Srta. Jenkyns me contou o que o Major Gordon lhe dissera; como ele havia servido no mesmo regimento que o Capitão Brown, e havia travado conhecimento com a Srta. Jessie, então uma menina de dezoito anos, com ar meigo e cheia de vida; como o conhecimento se transformara em amor da parte dele, embora alguns anos tivessem se passado antes de ele se manifestar; como, ao entrar na posse, por meio do testamento de um tio, de uma boa propriedade na Escócia, ele havia pedido a mão dela e sido recusado, embora com tanta agitação e angústia evidente, que ele tinha a certeza de ela não ser indiferente a ele; e como ele havia descoberto que o obstáculo era a terrível enfermidade que estava, mesmo naquela época, com toda certeza ameaçando a sua irmã.

Ela havia dito que os médicos previam um grande sofrimento; e não havia ninguém além dela para cuidar da pobre Mary, ou alegrar e consolar o pai durante o período da doença. Eles haviam discutido muito; e, com a recusa dela de se comprometer como sua esposa quando tudo se acabasse, ele havia ficado com raiva e se afastado completamente, indo para o estrangeiro, acreditando que ela era uma pessoa sem coração, a quem ele agiria bem esquecendo. Ele estivera viajando pelo Oriente, e estava voltando para casa quando, em Roma, viu o relato da morte do Capitão Brown no jornal *Galignani*.

Bem nesse momento a Srta. Matty, que estivera fora a manhã toda, e tinha acabado de voltar para casa, irrompeu na sala com uma expressão de consternação e de decoro insultado.

– Oh, misericórdia! – ela disse. – Deborah, há um cavalheiro sentado na sala de estar com o braço na cintura da Srta. Jessie! – Os olhos da Srta. Matty estavam arregalados de medo.

A Srta. Jenkyns a censurou em um instante.

– O lugar mais adequado neste mundo para o braço dele se encontrar. Vá, Matilda, e cuide de sua vida. – Isso, partindo da sua irmã, que até então tinha sido um modelo de decoro feminino, foi um golpe para a pobre da Srta. Matty, e com um choque duplo ela saiu da sala.

A última vez em que eu vi a pobre Srta. Jenkyns foi muitos anos depois disso. A Sra. Gordon havia mantido um caloroso e afetuoso relacionamento com todos em Cranford. A Srta. Jenkyns, a Srta. Matty e a Srta. Pole, todas tinham ido visitá-la, e retornado com maravilhosos relatos da sua casa, de seu marido, de seu vestido, e de sua aparência. Pois, com a felicidade, algo de seu antigo viço retornou; ela era um ou dois anos mais nova do que nós havíamos pensado. Seus olhos eram sempre adoráveis; e, como Sra. Gordon, as suas covinhas não estavam fora de lugar. Na época a que eu me referi, quando vi a Srta. Jenkyns pela última vez, esta senhora estava velha e frágil, e havia perdido algo de seu espírito resoluto. A pequena Flora Gordon estava visitando as Senhoritas Jenkyns, e quando eu cheguei ela lia em voz alta para a Srta. Jenkyns, que estava deitada, frágil e alterada, no sofá. Flora colocou o *Rambler* de lado quando entrei.

— Ah! — disse a Srta. Jenkyns. — Você está me vendo alterada, minha cara. Não consigo enxergar como enxergava antes. Se Flora não estivesse aqui para ler para mim, eu mal saberia como passar o dia. A senhorita já leu o *Rambler*? É um livro maravilhoso... maravilhoso! E a leitura mais edificante para Flora — (eu ouso dizer que teria sido, se ela pudesse ter lido metade das palavras sem soletrar, e pudesse ter entendido o significado de um terço delas) —, melhor do que aquele velho livro estranho, com o nome excêntrico, que causou a morte do pobre Capitão Brown... Aquele livro do Sr. Boz, a senhorita sabe... "Old Poz", quando eu era uma menina... Mas isso faz muito tempo... eu representei Lucy em "Old Poz". — Ela ficou falando por tempo suficiente para Flora dar uma boa lida em *Um Cântico de Natal*, que a Srta. Matty havia deixado sobre a mesa.

Capítulo III – Um caso de amor de muito tempo atrás

Eu achei que provavelmente minha conexão com Cranford acabaria depois da morte da Srta. Jenkyns; pelo menos, que ela teria de ser mantida por meio de correspondência, o que tem mais ou menos a mesma conexão com um relacionamento pessoal que os livros de plantas secas que às vezes vejo ("Hortus Siccus", creio ser assim que o chamam) têm com as flores frescas e vivas nas alamedas e nos campos. Eu fiquei agradavelmente surpresa, portanto, ao receber uma carta da Srta. Pole (que sempre me proporcionava uma semana a mais depois de minha visita anual para a Srta. Jenkyns) propondo que eu fosse ficar com ela; e então, uns dias depois de eu aceitar, chegou um bilhete da Srta. Matty, no qual, com um modo muito tortuoso e humilde, ela me disse quanto prazer eu lhe causaria se pudesse passar uma ou duas semanas com ela, antes ou depois de eu ter me hospedado com a Srta. Pole; "pois", ela disse, "desde a morte de minha cara irmã, tenho plena consciência de não ter atrativos para oferecer; é somente à bondade de meus amigos que posso dever a companhia deles".

Naturalmente, prometi ir visitar a cara Srta. Matty assim que terminasse minha visita à Srta. Pole; e no dia seguinte ao da minha chegada a Cranford, fui vê-la, me perguntando como estaria a casa sem a Srta. Jenkyns, e temendo bastante o aspecto alterado das coisas. A Srta. Matty começou a chorar assim que me viu. Ela evidentemente estava nervosa por ter antecipado a minha visita. Eu a consolei tão bem quanto pude; e achei que o melhor consolo que poderia oferecer seria o elogio sincero que vinha de meu coração ao falar da falecida. A Srta. Matty lentamente balançava a cabeça para cada virtude nomeada e atribuída à irmã; e, finalmente, não foi capaz de conter as lágrimas que corriam em silêncio, e escondeu o rosto no lenço e soluçou em voz alta.

— Minha cara Srta. Matty... — eu disse, pegando a mão dela, pois, na verdade, não sabia como lhe dizer quanto lamentava por ela, deixada sozinha no mundo. Ela tirou o lenço do rosto e disse:

— Minha cara, eu preferiria que a senhorita não me chamasse de Matty. *Ela* não gostava disso; mas eu fiz tantas coisas de que ela não gostava, eu receio... e agora ela se foi! Por favor, meu bem, a senhorita me chama de Matilda?

Eu prometi, fielmente, e comecei a treinar o novo nome com a Srta. Pole naquele mesmo dia; e, aos poucos, o modo como a Srta. Matilda se sentia sobre o assunto era conhecido por toda Cranford, e todos nós tentamos deixar de lado o nome familiar, mas com tão pouco sucesso que, finalmente, desistimos da tentativa.

Minha visita à Srta. Pole foi muito tranquila. A Srta. Jenkyns havia por tanto tempo assumido a liderança em Cranford que, agora que ela havia partido, elas mal sabiam como organizar uma reunião. A Honorável Sra. Jamieson, a quem a própria Srta. Jenkyns tantas vezes cedera o posto de honra, era gorda e inerte, e estava muito à mercê de suas velhas empregadas. Se elas achassem que ela deveria organizar uma reunião, elas a lembravam da necessidade de fazê-lo; se não, ela deixava o assunto de lado. Havia ainda mais tempo para que eu ouvisse histórias da Srta. Pole sobre os tempos antigos, enquanto ela se sentava tricotando, e eu, costurando as camisas de meu pai. Eu sempre levava uma quantidade de costura simples para Cranford; pois, como não líamos muito, nem caminhávamos muito, eu achava que era um período excelente para fazer meu serviço. Uma das histórias da Srta. Pole se relacionava a uma sombra de um caso amoroso indistintamente percebido ou suspeitado muitos anos antes.

Logo chegou a hora em que eu teria de ir para a casa da Srta. Matilda. Eu a encontrei tímida e ansiosa por causa dos preparativos para o meu conforto. Muitas vezes, enquanto eu desfazia a mala, ela ia de um lado para outro para atiçar o fogo, que queimava ainda menos por ser atiçado com tanta frequência.

– A senhorita tem bastantes gavetas, minha cara? – ela perguntava. – Não sei exatamente como a minha irmã costumava arrumá-las. Os métodos dela eram excelentes. Tenho certeza de que ela teria treinado uma empregada em uma semana para acender uma lareira melhor do que isso, e Fanny tem estado comigo por quatro meses.

O tema das empregadas era um lamento constante, e eu não conseguia me espantar muito com isso; pois, se os cavalheiros eram raros e mal se ouvia falar deles na "boa sociedade" de Cranford, eles ou os seus semelhantes – jovens bem-apessoados – abundavam nas classes mais baixas. As belas e arrumadas empregadas podiam escolher entre os "admiradores" desejáveis; e as suas patroas, sem ter o tipo de medo misterioso de homens e de matrimônio que a Srta. Matilda nutria, poderiam muito bem se sentir um pouquinho ansiosas, caso as suas graciosas empregadas perdessem a cabeça por causa do marceneiro, ou do açougueiro, ou do jardineiro, que eram obrigados, por causa da profissão, a ir à casa; e que, por um golpe de má sorte, eram geralmente bem-apessoados e solteiros. Os admiradores de Fanny, se ela os tivesse – e a Srta. Matilda suspeitava que ela tivesse tantos flertes que, não fosse ela tão bonita, eu teria duvidado que ela tivesse um –, eram uma ansiedade constante para a sua patroa. Ela era proibida, segundo os itens de seu contrato, de ter "admiradores"; e embora tivesse respondido, com bastante inocência, virando a barra do avental ao falar, "Com sua licença, senhora, eu nunca tive mais que um de cada vez", a Srta. Matilda proibiu esse único. Porém, a imagem de um homem parecia assombrar a cozinha. Fanny me garantiu que era tudo imaginação, ou então eu teria dito para mim mesma que havia visto a aba de um casaco masculino sumindo rapidamente na copa uma vez, quando fui à copa à noite; e em um anoitecer, quando, nossos relógios tendo parado, eu fui olhar o relógio de parede, havia uma figura muito estranha, singularmente parecida com a de um jovem espremido entre o relógio e a parte de trás da porta da cozinha; e eu achei que Fanny pegou a vela com muita rapidez, de modo a lançar a sombra no mostrador do relógio, enquanto me dizia as horas, com muita certeza, com meia hora de antecedência, como descobrimos em seguida por meio do relógio da igreja. Mas eu não aumentei a ansiedade da Srta. Matty citando as minhas suspeitas, sobretudo por Fanny me dizer, no dia seguinte, que aquela era uma cozinha muito estranha mesmo por ter umas sombras esquisitas por lá; ela realmente estava quase com medo de ficar lá, "pois, a senhorita sabe", ela acrescentou, "eu não vejo ninguém desde a hora do chá às seis horas, até a Patroa tocar o sino para as preces às dez".

Contudo, aconteceu que Fanny teve de partir e a Srta. Matilda me suplicou que ficasse e "a acomodasse" com a nova empregada; e consenti, depois de o meu pai ter me dito que não precisava de mim em casa. A nova empregada era uma moça do interior muito simples e com ar honesto, que só havia vivido em uma propriedade rural antes; mas gostei da aparência dela quando ela esteve na casa para ser contratada; e prometi para a Srta. Matilda que a adaptaria aos costumes da casa. Os ditos costumes eram religiosamente do tipo que a Srta. Matilda achava que sua irmã fosse aprovar. Muitas regras e regulamentos domésticos tinham sido tema de murmúrios lamentosos para mim durante a vida da Srta. Jenkyns; mas agora que ela havia partido, não creio que até mesmo eu, uma favorita, teria ousado sugerir uma alteração. Para dar um exemplo: nós constantemente seguíamos os costumes que havíamos mantido, nas horas das refeições, na "casa de meu pai, o pároco". Portanto, sempre tínhamos vinho e sobremesa; porém os decantadores só eram cheios quando havia uma reunião, e o que restava poucas vezes era tocado, embora nós bebêssemos dois cálices de vinho cada uma todos os dias depois do jantar, até que a próxima ocasião festiva chegasse, quando o estado do vinho restante era examinado em um conselho familiar. A borra era com frequência dada aos pobres; mas, ocasionalmente, quando uma boa quantidade havia sobrado na última reunião (cinco meses antes, poderia ser), ela era colocada em uma nova garrafa, trazida da adega. Eu imagino que o pobre Capitão Brown não gostava muito de vinho, pois percebi que ele nunca esvaziava o seu primeiro cálice, e a maior parte dos militares bebe vários. Então, quanto à nossa sobremesa, a Srta. Jenkyns costumava colher cassis e groselhas pessoalmente para prepará-la, os quais eu às vezes achava que teriam gosto melhor se colhidos na hora, das árvores; mas então, como a Srta. Jenkyns observava, não teria havido nada para a sobremesa no verão. Assim sendo, nós nos considerávamos muito refinadas com nossos dois cálices para cada uma, e um prato de groselhas na ponta da mesa, e de cassis e de biscoitos nos lados, e dois decantadores no fundo. Quando as laranjas apareciam, um procedimento curioso era observado. A Srta. Jenkyns não gostava de cortar a fruta; pois, como ela observava, o sumo escorria todo e ninguém sabia onde ia parar; chupar (eu apenas acho que ela usava alguma palavra mais absconsa) era, na verdade, o único modo de apreciar as laranjas; mas havia a desagradável associação com uma cerimônia frequentemente realizada por bebezinhos; e então, depois da sobremesa, na temporada das laranjas, a Srta. Jenkyns e a Srta. Matty costumavam se levantar da mesa, cada qual se apossando de uma laranja em silêncio, e se retirar para a privacidade de seus quartos, para se deliciar chupando laranjas.

Uma ou duas vezes, em tais ocasiões, eu havia tentado persuadir a Srta. Matty para que ficasse, e fora bem-sucedida quando sua irmã era viva. Eu segurava uma tela de mão, e não olhava; e, como ela dizia, ela tentava não tornar o ruído muito ofensivo; mas agora que estava sozinha, ela pareceu quase horrorizada quando eu lhe supliquei que ficasse comigo na cálida sala de jantar, e desfrutasse de sua laranja como ela mais gostasse. E assim foi com tudo. As regras da Srta. Jenkyns eram tornadas mais rígidas do que nunca, porque quem as criara se fora para onde não poderia haver apelação. Em todas as outras coisas, a Srta. Matilda era excessivamente meiga e indecisa. Eu ouvi Fanny a confundindo vinte vezes em uma manhã por causa do jantar, assim como aprazia à mocinha; e às vezes eu imaginava que ela se aproveitasse das fraquezas da Srta. Matilda para deixá-la confusa, e fazê-la se sentir mais nas garras de sua esperta empregada. Resolvi que não a abandonaria até eu ter visto que tipo de pessoa Martha era; e, se a considerasse digna de confiança, eu lhe diria para não incomodar a sua patroa com cada pequena decisão.

Martha era totalmente destituída de refinamento e muito franca; por outro lado, ela era uma menina ativa e bem intencionada, mas muito ignorante. Ela não estava conosco por mais de uma semana antes de a Srta. Matilda e eu nos espantarmos certa manhã com a chegada de uma carta de um primo dela, que tinha morado vinte ou trinta anos na Índia, e que recentemente, como nós tínhamos ficado sabendo pela "Relação do Exército", voltara para a Inglaterra, trazendo uma esposa inválida que nunca havia sido apresentada aos parentes ingleses. O Major Jenkyns escreveu propondo que ele e a esposa passassem uma noite em Cranford, a caminho da Escócia – na estalagem, se não conviesse à Srta. Matilda recebê-los em sua casa; e em tal caso eles esperariam ficar com ela o máximo possível durante o dia. Naturalmente *tinha de* lhe convir, como ela disse; pois toda Cranford sabia que o quarto de dormir da irmã estava desocupado; mas eu tinha certeza de que ela desejava que o Major tivesse ficado na Índia e se esquecido completamente dos primos.

– Oh, como eu vou dar conta? – ela perguntava, desamparada. – Se Deborah estivesse viva, ela sabia o que fazer com um cavalheiro visitante. Devo colocar navalhas no quarto de vestir dele? Céus! Céus! E eu não tenho nenhuma. Deborah as teria tido. E chinelos, e escovas de casaco? – Eu sugeri que, provavelmente, ele traria tudo isso. – E depois do jantar, como vou saber quando me levantar e sair da mesa e deixá-lo para beber o vinho? Deborah teria feito isso tão bem; ela se sentiria tão à vontade. Ele há de querer café, a senhorita acha? – Eu me encarreguei do café, e disse para ela que daria lições para Martha na arte de servir; na qual, deve-se confessar, ela era muitíssimo deficiente; e que eu não tinha dúvidas de que o Major e a Sra. Jenkyns compreenderiam a vida tranquila que uma senhora levava sozinha em uma cidadezinha do campo. Mas ela ficou muitíssimo agitada. Fiz com que ela esvaziasse seus decantadores e trouxesse duas garrafas novas de vinho. Eu gostaria de ter impedido que ela estivesse presente nas minhas instruções para Martha, pois ela frequentemente intervinha com alguma nova ordem, confundindo a cabeça da pobre moça enquanto ela ficava de boca aberta, ouvindo nós duas.

– Ofereça os legumes para todos – eu disse (insensatamente, agora percebo, pois isso era ambicionar algo além do que poderíamos conseguir com tranquilidade e simplicidade); e, então, vendo-a perplexa, acrescentei. – Leve os legumes para as pessoas, e deixe que elas se sirvam.

– E preste atenção para servir primeiro as senhoras – interveio a Srta. Matilda. – Sempre se dirija primeiro às senhoras antes dos cavalheiros, quando estiver servindo.

– Vou fazer como a senhora está me mandando, dona – disse Martha –, mas eu gosto mais dos rapazes.

Nós nos sentimos muito desconfortáveis e chocadas por causa dessas palavras de Martha; no entanto, não creio que ela tivesse más intenções; e, de modo geral, seguiu muito bem as nossas instruções, a não ser por ela ter "cutucado" o Major quando ele não se serviu das batatas tão rápido quanto ela esperava, enquanto ela as servia.

O major e sua esposa eram pessoas bastante tranquilas e despretensiosas quando chegaram; lânguidos, como todos os moradores das Índias Orientais, suponho. Nós ficamos um tanto consternadas por eles terem trazido dois empregados, um criado de quarto hindu para o Major, e uma camareira idosa e correta para a sua esposa; porém, eles dormiram na estalagem, e assumiram boa parte da responsabilidade cuidando minuciosamente do conforto do patrão e da patroa. Martha, com certeza, não parava de olhar para a pele morena e o turbante branco do indiano, e eu via que a Srta. Matilda se esquivava dele um pouquinho enquanto ele atendia o patrão no jantar. Na verdade, ela me perguntou, depois de eles terem partido, se ele não me fazia pensar no Barba Azul? De modo geral, a visita foi muito satisfatória, e é um tema para conversas até agora para a Srta. Matilda; na época, a visita empolgou muito Cranford, e até mesmo incitou a apática e Honorável Srta. Jamieson a manifestar certo interesse, quando fui visitá-la e lhe agradecer pelas gentis respostas que ela dera para as perguntas da Srta. Matilda sobre a arrumação do quarto de vestir de um cavalheiro – respostas que, devo confessar, ela havia dado com os modos cansados da profetisa escandinava,

> "Deixai-me, deixai-me repousar."

E *agora* eu passo ao caso de amor.

Consta que a Srta. Pole tinha um primo, de segundo ou terceiro grau, que havia pedido a mão da Srta. Matty fazia muito tempo. Ora, esse primo morava a uns seis ou oito quilômetros de Cranford, em sua propriedade; mas esta não era grande o bastante para garantir a ele uma posição mais elevada que a de pequeno proprietário de terras; ou melhor, com algo do "orgulho que finge humildade", ele havia se recusado a forçar sua entrada, como tantos de sua classe haviam feito, na classe dos *squires*. Ele não permitiria ser chamado de Thomas Holbrook, *Esq*.; ele até devolvia cartas com esse apelativo, dizendo para a funcionária dos correios em Cranford que o seu nome era *Sr*. Thomas Holbrook. Ele rejeitava todas as inovações domésticas; fazia com que a porta da casa ficasse aberta no verão e fechada no inverno, sem aldrava ou sino para chamar um empregado. Um punho fechado ou o castão da bengala faziam-lhe esse serviço se ele encontrasse a porta fechada. Ele desprezava todos os refinamentos que não fossem profundamente enraizados na humanidade. Se as pessoas não estivessem doentes, ele não via motivos para moderar a sua voz. Ele falava o dialeto da região perfeitamente, e o usava de modo constante na conversa; embora a Srta. Pole (que me informou desses detalhes) acrescentasse que ele lia em voz alta muito bem, e com mais sentimento do que qualquer outra pessoa que ela já tivesse ouvido, com exceção do falecido Pároco.

— E como foi que a Srta. Matilda não se casou com ele? — perguntei.

— Ah, eu não sei. Ela estava muito inclinada, eu acho; mas a senhorita sabe, o Primo Thomas não teria sido cavalheiro o bastante para o pároco e a Srta. Jenkyns.

— Bem! Mas eles não iriam se casar com ele — eu disse, impaciente.

— Não; mas eles não queriam que a Srta. Matty se casasse abaixo de sua classe. A senhorita sabe, ela era filha do Pároco e, de algum modo, aparentada com Sir Peter Arley; a Srta. Jenkyns era muito ciosa disso.

— Pobre Srta. Matty! — eu disse.

— Não; ora, eu não sei nada além do fato de ele ter pedido a mão dela e ter sido recusado. A Srta. Matty poderia não gostar dele... e a Srta. Jenkyns pode nunca ter dito uma palavra... É só uma suposição minha.

– Ela nunca mais o viu desde então? – perguntei.

– Não, creio que não. A senhorita sabe, Woodley, a casa do Primo Thomas, fica a meio caminho entre Cranford e Misselton; e eu sei que ele fez de Misselton a cidade onde ele ia ao mercado logo depois de ter pedido a mão da Srta. Matty; e não creio que ele tenha estado em Cranford mais que uma ou duas vezes desde então; uma vez, quando eu estava caminhando com a Srta. Matty pela High Street, e de repente ela se afastou de mim rapidamente, e seguiu pela Shire Lane. Uns minutos depois, eu me espantei ao encontrar o Primo Thomas.

– Quantos anos ele tem? – perguntei, depois de uma pausa para criar castelos no ar.

– Ele deve ter mais de setenta, eu suponho, minha cara – disse a Srta. Pole, fazendo o meu castelo, como se com pólvora, em caquinhos.

Logo depois disso – pelo menos, durante a minha longa visita à Srta. Matilda – eu tive a oportunidade de ver o Sr. Holbrook; vendo, também, seu primeiro encontro com a sua antiga amada, depois de trinta ou quarenta anos de separação. Eu estava ajudando a resolver se algo no novo sortimento de sedas coloridas que eles haviam acabado de receber na loja iria combinar com a *mousseline-de-laine*[1] cinza e preta que precisava de algumas reformas quando um homem idoso, alto e magro, com o ar de um Dom Quixote, entrou na loja procurando umas luvas de lã. Eu nunca havia visto a pessoa (que era muito notável) antes, e o observei com muita atenção, enquanto a Srta. Matty conversava com o vendedor.

[1] Tecido de lã fina. (N. T.)

O desconhecido usava um casaco azul com botões de metal, calças de tecido castanho-amarelado e polainas, e tamborilava com os dedos no balcão até ser atendido. Quando ele respondeu à pergunta do jovem vendedor da loja, "O que eu terei o prazer de mostrar para o senhor hoje?", vi a Srta. Matty se sobressaltar, e então sentar-se de repente; e na mesma hora eu adivinhei quem ele era. Ela havia feito uma pergunta que teve de ser transmitida a outro vendedor.

– A Srta. Jenkyns quer o *sarsenet*[2] preto de dois xelins e dois *pence* o metro – e o Sr. Holbrook havia ouvido o nome, e atravessou a loja em dois passos.

– Matty... Srta. Matilda... Srta. Jenkyns! Deus me abençoe! Eu não a teria reconhecido! Como tem passado? Como tem passado? – Ele ficou apertando a mão dela de um modo que provava o ardor de sua amizade; mas repetiu tantas vezes, como se falasse com os seus botões, "Eu não a teria conhecido!", que qualquer romance sentimental que eu pudesse estar inclinada a criar foi praticamente destruído pelos modos dele.

Entretanto, ele continuou conversando conosco o tempo todo que ficamos na loja; e então, afastando para um lado o vendedor com as luvas por comprar com um "Outra hora, meu senhor! Outra hora!", ele nos acompanhou até a casa. Fico feliz por dizer que a minha cliente, a Srta. Matilda, também saiu da loja em um estado de igual perplexidade, não tendo comprado seda nem verde, nem vermelha. O Sr. Holbrook evidentemente estava repleto de uma alegria honesta e ruidosa ao encontrar o seu antigo amor de novo; ele mencionou as mudanças que haviam acontecido; ele até mesmo falou

[2] Seda fina e macia. (N. T.)

da Srta. Jenkyns como “Sua pobre irmã! ora, ora! Todos nós temos as nossas faltas”, e se despediu de nós com muitas esperanças de que pudesse ver a Srta. Matty logo de novo. Ela foi diretamente para o quarto, e só voltou na hora do nosso chá, quando achei que ela estava com a aparência de quem estivera chorando.

Capítulo IV – Uma visita a um velho solteirão

Uns dias depois, chegou um bilhete do Sr. Holbrook, convidando-nos – de modo imparcial, convidando nós duas –, em um estilo formal e antiquado, a passar o dia em sua casa – um longo dia de junho, pois então era junho. Ele informava que também havia convidado a sua prima, a Srta. Pole; de modo que nós poderíamos ir juntas em uma carruagem de aluguel, que poderia ser deixada na casa dele.

Eu esperei que a Srta. Matty aceitasse o convite com avidez; mas não!, a Srta. Pole e eu tivemos a maior dificuldade em persuadi-la a ir. Ela achou que era impróprio; e até ficou um tanto aborrecida quando nós ignoramos completamente a ideia de qualquer falta de decoro por ela ir com outras duas senhoras visitar o seu antigo apaixonado. Então surgiu uma dificuldade maior. Ela não achava que Deborah teria aprovado a sua ida. Nós levamos metade de um dia para derrotar essa ideia com bons argumentos; porém, ao ouvir a primeira frase aquiescente, eu aproveitei a oportunidade, e escrevi e enviei uma resposta positiva em nome dela – especificando o dia e a hora, para que tudo fosse resolvido e o assunto encerrado.

Na manhã seguinte, ela me perguntou se eu iria à loja com ela, e lá, depois de muita hesitação, nós escolhemos as três toucas que seriam enviadas a casa e experimentadas, para que a que caísse melhor fosse escolhida para ser levada conosco na terça-feira.

Ela estava em um estado de agitação silenciosa o caminho todo até Woodley. Ela evidentemente nunca tinha estado lá antes; e, embora mal sonhasse que eu sabia alguma coisa sobre a sua história pregressa, consegui perceber que ela estava toda trêmula com a ideia de ver o local que poderia ter sido o seu lar, e ao qual é provável que muitas de suas inocentes fantasias de mocinha tivessem se voltado. Foi um longo percurso até lá, através de alamedas pavimentadas e sacolejantes. A Srta. Matilda sentava-se muito empertigada, e olhava melancólica pelas janelas quando nos aproximamos do fim de nosso trajeto. A paisagem da região era tranquila e pastoral. Woodley se encontrava no meio dos campos; havia um jardim antiquado onde rosas e arbustos de cassis se tocavam e onde aspargos penugentos formavam um belo pano de fundo para as cravinas e os goivos amarelos; não havia um caminho até a porta; nós apeamos em um portãozinho, e seguimos por um caminho reto e margeado por buxos.

— Meu primo poderia fazer um caminho mais largo, suponho — disse a Srta. Pole, que tinha medo de dor de ouvido, e estava usando somente a sua touca caseira.

— Acho que é muito bonito — disse a Srta. Matty, com um doce lamento em sua voz, e quase sussurrando, pois bem nesse instante o Sr. Holbrook apareceu na porta, esfregando as mãos no auge da hospitalidade. Ele se parecia ainda mais com a minha ideia do Dom Quixote; e, contudo, a semelhança era apenas externa.

Sua respeitável governanta estava modestamente parada à porta para nos receber; e, enquanto ela conduzia as senhoras mais velhas para um quarto no andar de cima, eu pedi para dar uma volta no jardim. Meu pedido evidentemente agradou ao velho cavalheiro, que me fez percorrê-lo inteiro e me mostrou as suas vinte e seis vacas, cada qual batizada com uma letra do alfabeto. Enquanto prosseguíamos, ele de vez em quando me surpreendia fazendo citações adequadas e belas dos poetas, passando com facilidade de Shakespeare e George Herbert para os nossos contemporâneos. Ele fazia isso com naturalidade, como se estivesse pensando em voz alta, e as verdadeiras e belas palavras dos poetas fossem a melhor forma de expressão que ele conseguia encontrar para o que sentia ou pensava. Com certeza, ele chamou Byron de "milorde Byrron", e pronunciou o nome de Goethe exatamente de acordo com o som inglês das letras. "Como diz Goëthe, "Os palácios sempre verdejantes", &c. De modo geral, eu nunca encontrei um homem, antes ou desde então, que tivesse passado uma vida tão longa em uma região isolada e não muito atraente, com um deleite cada vez maior na mudança diária e anual das estações e da beleza.

Quando nós dois entramos, descobrimos que a refeição já estava quase pronta na cozinha – pois suponho que aquele cômodo devesse assim ser chamado, já que havia mesas e armários de carvalho por todos os lugares, ao lado da lareira, e apenas um pequeno tapete turco no meio do piso de lajotas. O cômodo poderia facilmente ter sido transformado em uma bela sala de jantar de carvalho escuro com a remoção do fogão e de mais alguns utensílios de cozinha, que, ficava claro, nunca eram usados, o verdadeiro local onde a comida era preparada ficando a certa distância. O cômodo onde deveríamos nos sentar era feio e com mobília austera; mas aquele onde realmente nos sentamos era o que o Sr. Holbrook chamava de escritório, onde ele dava para os seus trabalhadores seus pagamentos semanais em uma grande mesa perto da porta. O restante da bela sala de visitas – com vista para o pomar, e toda coberta pelas oscilantes sombras de árvores – estava repleto de livros. Eles estavam no chão; eles cobriam as paredes; eles estavam espalhados sobre a mesa. Evidentemente, o Sr. Holbrook sentia-se um pouco envergonhado e um pouco orgulhoso de sua extravagância nesse sentido. Os livros eram de todos os tipos – prevalecendo os de poesia e de contos fantásticos e estranhos. Ele evidentemente escolhia os seus livros de acordo com seu próprio gosto, e não porque este ou aquele fosse um clássico ou reconhecidamente favorito.

– Ah! – ele disse. – Nós, fazendeiros, não deveríamos ter muito tempo para a leitura; contudo, de algum modo, não se pode evitar.

– Mas que bela sala! – disse a Srta. Matty, *sotto voce.*[1]

– Mas que lugar agradável! – eu disse, em voz alta, quase ao mesmo tempo.

– Ora! Se as senhoras gostam dela – ele replicou –, mas as senhoras podem se sentar nestas grandes cadeiras de três pernas estofadas de couro negro? Eu gosto daqui mais do que da melhor sala; mas achei que as senhoras considerariam aquela a mais refinada.

Era a mais refinada; porém, como muitas coisas refinadas, nem um pouco bonita, ou agradável, ou acolhedora; então, enquanto estávamos almoçando, a jovem empregada espanou e esfregou as cadeiras do escritório, e nos sentamos lá durante o resto do dia.

---

[1] Em voz baixa (em italiano no original). (N. T.)

Nós comemos chouriço antes da carne; e achei que o Sr. Holbrook iria pedir desculpas por seus modos antiquados, pois ele começou:

– Não sei se as senhoras apreciam esses modos modernos.

– Oh! Nem um pouco! – disse a Srta. Matty.

– Eu tampouco – disse ele. – Minha caseira *tem de* fazer tudo de acordo com a nova moda; ou então eu lhe digo que, quando eu era jovem, costumávamos seguir à risca a regra do meu pai, "Sem caldo, não tem bolinhos de toucinho; sem bolinhos, não tem carne", e sempre começávamos a refeição com sopa. Então, comíamos os bolinhos de toucinho, cozidos no caldo com a carne, e então a carne propriamente dita. Se não tomássemos o nosso caldo, nós não tínhamos os bolinhos, do que gostávamos muito mais; e a carne vinha no fim de tudo, e apenas quem tinha feito justiça ao caldo e aos bolinhos a comia. Agora as pessoas começam com coisas doces, e viram as refeições de ponta-cabeça.

Quando os patos e as ervilhas foram trazidos, nós nos entreolhamos, consternadas; nós tínhamos apenas garfos de dois dentes com cabos negros. É verdade que o aço era tão luzidio como prata; mas o que deveríamos fazer? A Srta. Matty pegou as ervilhas, uma a uma, na ponta dos dentes do garfo, mais ou menos como Aminé comia os seus grãos de arroz após o seu banquete com o espírito do mal. A Srta. Pole suspirou por causa de suas delicadas e tenras ervilhas ao deixá-las em um lado do prato, sem comer, pois elas *caíam* entre os dentes do garfo. Eu olhei o meu anfitrião: as ervilhas iam em grande quantidade para sua grande boca, empurradas por sua faca de ponta redonda. Eu vi, eu imitei, eu sobrevivi! Minhas amigas, apesar de meu precedente, não conseguiram juntar coragem suficiente para fazer algo tão pouco refinado; e, se o Sr. Holbrook não estivesse com tanto apetite, ele provavelmente teria visto que as saborosas ervilhas foram embora quase sem serem tocadas.

Depois da refeição, um cachimbo de cerâmica foi trazido, e uma escarradeira; e, pedindo-nos para que nos retirássemos para outra sala, aonde ele logo iria se juntar a nós, se nós não gostássemos de fumaça de tabaco, ele deu o cachimbo para a Srta. Matty e pediu-lhe que enchesse o fornilho. Isso era um elogio a uma senhora na juventude dele; porém, era bastante inapropriado apresentá-lo como uma honraria para a Srta. Matty, que havia sido treinada pela irmã para considerar qualquer tipo de fumo uma completa aberração. Porém, se isso foi um choque para seus bons modos, também foi uma satisfação para os seus sentimentos ser assim escolhida; então, ela cuidadosamente colocou o forte tabaco no cachimbo, e então nós nos retiramos.

— É muito agradável almoçar com um solteirão — disse a Srta. Matty baixinho, enquanto nos sentávamos no escritório. — Eu só espero que não seja impróprio; tantas coisas agradáveis o são!

— Quantos livros ele tem! — disse a Srta. Pole, olhando ao redor da sala. — E como estão empoeirados!

— Acho que deve se parecer com um dos aposentos do grande Dr. Johnson — disse a Srta. Matty. — Que homem de escol o seu primo deve ser!

— Sim! — disse a Srta. Pole. — Ele é um ávido leitor, mas receio que ele tenha adquirido hábitos muito grosseiros por viver sozinho.

— Oh! Grosseiro é uma palavra forte demais. Eu o chamaria de excêntrico; pessoas muito inteligentes sempre são! — retrucou a Srta. Matty.

Quando o Sr. Holbrook entrou na sala, propôs uma caminhada pelos campos; porém, as duas senhoras mais idosas estavam com receio da umidade e da sujeira, e tinham somente toucas *calash*[2] nem um pouco sofisticadas para colocar por cima de suas toucas caseiras; então, elas recusaram, e fui uma vez mais companheira dele em um itinerário que ele disse ser obrigado a fazer para ver os seus trabalhadores. Ele saiu andando, ou se esquecendo totalmente de minha existência, ou levado a uma tranquilidade silenciosa por seu cachimbo – e, contudo, não era exatamente silêncio. Ele caminhava à minha frente, inclinado para frente, as mãos entrelaçadas nas costas; e, quando alguma árvore, ou nuvem, ou o vislumbre de pastos o impressionava, ele citava poesia para si mesmo, dizendo-a em voz alta em uma voz imponente e sonora, com a devida ênfase que o verdadeiro sentimento e apreciação proporcionam. Nós chegamos a um velho cedro que estava em um lado da casa.

"...o cedro espalha
Camadas de sombra de escuro verde."

– Palavra excelente... "camadas"! Homem maravilhoso! – Não sei se ele estava falando comigo ou não; mas eu concordei dizendo "maravilhoso", embora nada soubesse sobre isso, só porque estava cansada de ser esquecida, e de, consequentemente, ficar em silêncio.

Ele se voltou bruscamente.

---

[2] Tipo de touca de seda, com barbatanas de baleia ou aros de bambu, cujo formato lembra um pouco a cobertura de lona das carroças do século XIX. (N. T.)

— Ah! A senhorita pode dizer "maravilhoso". Ora, quando vi a resenha dos poemas dele na revista *Blackwood*, em uma hora eu saí de casa, e caminhei onze quilômetros até Misselton (pois os cavalos não estavam disponíveis) e os encomendei. Então, de que cor são os brotos do freixo em março?

"Ele estará ficando louco?", pensei. "Ele se parece tanto com Dom Quixote."

— De que cor eles são, estou perguntando? — ele repetiu, veemente.

— Com certeza eu não sei, senhor — respondi, com a suavidade da ignorância.

— Eu tinha certeza disso. Nem eu sabia... velho tolo que sou!... até esse jovem aparecer e me dizer, negros como os brotos do freixo em março. E vivi a minha vida inteira no campo; vergonha ainda maior eu não saber. Negros: eles são negros como azeviche, senhorita. — E ele voltou a andar, se balançando ao ritmo da melodia de alguma poesia de que ele se lembrara.

Quando retornamos, nada o satisfaria; ele teria de ler para nós os poemas que estivera mencionando; e a Srta. Pole o encorajou na proposta, eu achei, por ela desejar que eu ouvisse a bela leitura dele, da qual ela se vangloriara; contudo, mais tarde ela me disse que era por ela ter chegado a uma parte difícil de seu crochê, e queria contar os pontos sem ter de conversar. Qualquer coisa que ele tivesse proposto teria sido correta para a Srta. Matty; embora ela realmente tivesse adormecido cinco minutos depois de ele ter começado um longo poema chamado "Locksley Hall", e ter tirado uma boa soneca, sem ser observada, até ele terminar; quando a interrupção da voz dele a despertou, e ela disse, sentindo que algo era esperado, e que a Srta. Pole estava contando pontos:

– Que livro bonito!

– Bonito, minha senhora! É belo! Bonito, ora essa!

– Ah sim! Eu queria dizer belo! – respondeu ela, agitada por ele desaprovar a palavra dita por ela. – E se parece tanto com aquele belo poema do Dr. Johnson que a minha irmã costumava ler... Esqueci-me do nome; qual era ele, minha cara? – se dirigindo a mim.

– A qual a senhorita se refere? Qual era o tema?

– Não lembro qual era o tema, e já esqueci qual era nome; mas foi escrito pelo Dr. Johnson, e era muito bonito, e bem parecido com o que o Sr. Holbrook acabou de ler.

– Não me lembro desse – ele falou, pensativo. – Mas não conheço bem os poemas do Dr. Johnson. Devo lê-los.

Enquanto estávamos entrando na carruagem para voltar para casa, ouvi o Sr. Holbrook dizer que visitaria as senhoras logo, e perguntaria como elas haviam chegado a casa; isso evidentemente agradou e agitou a Srta. Matty na ocasião em que ele disse isso; porém, assim que não pudemos mais ver a casa entre as árvores, seus sentimentos em relação ao proprietário dela foram gradualmente se misturando a uma indagação aflita se Martha havia quebrado a sua promessa, e aproveitado a oportunidade da ausência de sua patroa para receber um "admirador". Martha estava com boa aparência, e bastante firme e equilibrada, ao vir nos ajudar a apear; ela sempre cuidava muito bem da Srta. Matty; e naquela noite proferiu as desventuradas palavras:

– Ai! Cara patroa, pensar na senhora saindo à noitinha com um xale tão fino! Não é melhor que musselina. Na sua idade, dona, a senhora devia tomar cuidado.

– Minha idade! – disse a Srta. Matty, falando quase zangada, para os seus modos, pois ela geralmente era gentil. – Minha idade! Quantos anos você acha que eu tenho, para falar da minha idade?

– Bem, dona, eu diria que a senhora não está muito longe dos sessenta; mas a aparência das pessoas muitas vezes vai contra elas... E, com certeza, não quero ser indelicada.

– Martha, ainda não tenho cinquenta e dois! – disse a Srta. Matty, com grande ênfase; pois, provavelmente, a recordação de sua juventude havia surgido com muita força naquele dia, e ela estava aborrecida ao perceber que aqueles anos dourados estavam tão longe no passado.

Entretanto, ela nunca falou sobre algum relacionamento anterior e mais profundo com o Sr. Holbrook. Ela provavelmente tivera acolhida tão pouco simpática em seu primeiro amor, que o havia fechado a sete chaves em seu coração; e foi apenas por um tipo de vigilância, que eu dificilmente poderia evitar desde as confidências da Srta. Pole, que vi quão fiel o seu pobre coração havia sido em seu pesar e em seu silêncio.

Ela me ofereceu alguma boa razão para usar a sua melhor touca caseira todos os dias, e sentava-se perto da janela, apesar de seu reumatismo, para poder ver, sem ser vista, a rua.

Ele apareceu. Ele colocou as palmas das mãos abertas nos joelhos, que estavam bem separados, enquanto se sentava com a cabeça baixa, assobiando, depois de termos respondido às suas perguntas sobre a nosso retorno sem incidentes. De repente, ele se animou:

– Bem, minha senhora! Tem encomendas para fazer em Paris? Estou indo para lá em uma ou duas semanas.

– Paris! – nós duas exclamamos.

– Sim, senhora! Nunca estive lá antes, e sempre tive vontade de ir; e acho que, se não for logo, posso nunca ir; então, assim que o feno for feito eu devo ir, antes da época da colheita.

Nós ficamos tão espantadas que não tínhamos nenhuma encomenda.

Assim que estava saindo da sala, ele se voltou, com sua exclamação favorita:

— Deus me abençoe, senhora! Mas eu quase me esqueci de parte de meus objetivos ao vir aqui. Cá estão, para a senhora, os poemas que a senhora admirou tanto em minha casa, naquela tarde. — Ele tirou um pacote do bolso de seu casaco. — Até logo, senhorita — ele disse —, até logo, Matty! Cuide-se. — E ele foi embora. Mas ele lhe havia dado um livro, e a havia chamado de Matty, assim como costumava fazer trinta anos antes.

— Eu gostaria que ele não fosse para Paris — disse a Srta. Matilda, ansiosa. — Não creio que rãs lhe façam bem; ele costumava ser muito cuidadoso com o que comia, o que era curioso, em um homem com aparência tão saudável.

Logo depois disso, eu fui embora, dando muitas instruções para Martha cuidar de sua patroa, e me avisar se ela achasse que a Srta. Matty não estivesse muito bem; em tal caso eu faria uma visita à minha velha amiga, sem lhe mencionar as palavras de Martha.

Assim sendo, eu recebia mensagens curtas de Martha de vez em quando; e, perto de novembro, eu recebi uma informando que a sua patroa estava "muito abatida, e quase nem comia direito", e o relato me deixou tão intranquila que, embora Martha não solicitasse explicitamente a minha presença, fiz as minhas malas e fui para lá.

Recebi uma acolhida calorosa, apesar da pequena agitação produzida por minha visita inesperada, pois eu só fora capaz de avisar um dia antes. A Srta. Matilda aparentava estar muito doente; e me preparei para confortá-la e acarinhá-la.

Fui ter uma conversa particular com Martha.

— Desde quando a sua patroa tem estado tão abatida? — eu perguntei, enquanto ficava perto da lareira da cozinha.

— Bem! Acho que mais de duas semanas; é isso, eu sei; foi uma terça-feira, depois de a Srta. Pole ter vindo aqui, que ela começou a ficar assim macambúzia. Eu achei que ela estava cansada, e passaria com uma noite de descanso; mas não!, ela ficou assim desde então, até eu achar que era meu dever escrever para a senhorita.

— Você agiu muito bem, Martha. É um consolo pensar que ela tem uma empregada tão fiel perto dela. E espero que você goste de seu emprego?

— Bem, senhorita, a patroa é muito gentil, e sempre tem bastante para comer e beber, e não tem mais trabalho do que eu possa fazer com tranquilidade... mas... — Martha hesitou.

— Mas o que, Martha?

— Ora, me parece muita severidade da patroa não me deixar ter nenhum admirador; tem tantos rapazes na cidade, e mais de um deles praticamente se ofereceu para me fazer companhia; e eu posso nunca mais estar em um lugar bom de novo, e é como perder uma oportunidade. Muitas moças que eu conheço teriam um admirador sem a patroa saber; mas eu dei a minha palavra e cumpro o que prometi; ora, este é exatamente o tipo de casa para a patroa nunca saber nada se eles viessem; e é uma cozinha tão espaçosa... tem uns cantos tão escuros nela... eu podia esconder qualquer um. Eu contei na última noite de sábado... pois não vou negar que eu estava chorando porque tive de fechar a porta na cara do Jem Hearn, e ele é um bom rapaz, bom para qualquer moça, só que eu dei a minha palavra para a patroa. — Martha estava praticamente chorando de novo, e eu pouco conforto tinha a lhe oferecer, pois sabia, por longa experiência, do horror com que as Senhoritas Jenkynses encaravam os "admiradores"; e, no presente estado de nervos da Srta. Matty, esse temor dificilmente diminuiria.

Fui visitar a Srta. Pole no dia seguinte, e a peguei completamente de surpresa, pois ela não tinha ido visitar a Srta. Matilda por dois dias.

– E agora devo retornar com você, minha cara, pois prometi à Srta. Jenkyns contar-lhe como Thomas Holbrook estava passando; e, lamento dizer, a governanta dele me comunicou hoje que ele não tem muito tempo de vida. Pobre Thomas! Aquela viagem para Paris foi excessiva para ele. A governanta diz que ele mal esteve nos campos desde então, apenas fica sentado com as mãos nos joelhos no escritório, sem ler, nem fazer nada, somente dizendo que cidade maravilhosa era Paris! Paris tem muita responsabilidade se o meu primo Thomas morrer por causa de sua visita, pois homem melhor jamais viveu.

– A Srta. Matilda sabe que ele está doente? – eu perguntei; uma nova causa para a indisposição dela se me ocorrendo.

– Minha cara! Com certeza, sim! Ela não contou para a senhorita? Eu lhe avisei há duas semanas, ou mais, quando fiquei sabendo do caso. Mas que estranho ela não ter contado para a senhorita!

Nem um pouco, pensei; no entanto, nada disse. Eu me sentia quase culpada por ter bisbilhotado com excessiva curiosidade aquele coração meigo, e não iria falar de seus segredos – escondidos, a Srta. Matty assim acreditava – do mundo todo. Eu introduzi a Srta. Pole na pequena sala de estar da Srta. Matilda e então as deixei a sós. Porém, não me surpreendi quando Martha apareceu na porta do meu quarto, para me pedir que fosse jantar sozinha, pois a patroa estava com uma de suas horríveis dores de cabeça. Ela apareceu na sala de estar na hora do chá; mas isso evidentemente era um esforço para ela; e, como se fosse para expiar algum sentimento de censura em relação à sua falecida irmã, a Srta. Jenkyns, que a tivesse perturbado a tarde toda, e pelo qual ela agora se sentia arrependida, ela ficou me falando quão bondosa e quão sagaz Deborah era em sua juventude; como ela costumava decidir quais vestidos elas deveriam usar em todas as festas (ideias indistintas e fantasmagóricas de festas indefinidas, muito distantes, quando a Srta. Matty e a Srta. Pole eram jovens!); e como Deborah e sua mãe tinham fundado a sociedade beneficente para os pobres, e ensinado as meninas a cozinhar e a fazer a costura básica; e como Deborah havia uma vez dançado com um lorde; e como ela costumava visitar a casa de Sir Peter Arley, e tentara redecorar a tranquila casa paroquial de acordo com os projetos de Arley Hall, onde eles tinham trinta empregados; e como Deborah havia cuidado da Srta. Matty durante uma enfermidade muito, muito longa, da qual eu nunca tinha ouvido falar antes, mas que então eu localizava, em meus pensamentos, como tendo acontecido logo depois da recusa da corte do Sr. Holbrook. Então nós conversamos tranquilamente, em voz baixa, sobre os velhos tempos naquele longo anoitecer de novembro.

No dia seguinte, a Srta. Pole nos avisou que o Sr. Holbrook estava morto. A Srta. Matty ouviu a notícia em silêncio; na verdade, devido ao relato do dia anterior, era a única coisa que nós poderíamos esperar. A Srta. Pole ficou nos instando a proferir alguma manifestação de pesar, perguntando-nos se não era uma tristeza ele ter partido, e dizendo:

— E pensar naquele dia agradável em junho passado, quando ele parecia tão bem! E ele poderia ter vivido por mais doze anos se não tivesse ido para aquela perversa Paris, onde eles estão sempre fazendo revoluções.

Ela fez uma pausa, esperando alguma manifestação de nossa parte. Eu vi que a Srta. Matty era incapaz de falar, ela tremia, tão nervosa; então, eu disse o que realmente sentia; e, depois de uma visita um tanto longa — e durante o tempo todo eu não duvido que a Srta. Pole achasse que a Srta. Matty houvesse recebido a notícia com muita calma — nossa visita se despediu. Contudo, a Srta. Matty havia feito um esforço para dissimular os seus sentimentos — uma dissimulação que ela pôs em prática até comigo, pois nunca mais se referiu ao Sr. Holbrook de novo, embora o livro que ele lhe deu se encontre com a Bíblia dela na mesinha de cabeceira; ela não achava que eu a tivesse ouvido quando pediu para a modista de Cranford fazer as suas toucas um pouco parecidas com as da Honorável Sra. Jamieson, ou que eu tivesse entendido a resposta:

— Mas ela usa toucas de viúva, minha senhora?

— Oh! Eu só queria dizer algo mais ou menos naquele estilo; não de viúva, é claro, mas parecida com a da Sra. Jamieson.

Esse esforço para dissimular foi o início do movimento trêmulo da cabeça e das mãos que eu tenho visto desde então na Srta. Matty.

No anoitecer daquele dia em que ficamos sabendo da morte do Sr. Holbrook, a Srta. Matilda estava muito silenciosa e pensativa; depois das preces, ela chamou Martha de novo e então ficou sem saber muito bem o que dizer.

— Martha! — ela finalmente disse. — Você é jovem... — e então ela fez uma pausa tão longa, que Martha, para recordar-lhe a frase interrompida, fez uma mesura e disse:

— Sim, com a sua licença, senhora; fiz vinte e dois no mês de outubro passado, com sua licença, senhora.

— E, talvez, Martha, você possa um dia encontrar um jovem de quem você goste, e que goste de você. Eu disse que você não deveria ter admiradores; mas, se você encontrar um jovem como esse, e me disser, e eu souber que ele é respeitável, não ponho objeções a ele vir ver você uma vez por semana. Deus nunca permita! — ela disse, em voz baixa —, que eu magoe corações jovens! — Ela falou como se estivesse se prevenindo para uma distante contingência, e ficou bastante sobressaltada quando Martha respondeu rápida e ansiosa:

— Com sua licença, senhora, tem o Jem Hearn, e ele é marceneiro e ganha três xelins e seis *pence* por dia, e tem 1,85m de altura descalço, com sua licença, senhora; e se a senhora fizer perguntas sobre ele amanhã de manhã, todos vão dizer que ele é um exemplo de firmeza; e ele vai ficar muito feliz por vir aqui amanhã à noite, eu garanto.

Embora a Srta. Matty estivesse sobressaltada, ela se submeteu ao Destino e ao Amor.

Capítulo V – Antigas cartas

Tantas vezes tenho percebido que quase todas as pessoas têm as suas pequenas economias – hábitos cuidadosos para poupar frações de *pennies* em alguma coisa peculiar – e que qualquer alteração desse costume as perturba mais do que gastar xelins ou libras em alguma verdadeira extravagância. Um velho cavalheiro, conhecido meu, que recebeu com uma afabilidade estoica a notícia da bancarrota de um Banco de Sociedade Anônima, em que parte de seu dinheiro estava investido, apoquentou a família durante todo um dia de verão porque alguém dentre eles havia rasgado as páginas de sua agora inútil caderneta do banco (em vez de cortá-las); naturalmente, as páginas correspondentes do outro lado saíram também, e esse pequeno e desnecessário desperdício de papel (suas economias particulares) o irritou mais do que toda a perda de seu dinheiro. Envelopes atormentavam profundamente sua alma quando foram postos em circulação pela primeira vez; o único modo com que ele conseguiu se conformar com tal desperdício desse precioso artigo foi pacientemente virar pelo avesso todos os que lhe eram enviados, e assim fazer com que fossem usados de novo. Até agora, embora amansado pela idade, eu o vejo lançando olhares pesarosos para as filhas quando elas enviam toda uma folha de papel, com as três linhas de aceitação para um convite, escritas apenas de um lado. Não posso deixar de confessar que tenho essas fraquezas humanas também. Barbante é o meu ponto fraco. Meus bolsos ficam cheios de pequenas bolinhas dele, coletados e enrolados juntos, prontos para o uso que nunca acontece. Eu fico seriamente perturbada se alguém corta o barbante de um pacote em vez de, paciente e conscienciosamente, soltar o nó parte por parte. Como as pessoas conseguem usar elásticos, que são um tipo de divinização do barbante, com tanta despreocupação, não consigo imaginar. Para mim, um elástico é um tesouro precioso. Tenho um que não é novo — um que eu peguei no chão há quase seis anos. Realmente tentei usá-lo, mas minhas forças me abandonavam, e não pude fazer essa extravagância.

Pequenas porções de manteiga afligem outras pessoas. Elas não podem participar de uma conversa por causa da irritação ocasionada pelo costume que certas pessoas têm de invariavelmente pegar mais manteiga do que elas desejam. Vocês nunca viram o olhar ansioso (quase mesmerizante) que tais pessoas lançam ao alimento? Elas considerariam um alívio se pudessem tirá-lo de sua frente enfiando-o na boca e o engolindo; e elas ficam mesmo felizes se a pessoa em cujo prato a porçãozinha de manteiga jaz sem usar de repente parte um pedaço de torrada (que ela não quer, de modo algum) e come a sua manteiga. Elas acham que isso não é desperdício.

Bem, a Srta. Matty Jenkyns era econômica com velas. Nós tínhamos vários artifícios para usar a menor quantidade possível. Nas tardes de inverno, ela ficava sentada tricotando por duas ou três horas — ela conseguia tricotar no escuro, ou à luz do fogo na lareira — e quando eu perguntava se não poderia tocar o sino e pedir velas para terminar de costurar os meus punhos, ela me dizia para "enxergar com as pontas dos dedos". Velas geralmente eram trazidas com o chá; porém, só acendíamos uma por vez. Como vivíamos em preparativos constantes para a visita de uma amiga que poderia vir em qualquer tarde (mas nunca vinha), eram necessários certos artifícios para manter as nossas duas velas do mesmo tamanho, prontas para serem acesas, para dar a impressão de que sempre acendíamos duas. As velas eram usadas por turnos; e, não importava sobre o que estivéssemos falando, ou o que fizéssemos, os olhos da Srta. Matty estavam geralmente fixos na vela, e ela pronta para se levantar de um salto e apagá-la e acender a outra antes que elas ficassem muito diferentes no tamanho para que ficassem em pé de igualdade no decorrer da noite.

Certa noite, eu lembro que essa economia de velas me aborreceu sobremaneira. Eu tinha estado muito cansada do meu compulsório "enxergar com as pontas dos dedos", principalmente porque a Srta. Matty havia adormecido, e eu não queria atiçar o fogo e correr o risco de acordá-la; por isso, sequer poderia sentar-me no tapete da lareira e ficar me tostando costurando à luz do fogo, de acordo com o meu costume. Eu imaginei que a Srta. Matty deveria estar sonhando com a sua vida da juventude; pois ela pronunciou uma ou duas palavras durante o seu sono intranquilo, fazendo referência a pessoas mortas fazia muito tempo. Quando Martha trouxe a vela acesa e o chá, a Srta. Matty acordou, lançando um olhar estranho e confuso ao redor, como se não fôssemos as pessoas que ela esperava ver junto de si. Havia uma ligeira expressão de tristeza que ensombrecia o seu rosto quando ela me reconheceu; porém, logo em seguida ela tentou me dar o seu habitual sorriso. Durante todo o chá, a conversa dela se voltou para os dias de sua infância e juventude. Talvez isso lhe recordasse a conveniência de examinar todas as velhas cartas de família, e destruir as que não deveriam cair nas mãos de desconhecidos; pois ela, com frequência, havia falado sobre a necessidade dessa tarefa, mas sempre a evitara, com um tímido temor de algo doloroso. Naquela noite, no entanto, ela se levantou depois do chá e foi procurá-las – no escuro; pois ela se orgulhava da extrema organização de todos os seus arranjos em seu quarto, e costumava olhar intranquila para mim quando eu acendia a vela que seria usada no quarto para ir a outro cômodo procurar alguma coisa. Quando ela retornou, havia um ligeiro e agradável cheiro de fava-de-tonka no aposento. Eu sempre tinha observado essa fragrância em todas as coisas pertencentes à mãe dela, e muitas das cartas eram endereçadas para ela – maços amarelados de cartas de amor, com sessenta ou setenta anos de idade.

A Srta. Matty desfez o maço com um suspiro; mas o abafou na mesma hora, como se mal fosse correto lamentar a passagem rápida do tempo, ou mesmo da vida. Nós concordamos em examiná-las separadamente, cada qual pegando uma carta diferente do mesmo maço e descrevendo o conteúdo delas para a outra antes de destruí-la. Antes daquela noite, eu nunca imaginei como fosse triste a leitura de cartas antigas, embora mal possa dizer o motivo. As cartas eram tão felizes quanto as cartas possam ser – pelo menos, aquelas primeiras cartas eram. Havia nelas uma vívida e intensa sensação do tempo presente, que parecia tão forte e pleno, como se ele jamais pudesse passar, e como se os corações calorosos e vivos que se manifestassem daquela forma jamais pudessem morrer, passando a não representar nada para a terra ensolarada. Eu deveria ter me sentido menos melancólica, creio, se as cartas fossem mais melancólicas. Eu vi as lágrimas correndo pelas tão profundas rugas nas bochechas da Srta. Matty, e os seus óculos frequentemente precisavam de limpeza. Eu esperava que finalmente ela fosse acender a outra vela, pois meus olhos estavam bastante embaçados, e eu desejava mais luz para enxergar a tinta pálida e desbotada; mas não, mesmo em meio às lágrimas, ela pensava em seus pequenos hábitos econômicos e se lembrava deles.

O conjunto de cartas mais antigas eram dois maços amarrados juntos, e identificados (na caligrafia da Srta. Jenkyns), "Cartas trocadas entre meu sempre honrado pai e minha mui amada mãe, antes do casamento deles, em julho de 1774". Eu diria que o pároco de Cranford teria uns vinte e sete anos de idade ao escrever aquelas cartas; e a Srta. Matty me disse que a mãe dela acabara de completar dezoito anos na época de seu casamento. Com a minha imagem do pároco se originando de um quadro na sala de jantar, rígido e pomposo, em uma peruca encaracolada, com batina, sobrepeliz, e colarinho genebrino, e a mão em uma cópia do único sermão que ele chegou a publicar, era estranho ler aquelas cartas. Elas estavam repletas de ardor sincero e apaixonado; frases curtas e singelas, saídas diretamente do coração (muito diferentes do grandioso estilo latinizado johnsoniano do sermão pregado perante algum juiz na época das sessões do tribunal). As cartas dele faziam um contraste curioso com os da sua noiva-menina. Ela evidentemente estava bastante aborrecida com os pedidos dele por manifestações de amor, e não era capaz de entender o que ele queria dizer ao repetir a mesma coisa de tantos modos diferentes; mas era muito explícita a respeito do desejo por um "Paduasoy" branco — o que quer que isso pudesse ser —; e seis ou sete cartas tinham por objetivo principal pedir ao seu amado para usar de sua influência junto dos pais dela (que, evidentemente, a mantinham sob disciplina) para conseguir tal e tal peça de vestuário; principalmente o "Paduasoy" branco. Ele pouco se importava como ela estivesse vestida; ela sempre era adorável para ele, como ele se dava ao grande trabalho de lhe garantir, quando ela lhe pedia para manifestar em suas respostas uma predileção por tipos especiais de enfeites, de modo que ela pudesse mostrar o que ele dizia para os pais dela. Porém, finalmente ele pareceu descobrir que ela não se casaria até ter um "trousseau"[1] de acordo com seu gosto; e então ele lhe mandou uma carta, que evidentemente havia acompanhado uma caixa repleta de coisas finas, e em que ele solicitava que ela se vestisse com tudo que o coração dela desejasse. Esta era a primeira carta, identificada com uma caligrafia frágil e delicada, "Do meu caríssimo John". Logo em seguida eles se casaram, eu suponho, pela pausa na correspondência deles.

— Devemos queimá-las, creio — disse a Srta. Matty, olhando duvidosa para mim. — Ninguém vai se importar com elas quando eu partir. — E, uma a uma, ela as jogou no meio da lareira, observando cada carta pegar fogo, ser consumida pelas chamas e subir, em uma forma indefinida, branca e fantasmagórica, chaminé acima, antes de dar a outra o mesmo destino. A sala estava bastante iluminada então; mas eu, como ela, estava fascinada observando a destruição daquelas cartas, nas quais o sentimento honesto de um coração viril havia se manifestado.

---

[1] Enxoval. Em francês no original. (N. T.)

A carta seguinte, igualmente identificada pela Srta. Jenkyns, estava marcada, "Carta de piedosa congratulação e de exortação, do meu venerável avô para a minha estimada mãe, por ocasião de meu nascimento. E também algumas observações práticas sobre a conveniência de manter aquecidas as extremidades dos infantes, de minha excelente avó."

A primeira parte era, mesmo, uma imagem rígida e convincente das reponsabilidades das mães, e um acautelamento contra os males existentes no mundo, e que estavam perfidamente à espreita do pequeno bebê de dois dias de vida. Sua esposa não escrevia, disse o velho cavalheiro, porque ele havia proibido, ela estando indisposta com um tornozelo torcido, o que (ele disse) a deixava bastante incapacitada para segurar uma pena. Entretanto, ao pé da página havia um pequeno "virar", e, ao virá-la, é claro, havia uma carta para a "minha muito, muito estimada Molly", suplicando-lhe que, ao sair do quarto, não importava o que ela fizesse, que ela *subisse* as escadas, antes de *descê-las*; e dizendo-lhe que envolvesse os pés do bebê em flanela, e os mantivesse quentes perto da lareira, embora fosse verão, pois os bebês eram tão delicados.

Era belo ver, pelas cartas, que foram evidentemente trocadas com certa frequência entre a jovem mãe e a avó, como a vaidade juvenil estava sendo extirpada de seu coração pelo amor ao seu bebê. O "Paduasoy" branco ainda aparecia nas cartas, com quase tanto vigor quanto antes. Em uma, ele havia sido transformado em manto de batismo para a bebê. A bebê o usava quando foi, com os pais, passar um ou dois dias em Arley Hall. Ele realçava os seus encantos, quando ela era "a mais bela bebê já vista. Querida mãe, eu gostaria que a senhora pudesse vê-la! Sem qualquer parsialidade, acho que ela vai crecer e ser muito bonita!" Eu pensei na Srta. Jenkyns, grisalha, ressequida e enrugada, e me perguntei se a mãe a havia reconhecido nas cortes celestes; e então eu soube que sim, e que elas estavam lá com uma aparência angélica.

Houve um grande intervalo antes de quaisquer cartas do pároco aparecerem. E então sua esposa havia alterado a sua forma de se dirigir a ele. Não eram mais cartas de "Meu caríssimo John"; eram de "Meu Honrado Marido". As cartas foram escritas por ocasião da publicação do mesmo sermão que aparecia no quadro. A pregação perante "Milorde, o Juiz", e a "publicação por solicitação" foram, evidentemente, o ponto culminante – o acontecimento de sua vida. A ida dele a Londres tinha sido necessária, para supervisionar a impressão. Muitos amigos tiveram de ser chamados e consultados antes de ele conseguir decidir qual seria o impressor adequado para tão complexa tarefa; e, finalmente, foi decidido que J. and J. Rivingtons receberiam a honrosa responsabilidade. O digno pároco parecia ter sido levado pela ocasião a um ímpeto literário muito elevado, pois ele mal conseguia escrever uma carta para a esposa sem introduzir o latim. Lembro-me de que o fim de uma das cartas dele era o seguinte: "Eu sempre manterei as virtuosas qualidades de minha Molly na memória, *dum memor ipse mei, dum spiritus regit artus*",[2] o que, considerando que o inglês de sua correspondente às vezes apresentava falhas de gramática, e com frequência de ortografia, poderia ser apresentado como prova do quanto ele "idealizava" a sua Molly; e, como a Srta. Jenkyns costumava dizer, "As

---

[2] Enquanto a memória perdurar e a respiração controlar os meus membros. Em latim no original. (N. T.)

pessoas falam tanto sobre idealizar atualmente, o que quer que elas queiram dizer com isso". Porém, isso não se comparava a um impulso para escrever poesia clássica que logo se apoderou dele, em que a sua Molly figurava como "Maria". A carta contendo o *carmen*[3] foi identificada por ela, "Versos hebraicos enviados para mim por meu honrado marido. Eu axei que ia receber uma carta sobre matar o porco, mas devo esperar. Lembrete, enviar a poesia para Sir Peter Arley, conforme desejo de meu marido". E, em um *postscriptum* com a caligrafia dele era informado que a Ode havia aparecido na "Gentleman's Magazine", de dezembro de 1782.

As cartas dela em resposta para o marido (conservadas por ele com tanto amor como se fossem as M. T. Ciceronis Epistolæ) eram mais satisfatórias para um marido e pai ausente do que as dele jamais poderiam ter sido para ela. Ela lhe contava como Deborah fazia bainhas com muito capricho todos os dias, e lia para ela os livros que ele lhe havia separado; como ela era uma menina muito boa e "precosse", mas *fazia* perguntas que sua mãe não era capaz de responder, mas como ela não se deixava abater dizendo que não sabia, mas começava a acender a lareira, ou mandava a menina "precosse" fazer algum servicinho. Matty era então a queridinha da mãe, e prometia (assim como sua irmã na mesma idade) ser uma grande beldade. Eu estava lendo isso em voz alta para a Srta. Matty, que sorriu e suspirou um pouquinho com essa esperança manifestada com tanto carinho de que a "pequena Matty pudesse não ser vaidosa, ainda que fosse uma beudade".

— Meus cabelos eram muito bonitos, minha cara — disse a Srta. Matilda —, e a boca não era feia. — E eu a vi, em seguida, arrumando a touca e se empertigando.

---

[3] Canto. Em latim no original. (N. T.)

Mas voltando às cartas da Sra. Jenkyns. Ela contava para o marido sobre os pobres da paróquia; quais remédios caseiros ela havia ministrado; quais alimentos revigorantes havia enviado. Ela evidentemente mencionava o desprazer do pároco como um castigo iminente sobre as cabeças de todos os preguiçosos. Ela lhe pedia conselhos sobre as vacas e os porcos, e nem sempre os obtinha, conforme eu mostrei anteriormente.

A velha e gentil avó estava morta quando nasceu um menininho, logo depois da publicação do sermão; porém, havia outra carta de exortação do avô, mais severa e admoestatória que as anteriores, agora que havia um menino a ser protegido contra as ciladas do mundo. Ele descreveu todos os diversos pecados em que os homens podem incorrer, até eu me perguntar como qualquer homem conseguia ter uma morte natural. A forca dava a impressão de ter sido o término da vida da maior parte dos amigos e conhecidos do avô; e eu não me surpreendi com o modo de ele falar sobre esta vida como "um vale de lágrimas".

Parecia-me estranho eu nunca ter ouvido falar desse irmão antes; mas concluí que ele havia morrido jovem, ou então com toda a certeza o seu nome teria sido mencionado pelas irmãs.

Finalmente, nós chegamos aos pacotes das cartas da Srta. Jenkyns. Estas a Srta. Matty lamentava mesmo queimar. Ela disse que todas as outras haviam sido interessantes apenas para quem amava os autores, e lhe parecia que fosse magoá-la permitir que elas caíssem nas mãos de desconhecidos, que não tivessem conhecido a sua querida mãe, e quão bondosa ela era, embora ela não escrevesse sempre de acordo com a ortografia moderna; mas as cartas de Deborah eram tão distintas mesmo!

Qualquer um poderia se aprimorar lendo-as. Já fazia bastante tempo que ela havia lido a Sra. Chapone, mas ela sabia que costumava pensar que Deborah poderia ter dito as mesmas coisas igualmente bem; e quanto à Sra. Carter! As pessoas tinham tão boa opinião sobre as cartas dela, só porque ela havia escrito *Epictetus*, mas ela estava bastante segura de que Deborah jamais teria usado uma expressão tão banal quanto "Não me amolem!"

A Srta. Matty realmente lamentava queimar essas cartas, era evidente. Ela não permitiria que elas fossem descuidadamente passadas para mim sem uma leitura tranquila. Ela tirou-as de minhas mãos, e até acendeu a segunda vela para lê-las em voz alta com a devida ênfase, e sem engasgar com as palavras mais longas. Oh, céus!, como eu desejava fatos, e não reflexões, antes que aquelas cartas fossem finalizadas! Nós levamos duas noites lendo-as; e não vou negar que usei esse tempo para pensar em inúmeras outras coisas, e, contudo, eu estava sempre a postos no fim de cada frase.

As cartas do pároco, e as de sua esposa e sogra, tinham sido todas toleravelmente curtas e vigorosas, escritas com letra legível e com as linhas muito juntas umas das outras. Às vezes, a carta inteira era contida em um simples pedaço de papel. O papel estava bem amarelado, e a tinta muito marrom; algumas das folhas eram (como a Srta. Matty me fez observar) a velha folha original dos Correios, com o selo no canto representando um menino a cavalo, a pleno galope, e tocando a sua corneta. As cartas da Sra. Jenkyns e de sua mãe eram fechadas com uma grande obreia redonda e vermelha; pois isso aconteceu antes de o romance *Patronage* da Srta. Edgeworth ter banido as obreias da sociedade educada. Era evidente, a julgar pelo teor do que havia sido escrito, que franquias eram muito solicitadas, e eram até usadas por necessitados membros do Parlamento como um modo de saldar as dívidas. O pároco selava as suas epístolas com um imenso brasão de armas, e esperava, pelo cuidado com que ele havia realizado essa cerimônia, que elas fossem abertas com espátula, e não simplesmente tivessem seu lacre quebrado por qualquer mão descuidada ou impaciente. Bem, as cartas da Srta. Jenkyns eram de uma época posterior tanto na forma quanto na escrita. Ela escrevia na folha de papel quadrada que nós aprendemos a chamar de antiquada. A caligrafia dela era admiravelmente calculada, junto com o seu emprego de palavras de muitas sílabas, para preencher uma folha, e então acontecia o orgulho e o deleite de escrever na diagonal. A pobre Srta. Matty ficou muito perturbada com isso, pois as palavras se amontoavam como bolas de neve, e perto do fim da sua carta a Srta. Jenkyns costumava ficar bastante sesquipedal. Em uma carta para o pai, ligeiramente teológica e controversa em seu teor, ela havia falado de Herodes, Tetrarca da Idumeia. A Srta. Matty leu "Herodes Petrarca de Etrúria", e ficou tão satisfeita como se estivesse correta.

Não sou capaz de me lembrar bem da data, mas creio ter sido em 1805 que a Srta. Jenkyns escreveu a mais longa série de cartas – na ocasião de sua ausência em uma visita a alguns amigos perto de Newcastle-upon-Tyne. Tais amigos tinham um relacionamento íntimo com o comandante da guarnição, e souberam por intermédio dele sobre todos os preparativos sendo feitos para rechaçar a invasão de Bonaparte, que algumas pessoas julgavam que poderia acontecer na foz do Tyne. A Srta. Jenkyns, evidentemente, estava muito alarmada; e a primeira parte de suas cartas com frequência era escrita em um inglês bastante inteligível, dando detalhes dos preparativos feitos pela família com quem ela estava morando contra o temido acontecimento; os fardos de roupas sendo deixados de prontidão para uma fuga para Alston Moor (uma localidade cheia de colinas e despovoada entre Northumberland e Cumberland); o sinal que seria dado para essa fuga, e para o simultâneo agrupamento dos voluntários armados – e esse referido sinal consistiria (se eu bem me lembro) em tocar os sinos da igreja de um modo específico e ameaçador. Certo dia, quando a Srta. Jenkyns e seus anfitriões estavam em um jantar em Newcastle, esse sinal foi realmente dado (não um procedimento muito sábio, se houver alguma verdade na moral da fábula do Menino com o Lobo, mas foi o que ocorreu), e a Srta. Jenkyns, que mal se recuperara de seu susto, escreveu no dia seguinte para descrever o som, o choque que os deixou sem fôlego, a pressa e o alarme; e então, respirando fundo, ela acrescentou, "Quão triviais, meu estimado pai, todas as nossas apreensões da noite anterior parecem, no momento presente, para mentes calmas e inquisidoras!". E, neste momento, a Srta. Matty interrompeu com um:

– Mas, é claro, minha cara, eles não eram nem um pouco triviais ou insignificantes na ocasião. Sei que eu costumava acordar à noite muitas vezes e pensar que ouvia os passos dos franceses entrando em Cranford. Muitas pessoas falavam em se esconder nas minas de sal... e a carne teria sido preservada lá de modo excelente, apenas nós talvez ficássemos com sede. E o meu pai pregou uma série de sermões na ocasião; uma série na parte da manhã, todos sobre Davi e Golias, para animar o povo a combater com pás ou tijolos, se preciso fosse; e a outra série à tarde, provando que Napoleão (esse era outro nome para Bony, como nós costumávamos chamá-lo) era muito parecido com Abadom e Apoliom. Eu lembro que o meu pai julgava que deveriam ter-lhe pedido que ele imprimisse essa última série; mas a paróquia, talvez, tivesse tido o bastante deles ao ouvir.

Peter Marmaduke Arley Jenkyns ("o pobre do Peter!", como a Srta. Matty começou a chamá-lo) estava na escola, em Shrewsbury, nessa época. O pároco pegou da pena, e ressuscitou seu latim uma vez mais, para se corresponder com seu filho. Estava muito claro que as cartas do menino eram o que se chamava de cartas exibicionistas. Elas eram de um teor mental bastante elevado, prestando contas de seus estudos, e de seus diversos tipos de esperanças intelectuais, com uma ocasional citação dos clássicos; porém, de vez em quando a natureza animal surgia em uma pequena frase como esta, evidentemente escrita em uma pressa trêmula, depois de a carta ter sido inspecionada: "Querida mãe, mande-me um bolo, e coloque muito limão". A "querida mãe" provavelmente respondeu para o filho sob a forma de bolos e de "guloseimas", pois não havia nenhuma carta dela naquele maço; mas toda uma coleção de cartas do pároco, para quem o latim nas cartas do menino era como uma corneta para o velho cavalo de guerra. Não conheço muito latim, certamente, e, talvez, ele seja uma língua ornamental, mas não muito útil, creio — pelo menos, a julgar pelos fragmentos de que me lembro das cartas do pároco. Um era, "Você não marcou aquela cidade em seu mapa da Irlanda; porém, *Bonus Bernardus non videt omnia*,[4] como diz o Provérbio". Logo em seguida, tornou-se muito evidente que "o pobre do Peter" se viu em muitos apuros. Havia pomposas cartas de penitência para o pai, por alguma má ação; e entre elas

---

[4] O bendito Bernardo não vê tudo. Em latim no original. (N. T.)

havia um bilhete mal escrito, mal selado, mal endereçado e manchado: "Minha muito muito muito queridíssima mãe, eu vou ser um menino melhor, eu vou, mesmo; mas, por favor, não fique doente por minha causa; eu não mereço, mas eu vou ser bom, querida mãe".

A Srta. Matty não conseguia falar, de tanto chorar, após ler esse bilhete. Ela o entregou para mim em silêncio, e então se levantou e o levou para seus recintos sagrados em seu próprio quarto, por medo de, por algum acaso, ele ser queimado.

– O pobre do Peter – ela disse –, ele sempre se via em apuros, ele era despreocupado demais. Eles o desencaminhavam, e então o deixavam em dificuldades. Mas ele gostava demais de travessuras. Ele não conseguia resistir a uma brincadeira. O pobre do Peter!

Capítulo VI – O pobre do Peter

O percurso do pobre do Peter se estendia à sua frente, mapeado de modo bastante agradável por amigos gentis, mas *Bonus Bernardus non videt omnia* nesse mapa também. Ele deveria sair com honras da Shrewsbury School, e levá-las todas para Cambridge; e, depois disso, um benefício eclesiástico estava à sua espera, presente de seu padrinho, Sir Peter Arley. O pobre do Peter! Seu quinhão na vida deveria ser bem diferente do que os seus familiares haviam esperado e planejado. A Srta. Matty contou-me tudo a respeito, e creio que tenha sido um alívio quando ela o fez.

Ele era o queridinho da mãe, que parecia amar em demasia todos os filhos, embora ela tivesse, talvez, um pouquinho de medo das refinadas aptidões de Deborah. Deborah era a favorita do pai, e quando Peter o decepcionou, ela se transformou no orgulho dele. A única honra que Peter levou de Shrewsbury foi a reputação de ser o melhor camarada deste mundo, e de ser o líder da escola na arte de pregar peças. Seu pai estava decepcionado, mas começou a remediar a situação de um modo viril. Ele não tinha condição de custear os estudos de Peter com um tutor, mas poderia ensinar-lhe pessoalmente; e a Srta. Matty me contou bastante sobre os pavorosos preparativos sob a forma de dicionários e de glossários que foram feitos no escritório do pai dela na manhã em que Peter começou a estudar.

— A minha pobre mãe! — disse ela. — Lembro-me de como ela costumava ficar parada no saguão, bem perto da porta do escritório, para ouvir o tom de voz do meu pai. Eu era capaz de dizer, em um instante, se tudo corria bem, pelo rosto dela. E tudo correu muito bem, por um bom tempo.

— E o que finalmente deu errado? — perguntei. — O enfadonho latim, eu ouso dizer.

— Não! Não foi o latim. Peter conquistou a estima de meu pai, pois ele se esforçava bastante. Mas ele parecia pensar que devesse pregar peças nas pessoas de Cranford, e que elas devessem ser motivo de chacota, e elas não gostavam disso; ninguém gosta. Ele estava sempre burlando delas; "burlar" não é uma palavra bonita, minha cara, e espero que a senhorita não vá contar para o seu pai que eu a usei, pois eu não gostaria que ele pensasse que não sou refinada na minha linguagem, depois de viver com uma mulher como Deborah. E, com certeza, nunca a use. Não sei como ela se me escapou, a não ser por eu estar pensando no pobre do Peter e essa era sempre a expressão dele. Mas ele era um menino com muitos bons modos em muitas coisas. Ele era como o caro Capitão Brown, sempre pronto para auxiliar qualquer pessoa idosa ou criança. Ainda assim, ele gostava de brincar e de pregar peças; e parecia pensar que as senhoras idosas de Cranford acreditariam em qualquer coisa. Havia muitas senhoras idosas morando aqui, na época; nós somos quase todas senhoras agora, eu sei, mas não somos tão velhas como as senhoras costumavam ser quando eu era uma menina. Eu poderia dar risada ao pensar em algumas das peças do Peter. Não, minha cara, não vou contar para a senhorita, porque elas poderiam não a deixar tão chocada como deveriam deixar, e elas eram muito chocantes. Ele até enganou o meu pai uma vez, se vestindo como uma senhora que estava de passagem pela cidade e desejava conhecer o pároco de Cranford, "que havia publicado aquele admirável Sermão na época das sessões do tribunal". Peter disse que ele próprio ficou terrivelmente assustado ao ver como o meu pai acreditou em tudo, e até se ofereceu para copiar todos os seus sermões sobre Napoleão Bonaparte para ela... quero dizer, para ele... não, ela, pois naquela hora Peter era uma senhora. Ele me disse que ficou mais apavorado do que jamais se sentira antes, o tempo todo em que o meu pai estava falando. Ele não achou que meu pai teria acreditado nele; e, contudo, se ele não tivesse acreditado, teria sido uma tristeza para o Peter. Assim como as coisas aconteceram, ele não ficou nem um pouco feliz, pois o meu pai o manteve trabalhando duro copiando todos aqueles doze sermões Bonaparte para a senhora... que eram para o próprio Peter, a senhorita sabe. Ele era a senhora. E certa vez, quando ele queria ir pescar, Peter disse, "Maldita mulher!"... Uma linguagem muito imprópria, minha cara, mas Peter não era sempre tão reservado quanto deveria ter sido; meu pai ficou tão bravo com ele, que quase me deixou apavorada; e, no entanto, eu mal conseguia deixar de rir com as pequenas mesuras que o Peter ficou fazendo, muito astuto, sempre que o meu pai falava do excelente gosto e do grande discernimento da senhora.

– A Srta. Jenkyns soube dessas peças? – eu disse.

– Oh, não! Deborah teria ficado muito chocada. Não, ninguém soube, só eu. Eu gostaria de sempre ter sabido dos planos de Peter; mas, às vezes, ele não me contava. Ele costumava dizer que as senhoras idosas da cidadezinha precisavam de algo para falar; mas não creio que precisassem. Elas recebiam o *St. James's Chronicle* três vezes por semana, assim como nós recebemos agora, e temos muito que dizer; e lembro-me do vozerio que sempre havia quando algumas das senhoras se reuniam. Mas, provavelmente, meninos de escola falam mais do que as senhoras. Finalmente, uma coisa terrivelmente triste aconteceu. — A Srta. Matty se levantou, foi até a porta e a abriu; ninguém estava lá. Ela tocou o sino, chamando Martha, e quando Martha apareceu, sua patroa lhe disse para ir comprar ovos em uma chácara no outro lado da cidadezinha.

— Eu fecho a porta quando você sair, Martha. Você não está com medo de ir, está?

— Não, senhora, nem um pouco; Jem Hearn vai ficar é muito orgulhoso de me acompanhar.

A Srta. Matty se empertigou e, assim que ficamos a sós, ela desejou que Martha tivesse mais do recato de uma donzela.

— Vamos apagar a vela, minha cara. Nós podemos muito bem conversar à luz da lareira, você sabe. Ora! Bem, veja, Deborah havia ido viajar por uma quinzena, ou pouco mais; era um dia muito tranquilo e silencioso, eu me lembro; e os lilases estavam todos em flor, então, suponho que fosse primavera. Meu pai havia saído para visitar uns doentes na paróquia; lembro-me de vê-lo saindo de casa com sua peruca e chapéu anglicano e bengala. O que passou pela cabeça do pobre do nosso Peter, eu não sei; ele tinha o temperamento mais amável, e, contudo, sempre parecia gostar de atormentar Deborah. Ela nunca ria das travessuras dele e o considerava pouco refinado, sem dedicação suficiente para aprimorar a sua mente, e isso o irritava.

– Bem! Ele foi ao quarto dela, ao que parece, e se vestiu com o velho vestido, e xale e touca de Deborah; exatamente as roupas que ela costumava usar em Cranford, e pelas quais era conhecida em todos os lugares; e ele transformou o travesseiro em um pequeno... a senhorita tem certeza de que fechou a porta, minha cara, pois eu não gostaria que ninguém ouvisse... em... em um pequeno bebê, com longas roupas brancas. Foi apenas, como ele me disse depois, para dar algo de que falar à cidadezinha; ele nunca pensou que isso pudesse afetar Deborah. E ele saiu e andou de uma ponta a outra da trilha Filbert... apenas parcialmente escondido pela cerca, e parcialmente visto; e ele abraçava o travesseiro, como um bebê, e dizia para o travesseiro todas as tolices que as pessoas costumam dizer. Oh, céus! E o meu pai vinha andando imponente pela rua, como sempre fazia; e o que ele viu, senão um pequeno agrupamento escuro de pessoas – eu ouso dizer, umas boas vinte pessoas – todas espreitando através da cerca do jardim dele. Então ele pensou, a princípio, que elas estavam somente olhando para um novo rododendro que estava em flor, e do qual ele sentia grande orgulho; e caminhou mais devagar, para que elas pudessem ter mais tempo para admirar. E ele se perguntou se poderia fazer um sermão baseado nesse fato, e pensou, talvez, que houvesse alguma relação entre os rododendros e os lírios do campo. Meu pobre pai! Quando ele se aproximou, começou a se perguntar por que as pessoas não o viam; mas as cabeças delas estavam tão pertinho umas das outras, espreitando e espreitando! Meu pai ficou no meio delas, desejando, ele assim falou, dizer-lhes que fossem ao jardim com ele, e admirar a bela produção de vegetais e legumes, quando... Oh, minha cara, eu tremo ao pensar nisso... ele olhou pela cerca e viu... Não sei o que ele pensou ter visto, mas o velho Clare me disse que o rosto dele ficou pálido, acinzentado, de raiva, e os olhos dele soltavam faíscas sob as sobrancelhas negras franzidas; e ele se manifestou... oh, de modo tão terrível!... e pediu-lhes que todos ficassem onde estavam... nenhuma pessoa deveria se afastar, nem uma delas, dar um passo; e, rápido como a luz, ele estava na porta do jardim, e seguiu pela trilha Filbert, e agarrou o pobre do Peter e arrancou as roupas do corpo dele... touca, xale, vestido, e tudo... e jogou o travesseiro entre as pessoas por cima da cerca; e então ele ficou muito, muito bravo mesmo, e na frente de todas as pessoas ele ergueu a bengala e deu uma surra no Peter!

— Minha cara, essa peça do menino, naquele dia ensolarado, quando tudo parecia correr tão bem, partiu o coração de minha mãe, e mudou o meu pai para toda a vida. Mudou, de verdade. O velho Clare disse, Peter estava tão branco quanto o meu pai; e ficou imóvel como uma estátua para ser surrado; e meu pai bateu com força! Quando meu pai parou, para recuperar o fôlego, Peter disse, "Já terminou, senhor?", com voz bem rouca, e ainda parado, sem se mexer. Eu não sei o que o meu pai disse... ou se ele disse alguma coisa. Mas o velho Clare disse, Peter se voltou para onde as pessoas estavam, do outro lado da cerca, e fez-lhes uma profunda mesura, tão imponente e tão sério quanto qualquer cavalheiro; e então entrou lentamente em casa. Eu estava na copa ajudando minha mãe a fazer vinho de prímula. Não consigo suportar o vinho agora, tampouco o cheiro das flores; eles me deixam nauseada e tonta, como deixaram naquele dia, quando Peter entrou, com um ar tão altivo quanto qualquer homem... na verdade, com a aparência de um homem, não de um menino. "Mãe!", ele disse, "eu vim para dizer, Deus abençoe a senhora para sempre". Eu vi os lábios dele tremendo enquanto falava, e acho que ele não ousou dizer nada mais amoroso, com o propósito que estava em seu coração. Ela olhou para ele, bastante assustada, e perplexa, e lhe perguntou o que estava acontecendo? Ele não sorriu, nem falou, só a abraçou e beijou como se não soubesse como parar; e antes de ela conseguir falar de novo, ele tinha saído. Nós duas discutimos o assunto, e ela me pediu que fosse ter com o meu pai, e perguntar-lhe o que aquilo tudo significava. Eu o encontrei andando de um lado para outro, com um ar extremamente insatisfeito.

"Diga para a sua mãe que eu surrei Peter, e que ele merecia isso, e muito."

– Eu não ousei fazer mais nenhuma pergunta. Quando contei para minha mãe, ela sentou-se, muito fraca, por um minuto. Lembro-me, uns dias depois, eu vi as pobres prímulas ressecadas jogadas no monte de folhas, para que apodrecessem e morressem ali. Não foi mais feito vinho de prímulas naquele ano na casa paroquial... na verdade, nunca mais.

– Logo em seguida, minha mãe foi ter com o meu pai. Sei que eu pensei na Rainha Esther e no Rei Assuero; pois a minha mãe era muito bonita e tinha aspecto delicado, e o meu pai tinha um ar tão impressionante quanto o Rei Assuero. Um pouco depois, eles saíram juntos, e então a minha mãe me contou o que havia acontecido, e que ela ia ao quarto de Peter, a pedido de meu pai... embora ela não devesse dizer isso para Peter... para discutir o assunto com ele. Porém, Peter não estava lá. Nós procuramos pela casa toda; não achamos Peter em lugar nenhum!

Até o meu pai, que não tinha desejado se juntar à busca a princípio, nos ajudou antes que se passasse muito tempo. A casa paroquial era uma residência muito antiga; degraus subindo para um aposento, degraus descendo para um aposento, por todos os lados. A princípio, a minha mãe foi chamando em voz baixa e meiga, como que para tranquilizar o pobre do menino, "Peter! Peter, querido! Sou só eu"; porém, um por um, quando os empregados voltaram das buscas que o meu pai lhes tinha mandado fazer, em diferentes direções, para descobrir onde Peter estava... Como nós descobrimos, ele não estava no jardim, nem no depósito de feno, nem em nenhum lugar ali por perto... o chamado da minha mãe ficou mais alto e desesperado, "Peter! Peter, meu querido! Onde você está?", pois então ela sentiu e compreendeu que aquele beijo demorado significava algum tipo de "adeus" tristonho. Aquela tarde passou; minha mãe sem descansar, mas procurando, uma vez depois da outra, em todos os locais possíveis que já haviam sido olhados vinte vezes antes; não, que ela já havia olhado uma vez depois da outra, pessoalmente. Meu pai ficou sentado com a cabeça nas mãos, sem falar, a não ser quando os seus mensageiros vinham sem trazer notícias; então ele ergueu o rosto, tão forte e triste, e disse-lhes que fossem de novo em uma nova direção. Minha mãe continuou a ir de um cômodo para outro, entrando e saindo de casa, andando silenciosa, mas sem parar. Nem ela nem o meu pai ousaram sair de casa, que era o ponto de encontro para todos os mensageiros. Finalmente (e já estava escurecendo), meu pai se levantou. Ele segurou o braço de minha mãe quando ela entrou com passos tristonhos e desesperados por uma das portas, e foi rapidamente na direção de outra. Ela se sobressaltou com o toque da mão dele, pois havia se esquecido de tudo no mundo, com exceção de Peter.

— Molly! — ele disse. — Eu não pensava que isso tudo fosse acontecer. — Ele olhou no rosto dela, procurando conforto... o pobre rosto dela, tão desesperado e pálido, pois nem ela nem o meu pai tinham ousado agir com base no terror que existia no coração deles... muito menos reconhecê-lo... de que Peter tivesse acabado com a própria vida. Meu pai não viu um olhar consciente nos olhos febris e secos de sua esposa, e sentiu falta da simpatia que ela sempre estivera pronta para lhe dar... homem forte como ele era; e, com o desespero silencioso no rosto dela, as lágrimas começaram a correr dos olhos dele. Mas quando ela viu isso, um terno pesar surgiu na fisionomia dela, e ela disse, "Meu caríssimo John! Não chore; venha comigo, e nós o encontraremos", quase tão alegre como se ela soubesse onde Peter se encontrava. E ela pegou a mão grande do meu pai em sua mãozinha macia, e o conduziu, as lágrimas correndo enquanto ele percorria aqueles mesmos passos incessantes e exaustos, de um cômodo para outro, por toda a casa e o jardim.

— Oh, como eu queria a presença de Deborah! Eu não tinha tempo para chorar, pois então tudo parecia depender de mim. Escrevi para Deborah voltar para casa. Mandei uma mensagem particular para a casa daquele mesmo Sr. Holbrook... pobre Sr. Holbrook... a senhorita sabe a quem me refiro. Eu não quero dizer que mandei uma mensagem para ele, mas mandei uma pessoa em que eu poderia confiar, para saber se Peter estava na casa dele. Pois, na época, o Sr. Holbrook era um visitante ocasional na casa paroquial... a senhorita sabe, ele era primo da Srta. Pole... e havia sido muito gentil com Peter, e ensinara o menino a pescar... ele era muito gentil com todos, e achei que Peter poderia ter ido para lá. Porém, o Sr. Holbrook não estava em casa, e Peter não havia sido visto. Já era noite; mas as portas estavam escancaradas, e o meu pai e a minha mãe não paravam de andar; já fazia mais de uma hora que meu pai se juntara à minha mãe, e eu não creio que eles tivessem trocado uma palavra aquele tempo todo. Eu tinha mandado acender a lareira na sala de estar, e uma das empregadas estava preparando o chá, pois eu queria que eles tivessem algo para comer e beber e que os aquecesse, quando o velho Clare pediu para falar comigo.

"Eu peguei as redes do vertedouro, Srta. Matty. Nós devemos dragar os lagos esta noite, ou esperamos até amanhã?"

— Lembro-me de ficar olhando para ele, tentando entender o que ele dizia; e quando entendi, eu dei risada, alto. O horror dessa nova ideia... o nosso vivaz e querido Peter, gelado e enrijecido e morto! Lembro-me do som da minha risada agora.

— No dia seguinte, Deborah estava em casa, antes que eu tivesse me recomposto. Ela não teria sido tão fraca a ponto de perder o controle como eu fizera; mas os meus gritos (a minha risada horrível se transformara em choro) haviam reanimado a minha gentil e querida mãe, cujas pobres faculdades mentais desgarradas ficavam mais vivas assim que um filho precisava dos cuidados dela. Ela e Deborah velaram ao pé de minha cama; eu sabia, pelos olhares delas, que não havia notícias de Peter... Nenhuma notícia triste e pavorosa, o que eu mais havia temido naquele meu estado embotado entre o sono e vigília.

— O mesmo resultado de toda a busca havia ocasionado um pouco do mesmo alívio para a minha mãe, para quem, eu tenho certeza, a ideia de que Peter pudesse então estar pendendo morto em algum dos locais familiares havia causado aquela caminhada incessante do dia anterior. Seus olhos meigos nunca mais foram os mesmos depois disso; eles sempre tinham uma expressão desassossegada e ansiosa, como se procurassem aquilo que não poderiam encontrar. Oh!, foi um período terrível, surgindo como um relâmpago no dia tranquilo e ensolarado quando os lilases estavam todos floridos.

– Onde estava o Sr. Peter? – eu disse.

– Ele havia ido até Liverpool; e havia a guerra, então; e alguns dos navios reais estavam ao largo da foz do Mersey; e eles ficaram muito felizes por ter um rapaz belo e promissor como ele (1,75m de altura, é o que ele tinha), ir se alistar. O capitão escreveu para o meu pai, e Peter escreveu para a minha mãe. Espere! Essas cartas devem estar por aqui, em algum lugar.

Nós acendemos uma vela, e encontramos a carta do capitão, e a de Peter também. E também encontramos uma simples carta de súplica da Sra. Jenkyns para Peter, endereçada para ele na casa de um antigo companheiro de escola, para onde ela imaginava que ele pudesse ter ido. Eles a haviam devolvido sem abrir; e sem abrir ela havia ficado desde então, tendo sido inadvertidamente colocada entre as outras cartas daquela época. Ei-la:

> "Meu tão querido Peter, você não acha que nós estaríamos tão tristes como estamos agora, eu sei, ou nunca teria partido. Você é bom demais. Seu pai fica sentado e suspira até o meu coração doer por ouvi-lo. Ele não consegue ficar de cabeça erguida por causa do pesar; e, no entanto, ele apenas fez o que considerava correto. Talvez ele tenha sido muito severo, e talvez eu não tenha sido gentil o bastante; mas Deus sabe como nós amamos

você, meu querido único filho. Dor[1] aparenta estar tão triste por você ter partido. Volte, e deixe-nos felizes, nós que tanto amamos você. Eu *sei* que você vai voltar."

Mas Peter não voltou. Aquele dia de primavera foi a última vez que ele viu o rosto de sua mãe. A autora da carta — a última —, a única pessoa que havia visto o que estava escrito nela, estava morta fazia tanto tempo; e eu, uma desconhecida, sequer nascida na época em que isso aconteceu, fui a pessoa que a abriu.

A carta do capitão pedia que pai e mãe fossem a Liverpool imediatamente, se eles desejassem ver o filho; e, por algum dos tristes acasos da vida, a carta do capitão havia ficado detida em algum lugar, de algum modo.

A Sra. Matty prosseguiu:

— E era época das corridas, e todos os cavalos usados pelos correios em Cranford haviam ido às corridas; mas o meu pai e a minha mãe partiram em nosso cabriolé... e, oh!, minha cara, eles chegaram tarde demais... o navio havia partido! E agora leia a carta de Peter para a minha mãe.

Ela estava repleta de amor, e de pesar, e de orgulho por sua nova profissão, e um profundo sentimento de sua desonra perante os olhos dos moradores de Cranford; mas terminava com uma súplica veemente para que ela fosse vê-lo antes de ele partir de Mersey: "Mãe!, nós podemos entrar na batalha. Espero que entremos, e que daremos uma surra naqueles franceses; mas tenho de ver a senhora antes disso".

— E ela chegou tarde demais — disse a Srta. Matty. — Tarde demais!

---

[1] Abreviação de Deborah. (N. T.)

Nós ficamos sentadas em silêncio, pensando no sentido profundo daquelas palavras tão tristes. Finalmente, eu pedi à Srta. Matty que me contasse como a sua mãe enfrentara tudo isso.

– Oh! – ela disse –, ela era a paciência em pessoa. Ela nunca tinha sido forte, e isso a enfraqueceu muitíssimo. Meu pai costumava ficar sentado, olhando-a: muito mais triste do que ela estava. Dava a impressão de que ele não poderia olhar para mais nada quando ela estivesse por perto; e ele era tão humilde... tão gentil então. Ele, talvez, falasse como costumava falar... ditando as regras, por assim dizer... e então, em um ou dois minutos, ele viria e colocaria a mão em nossos ombros, e nos perguntaria em voz baixa se ele havia feito algo para nos magoar? Eu não me espantava por ele falar assim com Deborah, pois ela era tão sagaz; mas não conseguia suportar ouvi-lo falando assim comigo.

– Mas, a senhorita entende, ele via o que nós não víamos, que aquilo estava matando a minha mãe. Sim! Matando-a (apague a vela, minha cara, eu consigo falar melhor no escuro), pois ela não era mais do que uma mulher frágil, e despreparada para enfrentar o susto e o choque pelos quais havia passado; e ela sorria para ele e o consolava, não com palavras, mas com seus olhares e tom de voz, que eram sempre alegres quando ele estava por perto. E ela falava sobre como ela achava que Peter tivesse uma boa chance de ser um almirante logo... ele era tão corajoso e sagaz; e como ela pensava em vê-lo com seu uniforme da marinha, e que tipo de chapéu os almirantes usavam; e como ele era muito mais talhado para ser um marinheiro, e não um clérigo; e tudo isso daquele modo, só para fazer o meu pai pensar que ela estava muito feliz com o que havia ocorrido naquela manhã funesta, e a surra que sempre estava nos pensamentos dele, como nós todos sabíamos. Mas, oh, minha cara!, o pranto tão amargo que ela deixava correr quando estava sozinha; e, finalmente, à medida que ela ficou mais fraca, não conseguia conter as lágrimas quando Deborah ou eu estávamos por perto, e nos dava recados e mais recados para Peter (o navio dele havia ido para o Mediterrâneo, ou algum lugar ali por perto, e então Peter foi mandado para a Índia, e não havia uma rota por terra então); mas ainda assim ela dizia que ninguém sabia onde a morte de cada pessoa estava à espreita, e que nós não deveríamos pensar que a dela estivesse próxima. Nós não pensávamos isso, mas sabíamos, víamos minha mãe fenecendo.

— Bem, minha cara, é uma grande insensatez de minha parte, eu sei, quando provavelmente eu estou tão perto de vê-la de novo.

— E pense só, meu bem! Exatamente no dia seguinte ao da morte dela... pois ela não viveu nem doze meses depois de Peter ir embora... exatamente no dia seguinte... chegou um pacote para ela, da Índia... do pobre do filho dela. Era um grande xale indiano branco e macio, com apenas uma bainha estreita à volta toda; exatamente do que minha mãe teria gostado.

— Nós achamos que isso poderia animar o meu pai, pois ele havia ficado sentado com a mão dela entre as dele a noite toda; então, Deborah levou o pacote para ele, e a carta de Peter para ela, e tudo. A princípio, ele nem percebeu; e nós tentamos manter uma conversa despreocupada a respeito do xale, o abrindo e admirando. Então, de repente, ele se levantou, e disse, "Ela será enterrada com ele", ele disse. "Peter há de ter esse consolo, e ela teria gostado disso".

— Bem, isso talvez fosse despropositado, mas o que nós poderíamos fazer ou dizer? Nós permitimos que as pessoas enlutadas façam a sua vontade. Ele pegou o xale e o apalpou. "É exatamente o xale que ela queria quando se casou, e a mãe não o deu para ela. Eu não soube disso até depois, ou ela o teria tido... ela teria; mas ela o terá agora."

– Minha mãe estava tão bonita, morta! Ela sempre tinha sido bonita, e então aparentava estar bela, e pálida e jovem... mais jovem do que Deborah, quando ela ficou trêmula e enregelada ao lado da mãe. Nós a envolvemos nas longas e macias dobras do xale; ela jazia sorrindo, como se estivesse feliz; e as pessoas vieram... toda Cranford veio... pedindo para vê-la, pois todos a amavam tanto... como bem deveriam amar; e as mulheres das cercanias trouxeram ramalhetes de flores; a esposa do velho Clare trouxe umas violetas brancas, e pediu que elas fossem colocadas no peito de minha mãe.

– Deborah me disse, no dia do funeral de minha mãe, que se ela tivesse cem pedidos de casamento, ela nunca se casaria e abandonaria o meu pai. Não era muito provável que ela fosse ter tantos... não sei se ela teve um; mas não é desonra para ela dizer isso. Mas que filha ela foi para o meu pai, acho que não houve igual antes ou desde então. Os olhos dele ficaram fracos, e ela lia um livro depois do outro, e escrevia, e copiava, e estava sempre ao dispor dele em qualquer assunto da paróquia. Ela era capaz de fazer muito mais coisas do que a minha pobre mãe poderia; ela até escreveu uma carta para o bispo, uma vez, em nome do meu pai. Mas ele sentia tanto a falta de minha mãe; todos da paróquia perceberam isso. Não que ele fosse menos ativo; acho que ele era ainda mais, e mais paciente ao ajudar todos. Fiz tudo que pude para dar a Deborah liberdade para ficar com ele; pois eu sabia que era de pouca ajuda, e que a minha melhor tarefa neste mundo era a de fazer algum servicinho em silêncio, e dar liberdade aos outros. Mas o meu pai era um homem mudado.

— O Sr. Peter alguma vez voltou para casa?

— Sim, uma vez. Ele voltou como tenente, não chegou a ser almirante. E ele e meu pai eram tão amigos! Meu pai o levou a todas as casas da paróquia, ele sentia tanto orgulho do filho. Ele nunca saía sem se apoiar no braço de Peter. Deborah costumava sorrir (acho que nós nunca mais demos risada depois da morte de minha mãe), e dizer que ela havia sido deixada de lado. Não que o meu pai não precisasse dela sempre que houvesse cartas para escrever ou leitura para fazer, ou algo para ser decidido.

— E então? — eu perguntei, depois de uma pausa.

— Então Peter voltou para o mar de novo; e, finalmente, meu pai faleceu, abençoando-nos a todos, e agradecendo a Deborah por tudo que ela havia representado para ele; e, é claro, nossas circunstâncias se alteraram; e, em vez de morar na casa paroquial, e manter três empregadas e um empregado, nós tivemos de vir para esta casa pequena, e nos contentamos com uma empregada para todo o serviço; mas, como Deborah costumava dizer, nós sempre vivemos de modo refinado, mesmo que as circunstâncias nos tenham forçado a ser simples. Pobre Deborah!

— E o Sr. Peter? — eu perguntei.

— Ah, houve uma grande guerra na Índia... me esqueci de como se referem a ela... e nós nunca mais tivemos notícias do Peter desde então. Eu acho que ele morreu; e às vezes me perturba nós nunca termos usado luto por ele. E então, quando fico sentada sozinha, e a casa toda está em silêncio, acho que ouço os passos dele vindo pela rua, e meu coração começa a se agitar e a bater mais rápido; mas o som sempre segue adiante... e Peter nunca vem.

– É a Martha voltando? Não! Eu vou, minha cara; sempre consigo encontrar o caminho no escuro, sabe. E uma lufada de vento fresco à porta vai fazer bem para a minha cabeça, e ela parece que está começando a doer.

E então ela saiu com passinhos rápidos. Eu havia acendido a vela, para dar à sala uma aparência alegre quando a Srta. Matty voltasse.

– Era a Martha? – perguntei.

– Sim. E eu estou muito aflita, pois ouvi um barulho muito estranho, bem quando estava abrindo a porta.

– Onde? – perguntei, porque os olhos dela estavam arregalados de medo.

– Na rua... bem do lado de fora... soava como...

– Conversa? – eu disse, pois ela hesitava um pouquinho.

– Não! Um beijo...

Capítulo VII – Fazendo visitas

Certa manhã, enquanto a Srta. Matty e eu estávamos sentadas costurando – antes das doze horas, e a Srta. Matty não havia trocado a touca com fitas amarelas que tinha sido a melhor da Srta. Jenkyns, e que então a Srta. Matty usava em nossa vida doméstica, colocando a touca que imitava a da Sra. Jamieson em todas as ocasiões em que ela esperava ser vista – Martha apareceu e perguntou se a Srta. Betty Barker poderia falar com a patroa. A Srta. Matty assentiu, e rapidamente desapareceu para trocar as fitas amarelas, enquanto a Srta. Barker subia as escadas; porém, como ela havia esquecido os seus óculos, e estava bastante agitada pelo horário pouco habitual da visita, não me surpreendi ao vê-la voltar com uma touca por cima da outra. Ela própria não se dera conta do ocorrido, e nos olhou com uma satisfação gentil. Creio que tampouco a Srta. Barker percebeu isso; pois, deixando de lado a ínfima circunstância de ela não ser tão jovem quanto tinha sido, estava muito preocupada com os seus objetivos, que ela apresentou com uma modéstia opressiva manifestada em infindáveis pedidos de desculpa.

A Srta. Betty Barker era filha do antigo diácono de Cranford que oficiava na época do Sr. Jenkyns. Ela e a irmã tinham tido posições muito boas como criadas de quarto em boas casas, e pouparam dinheiro suficiente para abrir uma chapelaria, da qual eram freguesas as senhoras das vizinhanças. Lady Arley, por exemplo, de vez em quando dava para as Srtas. Barker o molde de uma velha touca, que elas imediatamente copiavam e divulgavam entre a élite[1] de Cranford. Eu digo a élite, pois as Srtas. Barker haviam adquirido as manhas do local, e se orgulhavam de suas "conexões aristocráticas". Elas não venderiam as suas toucas e fitas para ninguém que não fosse de boa família. Muitas esposas ou filhas de fazendeiros saíam, altivas, da refinada chapelaria das Srtas. Barker, e iam à loja comum, na qual os lucros do sabão marrom e do açúcar mascavo permitiam ao proprietário ir direto a (Paris, ele dizia, até descobrir que seus fregueses eram por demais patriotas e seguidores de John Bull para usar o que os Mounseers[2] usavam) Londres, onde, como ele sempre dizia para as suas freguesas, a Rainha Adelaide havia aparecido, bem na semana anterior, usando uma touca igualzinha àquela que ele lhes mostrava, arrematada com fitas amarelas e azuis, e tinha sido elogiada pelo Rei Guilherme pela natureza apropriada de sua indumentária.

As Srtas. Barker, que se limitavam à verdade e não aprovavam fregueses variados, apesar disso, prosperavam. Elas eram pessoas boas e abnegadas. Muitas vezes eu havia visto a mais velha das duas (ela tinha sido camareira da Sra. Jamieson) levando alguma refeição especial para uma pessoa pobre. Elas apenas imitavam seus superiores no fato de "não terem nenhum relacionamento" com a

---

[1] Elite, em francês no original. (N. T.)

[2] Grafia fora da norma de Monsieur (senhor, em francês), forma pejorativa para se referir aos franceses em geral. (N. T.)

classe imediatamente abaixo da delas. E quando a Srta. Barker morreu, seus lucros e renda provaram ser tamanhos que a Srta. Betty sentiu-se justificada por fechar a loja e se afastar dos negócios. Ela também (como creio já ter mencionado antes) arrumou uma vaca; um sinal de respeitabilidade em Cranford quase tão definitivo quanto ter uma carruagem própria é entre algumas pessoas. Ela se vestia com mais apuro do que qualquer senhora em Cranford; e nós não nos espantávamos com isso; pois se sabia que ela estava usando todas as toucas e toucas caseiras e fitas extravagantes que outrora haviam formado seu estoque comercial. Fazia uns cinco ou seis anos que ela havia fechado a loja; então, em qualquer outro lugar com exceção de Cranford, sua indumentária poderia ter sido considerada *passée.*[3]

E a Srta. Betty Barker havia vindo convidar a Srta. Matty para tomar chá em sua casa na terça-feira seguinte. Ela também me fez um convite improvisado, já que eu era uma visita — embora eu pudesse perceber que ela sentia um ligeiro receio caso, como o meu pai havia ido morar em Drumble, ele pudesse ter se envolvido naquele "horrível comércio de algodão", e com isso arrastado a sua família para fora da "sociedade aristocrática". Ela introduziu esse convite com tantas desculpas que despertou bastante a minha curiosidade. "Sua presunção" deveria ser desculpada. O que ela estivera fazendo? Ela parecia tão subjugada pela pergunta, que só fui capaz de imaginar que ela estivera escrevendo para a Rainha Adelaide para pedir-lhe instruções para lavar renda; mas a ação que ela caracterizara desse modo era somente um convite que ela havia feito para a antiga patroa de sua irmã, a Sra.

---

[3] Fora de moda. Em francês no original. (N. T.)

Jamieson. "Sua antiga ocupação sendo levada em conta, a Srta. Matty poderia desculpar-lhe a liberdade?" Ah, eu pensei, ela percebeu as duas toucas e vai consertar a indumentária da Srta. Matty. Não!, era apenas para fazer o convite para a Srta. Matty e para mim. A Srta. Matty aceitou com uma mesura; e eu me espantei por, com aquele gesto gracioso, ela não ter sentido o peso pouco habitual e nem sentido a altura extraordinária de sua touca. Mas não creio que tenha percebido, pois ela recuperou o equilíbrio, e continuou conversando com a Srta. Matty com modos gentis e condescendentes, muito diferentes dos modos nervosos que ela teria demonstrado caso tivesse suspeitado como a sua aparência era singular.

— A Sra. Jamieson comparecerá, acho que a senhorita disse? — perguntou a Srta. Matty.

— Sim. A Sra. Jamieson, muito gentil e condescendente, disse que ficaria feliz por comparecer. Uma pequena condição ela fez, que ela levasse Carlo. Eu disse para ela, se eu tenho uma fraqueza, é por cachorros.

— E a Srta. Pole? — perguntou a Srta. Matty, que estava pensando em seu jogo de Preference, em que Carlo não estaria disponível como parceiro.

— Vou convidar a Srta. Pole. É claro, eu não poderia pensar em convidá-la até ter convidado a senhora... a filha do pároco, minha senhora. Creia-me, eu não esqueço o posto que o meu pai tinha sob as ordens de seu pai.

— E a Sra. Forrester, é claro?

— E a Sra. Forrester. Eu pensei, na verdade, em ter com ela antes de ir à casa da Srta. Pole. Embora as circunstâncias dela tenham se alterado, minha senhora, ela nasceu em Tyrrell, e nós jamais podemos esquecer as conexões dela com os Bigges, de Bigelow Hall.

A Srta. Matty se importava muito mais com a ínfima circunstância de ela ser uma boa jogadora de cartas.

– A Sra. Fitz-Adam... Eu suponho...

– Não, senhora. Tenho de estabelecer os limites em algum ponto. A Sra. Jamieson não gostaria, eu creio, de se encontrar com a Sra. Fitz-Adam. Eu tenho o maior respeito pela Sra. Fitz-Adam... mas não consigo considerá-la uma companhia desejável para damas como a Sra. Jamieson e a Srta. Matilda Jenkyns.

A Srta. Betty Barker fez uma profunda mesura para a Srta. Matty e fez um biquinho. Ela me olhou de esguelha com uma dignidade solene, como se fosse dizer, embora fosse uma chapeleira aposentada, ela não era uma democrata, e compreendia as diferenças de posição social.

– Posso pedir-lhe que vá o mais perto possível das seis e meia à minha casinha, Srta. Matilda? A Sra. Jamieson janta às cinco horas, mas gentilmente me prometeu não deixar a sua visita para além desse horário... seis e meia. – E, como uma mesura graciosa, a Srta. Betty Barker se despediu.

Minha alma de profeta previu para aquela tarde uma visita da Srta. Pole, que geralmente vinha visitar a Srta. Matty depois de qualquer acontecimento – ou, na verdade, antevendo um acontecimento – para discuti-lo com ela.

– A Srta. Betty me disse que seriam poucos e seletos convidados – disse a Srta. Pole, enquanto ela e a Srta. Matty comparavam observações.

– Sim, foi o que ela disse. Nem ao menos a Sra. Fitz-Adam.

Bem, a Sra. Fitz-Adam era a irmã viúva do médico de Cranford, a quem eu já me referi antes. Seus pais haviam sido respeitáveis fazendeiros, satisfeitos com a sua posição. O nome dessas boas pessoas era Hoggins.

O Sr. Hoggins era o médico de Cranford agora; nós não gostávamos do nome e o considerávamos grosseiro; porém, como a Srta. Jenkyns dissera, se ele o trocasse para Piggins, não mudaria muito.[4] Nós tínhamos esperado descobrir um relacionamento entre ele e aquela Marquesa de Exeter cujo nome era Molly Hoggins; mas o homem, sem se preocupar com seus próprios interesses, ignorou e negou completamente qualquer tipo de relacionamento, embora, como a cara Srta. Jenkyns havia dito, ele tivesse uma irmã chamada Mary, e os mesmos nomes de batismo costumavam se repetir nas famílias.

Logo depois de a Srta. Mary Hoggins ter se casado com o Sr. Fitz-Adam, ela desapareceu das vizinhanças por muitos anos. Em Cranford, ela não frequentava uma esfera da sociedade alta o suficiente para fazer com que qualquer um de nós se importasse em saber quem era o Sr. Fitz-Adam. Ele morreu e foi recolhido a seus pais em sua sepultura sem que nós sequer tivéssemos pensado nele. E então a Sra. Fitz-Adam reapareceu em Cranford ("tão ousada como um leão", disse a Srta. Pole), uma viúva em boa situação financeira, vestida com seda negra farfalhante, tão pouco tempo depois da morte do marido que a pobre Srta. Jenkyns estava justificada em sua observação de que "bombazina teria mostrado um sentimento mais profundo da perda que ela sofrera".

Eu me lembro da convocação das senhoras, que se reuniram para decidir se a Sra. Fitz-Adam seria ou não visitada pelas velhas moradoras de sangue azul de

---

[4] *Hog* e *pig* são duas formas para se referir a porcos/suínos em inglês; piggin, em algumas variantes dialetais da Inglaterra, é um tipo de balde usado na ordenha. Os dois sobrenomes, Hoggins e Piggins, remetem ao animal e ao trabalho rural, o que motiva o comentário depreciativo da Srta. Jenkyns. (N. T.)

Cranford. Ela havia ido morar em uma grande casa esparramada, que geralmente tinha sido considerada como algo que desse uma marca de nobreza aos seus ocupantes, porque, certa vez, setenta ou oitenta anos antes, a filha solteira de um duque havia morado lá. Não tenho certeza se não acreditavam também que morar naquela casa não fosse considerado como um indício de algum pouco costumeiro poder intelectual, pois a filha do duque, Lady Jane, tinha uma irmã, Lady Anne, que havia se casado com um general na época da Guerra de Independência Norte-Americana, e esse general havia escrito uma ou duas comédias, as quais ainda eram representadas em teatros de Londres, e que, quando nós as vimos anunciadas, nos fazia ficar empertigadas, e julgar que Drury Lane estava fazendo um belo elogio a Cranford. Ainda assim, não era uma questão decidida se a Sra. Fitz-Adam seria visitada quando a cara Srta. Jenkyns morreu; e, com ela, uma parte do preciso conhecimento do rígido código de bom comportamento se foi também. Como a Srta. Pole observou, "Como em sua maior parte as senhoras de boa família em Cranford eram solteiras de mais idade, ou viúvas sem filhos, se nós não abrandarmos um pouquinho, e ficarmos menos seletas, aos poucos não teremos sociedade nenhuma".

A Sra. Forrester continuou no mesmo tom.

"Ela sempre tinha sabido que Fitz significava algo aristocrático; havia Fitz-Roy... ela achava que alguns dos filhos do Rei tinham sido chamados Fitz-Roy; e havia Fitz-Clarence, então... eles eram filhos do estimado e bom Rei Guilherme IV. Fitz-Adam!... era um belo nome, e ela achava que provavelmente significava 'Filho de Adam'. Ninguém, que não tivesse um pouco de sangue nobre em suas veias, ousaria se chamar Fitz; havia muita coisa em um nome... ela tinha tido um primo que escrevia o nome dele com dois ff minúsculos... ffoulkes... e ele sempre desdenhava as letras maiúsculas e dizia que elas pertenciam a famílias criadas mais recentemente. Ela havia receado que ele fosse morrer solteirão, ele era tão exigente em suas escolhas. Quando ele conheceu certa Sra. ffarringdon em uma estação de águas, ele se enamorou dela na mesma hora; e uma senhora muito refinada ela era... uma viúva, com uma boa fortuna; e 'o meu primo' Sr. ffoulkes se casou com ela; e tudo isso por causa dos dois ff minúsculos dela."

A Sra. Fitz-Adam não tinha a menor chance de se encontrar com um Sr. Fitz-qualquercoisa em Cranford, então esse não poderia ter sido o motivo para ela ir se estabelecer lá. A Srta. Matty achava que poderia ter sido a esperança de ser recebida na sociedade local, o que teria sido um passo adiante bem agradável para a *ci-devant*[5] Srta. Hoggins; e se essa tivesse sido a sua esperança, seria uma cruel decepção para ela.

Então, todos visitavam a Srta. Fitz-Adam – todos, menos a Sra. Jamieson, que costumava mostrar como ela era honorável nunca enxergando a Sra. Fitz-Adam quando ambas se encontravam nas reuniões de Cranford. Haveria apenas oito ou dez senhoras na sala, e a Sra. Fitz--Adam era a maior de todas elas, e ela invariavelmente costumava se levantar quando a Sra. Jamieson entrava, e fazia-lhe uma mesura profunda sempre que ela se voltava em sua direção – tão profunda, na verdade, que eu creio que a Sra. Jamieson pudesse ter olhado para a parede atrás dela, pois ela jamais movia um músculo de

[5] Anteriormente, nascida. Em francês no original. (N. T.)

seu rosto, como se nunca a tivesse visto. Ainda assim, a Sra. Fitz-Adam perseverava.

Os anoiteceres de primavera estavam ficando claros e longos quando três ou quatro senhoras usando *calashes* se encontraram à porta da Srta. Barker. Vocês sabem o que é *calash*? É uma proteção para as toucas, não muito diferente das capotas em carruagens antiquadas; mas, às vezes, não tão grandes. Esse tipo de proteção para a cabeça sempre causava uma impressão horrível nas crianças de Cranford; e então duas ou três delas pararam de brincar na tranquila ruazinha iluminada pelo sol, e se juntaram em um silêncio espantado ao meu redor, e da Srta. Pole e da Srta. Matty. Nós estávamos em silêncio também, de modo que conseguimos ouvir sussurros altos e contidos dentro da casa da Srta. Barker: "Espere, Peggy! Espere até eu ir rapidamente lá para cima e lavar as minhas mãos. Quando eu tossir, abra a porta, não vou demorar nem um minuto".

E certamente não se passou um minuto até nós ouvirmos um barulho, entre um espirro e um arrulho; com o que a porta se escancarou. Por trás dela encontrava-se uma mocinha de olhos arregalados, toda assustada com honrosa reunião de *calashes*, que marchou para dentro de casa sem uma palavra. Ela recuperou a presença de espírito o suficiente para nos introduzir em uma salinha, que havia sido a loja, mas fora então convertida em um quarto de vestir temporário. Lá nós soltamos os alfinetes da barra dos nossos vestidos, e ajeitamos as nossas roupas, e arrumamos os nossos traços fisionômicos perante o espelho em rostos meigos e graciosos; e então, fazendo uma mesura e retrocedendo uns passos com um "A senhora primeiro", nós permitimos que a Sra. Forrester tivesse a precedência na estreita escada que levava para a sala de estar da Srta. Barker. Lá ela se sentava, imponente e arrumada como se nós nunca tivéssemos ouvido aquela tosse estranha, por causa da qual a garganta dela deveria estar então dolorida e irritada. A gentil, refinada e mal vestida Sra. Forrester foi imediatamente conduzida ao segundo melhor lugar de honra – uma cadeira colocada mais ou menos no estilo do Príncipe Albert ao lado da Rainha – bom, mas não tão bom assim. O lugar de maior destaque era, é claro, reservado para a Honorável Sra. Jamieson, que logo em seguida subiu as escadas ofegando – Carlo correndo em volta dela enquanto ela subia, como se tencionasse derrubá-la.

E então a Srta. Betty Barker era uma mulher orgulhosa e feliz! Ela atiçou o fogo e fechou a porta, e sentou-se o mais perto possível dela, bem na ponta de sua cadeira. Quando Peggy apareceu, cambaleando sob o peso da bandeja de chá, percebi que a Srta. Barker estava muito temerosa, receando que Peggy não mantivesse distância suficiente. Ela e a patroa estavam em termos familiares em sua vida quotidiana, e Peggy desejava então fazer-lhe inúmeras pequenas confidências, que a Srta. Barker estava desesperada para ouvir, mas que ela considerava seu dever, como uma dama, reprimir. Então ela ignorou todos os apartes e sinais vindos de Peggy; mas deu uma ou duas respostas muito despropositadas para o que estava sendo dito; e finalmente, lhe ocorrendo uma excelente ideia, ela exclamou:

– Pobrezinho do Carlo! Estou me esquecendo dele. Vamos lá para baixo, nós dois, pobizinho do cacholinho, e ele vai ter o seu chá, vai sim!

Em poucos minutos ela retornou, calma e benigna como antes; mas eu achei que ela havia se esquecido de dar ao "pobizinho do cacholinho" qualquer coisa para comer, a julgar pela avidez com que ele engolia casuais pedaços de bolo. A bandeja de chá estava repleta – eu fiquei satisfeita ao constatar isso, estava com tanta fome; mas fiquei com receio de que as senhoras presentes pudessem considerá-la abarrotada de modo vulgar. Sei o que elas teriam feito em suas próprias casas; mas, de algum modo, os montes de comida desapareceram. Eu vi a Sra. Jamieson comendo bolo de sementes de alcaravia, lenta e cheia de consideração, assim como ela fazia tudo; e me surpreendi bastante, pois ela nos havia dito, por ocasião de sua última reunião, que nunca tinha esse bolo em sua casa, pois a fazia se lembrar muito de sabão perfumado. Ela sempre nos oferecia biscoitinhos salgados. Contudo, a Sra. Jamieson foi gentilmente indulgente para com a falta de conhecimento da Srta. Barker dos costumes da vida refinada; e, para poupar os sentimentos dela, comeu três grandes pedaços de bolo, com uma expressão plácida e ruminante, não muito diferente da de uma vaca.

Depois do chá, houve um pouco de hesitação e de dificuldades. Nós éramos seis, quatro poderiam jogar Preference, e para as outras duas havia Cribbage. Mas todas, exceto eu (eu tinha bastante receio das senhoras de Cranford jogando cartas, pois era a atividade mais importante e séria a que elas se dedicavam), estavam ansiosas para tomar parte no *pool*. Até a Srta. Barker, ao mesmo tempo em que declarava não diferenciar Espadilha de Manilha, evidentemente estava ansiosa para participar. O dilema logo chegou ao fim por causa de um tipo peculiar de barulho. Se alguma vez se supôs que a nora de um barão pudesse roncar, eu diria que a Sra. Jamieson roncara naquela ocasião; pois, vencida pelo calor da sala, e inclinada a cochilar por natureza, a tentação daquela poltrona tão confortável tinha sido demais para ela, e a Sra. Jamieson estava cabeceando. Uma ou duas vezes ela abriu os olhos com esforço, e calma, mas inconscientemente, sorriu para nós; porém, finalmente, nem mesmo sua benevolência estava à altura desse esforço, e ela estava profundamente adormecida.

— Para mim, é muito gratificante... — murmurou a Srta. Barker à mesa de jogo para suas três oponentes, nas quais, apesar de desconhecer o jogo, ela estava "dando uma surra" sem nenhum dó — muito gratificante mesmo, ver quão completamente a Sra. Jamieson se sente à vontade em minha pobre casinha; ela não poderia ter me feito elogio maior.

A Srta. Barker me ofereceu literatura, sob a forma de três ou quatro revistas de moda muitíssimo bem encadernadas, de dez ou doze anos atrás, observando, enquanto punha uma mesinha e uma vela para meu uso pessoal, que ela sabia que pessoas jovens gostam de olhar gravuras. Carlo estava deitado e roncava, e tinha sobressaltos aos pés de sua dona. Ele também estava se sentindo bastante em casa.

A mesa de jogo era uma cena animada para observar; quatro cabeças de senhoras, com toucas balouçantes, todas praticamente se encontrando acima do meio da mesa em sua ansiedade para sussurrar rápido o suficiente e alto o suficiente; e, de vez em quando, se ouvia o "Shhh, senhoras! Por favor, mais baixo! A Sra. Jamieson está dormindo" da Srta. Barker.

Era muito difícil encontrar um equilíbrio entre a surdez da Sra. Forrester e a sonolência da Sra. Jamieson. Mas a Srta. Barker desempenhou a árdua tarefa muito bem. Ela repetia o sussurro para a Sra. Forrester, contorcendo consideravelmente o rosto, de modo a mostrar, pelo movimento dos lábios, o que estava sendo dito; e então sorria, gentil, para todas nós e murmurava para si mesma:

– Muito gratificante mesmo; eu gostaria que a minha pobre irmã estivesse viva para testemunhar este dia.

Em seguida, a porta foi escancarada; Carlo se levantou de um salto, com um latido alto e vibrante, e a Sra. Jamieson acordou; ou, talvez, ela não tivesse adormecido – como ela afirmou logo em seguida, a sala estava tão iluminada que ela se sentira feliz por manter os olhos fechados, mas estivera ouvindo com grande interesse toda a nossa conversa divertida e agradável. Peggy entrou uma vez mais, rubra de tão importante que se sentia. Outra bandeja! "Oh, refinamento!", pensei eu, "você pode tolerar este derradeiro choque?". Pois a Srta. Barker havia solicitado (não, eu não duvido que ela não tivesse preparado, embora dissesse, "Ora, Peggy, o que você trouxe para nós?", e aparentasse estar agradavelmente surpresa com esse regalo inesperado) todos os tipos de guloseimas para a ceia – ostras gratinadas, lagostas em conserva, geleia, um prato chamado "pequenos Cupidos" (muito apreciado pelas senhoras de Cranford, embora fosse caro demais para ser oferecido, a não ser em ocasiões solenes e oficiais – biscoitos de amêndoas mergulhados em *brandy*, eu o descreveria assim, se não conhecesse o seu nome mais refinado e clássico). Resumindo, nós evidentemente seríamos banqueteadas com tudo que era refinado e mais doce; e achamos melhor nos submeter com graça, mesmo às custas de nosso refinamento – que nunca ceia de modo geral, mas que, assim como a maior parte dos não-ceadores, ficava particularmente faminto em todas as ocasiões especiais.

A Srta. Barker, em sua antiga esfera de vida, havia, eu me arrisco a dizer, sido apresentada à bebida conhecida como *cherry-brandy*. Nenhuma de nós jamais havia visto tal coisa, e nos repugnou bastante quando ela nos ofereceu – "só um pouquinho, um copinhozinho, senhoras; depois das ostras e da lagosta, sabem. Frutos do mar às vezes não são considerados muito saudáveis". Todas nós balançamos a cabeça, como mulheres mandarins; mas, finalmente, a Sra. Jamieson concordou em ser persuadida, e nós seguimos o seu exemplo. Não era exatamente ruim, embora tão pungente e tão forte que nós consideramos nosso dever demonstrar que não éramos acostumadas a tais coisas tossindo horrivelmente – de modo quase tão estranho quanto a Srta. Barker fizera antes de sermos recebidas por Peggy.

– É muito forte – disse a Srta. Pole, ao colocar o cálice vazio na mesa. – Creio que há bebida alcoólica nisso.

– Só uma gotinha... só o necessário para conservar! – disse a Srta. Barker. – A senhorita sabe, nós colocamos papel com brandy em nossas conservas, para preservá-las. Eu frequentemente me sinto tonta por comer torta de ameixa.

Eu me pergunto se uma torta de ameixa teria aberto o coração da Sra. Jamieson como o *cherry-brandy* abriu; mas ela nos falou de um acontecimento vindouro, a respeito do qual mantivera grande silêncio até aquele instante.

– Minha cunhada, Lady Glenmire, vai vir me visitar.

Seguiu-se um coro de "Oh, é mesmo!", e então uma pausa. Cada uma rapidamente passou em revista o seu guarda-roupa, no tocante à adequação para comparecer na presença de uma viúva de um barão; pois, naturalmente, uma sequência de pequenas festividades sempre era promovida com a chegada de uma visita na casa de qualquer de nossas amigas. Nós nos sentimos agradavelmente empolgadas naquele momento.

Não muito depois disso, as empregadas e os lampiões foram anunciados. A Sra. Jamieson tinha a liteira, que se espremera no estreito saguão da Srta. Barker com certa dificuldade e, literalmente, havia impedido o caminho. Foi necessário um pouco de manobras hábeis por parte dos velhos carregadores (sapateiros durante o dia, mas, quando convocados para carregar a liteira se vestiam com uma estranha e antiga libré — casacas compridas, com pequenas capas, contemporâneas da liteira, e parecidas com a indumentária dessa classe nos quadros de Hogarth) para se mover, e retroceder, e tentar de novo, e finalmente conseguir carregar o seu fardo pela porta da frente da Srta. Barker. Então nós ouvimos o rápido caminhar deles pela ruazinha silenciosa enquanto nós púnhamos as nossas *calashes* e alfinetávamos a barra dos nossos vestidos; a Srta. Barker pairando ao nosso redor com ofertas de ajuda, que, se ela não tivesse se lembrado de sua antiga ocupação, e desejado que nós a esquecêssemos, teriam sido muito mais insistentes.

Capítulo VIII – "Sua senhoria"

Cedo na manhã seguinte – logo depois das doze horas – a Srta. Pole apareceu na casa da Srta. Matty. Uma questão insignificante foi apresentada como motivo para a visita; mas, evidentemente, havia algo por trás daquilo. E finalmente, foi revelado.

– Por falar nisso, as senhoritas hão de pensar que sou estranhamente ignorante; mas, sabem, eu estou perplexa, não sei como devemos nos dirigir a Lady Glenmire. As senhoritas dizem "Sua Senhoria" quando diriam "a senhora" para uma pessoa comum? Estive pensando nisso a manhã toda; e nós devemos dizer "Milady" e não "Senhora"? Bem, a senhorita conheceu Lady Arley... e há de me fazer a gentileza de dizer qual é o modo mais correto de falar com um Par do Reino?

Pobre Srta. Matty! Ela tirou os óculos e colocou-os de novo – mas como se dirigiam a Lady Arley, ela não conseguia lembrar.

– Faz tanto tempo – ela disse. – Céus! Oh, céus! Como sou uma tola! Não creio que a tenha visto mais de duas vezes. Sei que costumávamos chamar Sir Peter de "Sir Peter"... mas ele vinha nos visitar muito mais do que Lady Arley. Deborah saberia na hora. "Milady"... "Sua Senhoria". Soa muito estranho, e como se não fosse natural. Nunca pensei nisso antes; mas, agora que a senhorita mencionou, estou muito perplexa.

Com certeza a Srta. Pole não receberia uma resposta sensata da Srta. Matty, que ficava mais perturbada a cada momento, e mais perplexa quanto ao modo correto de se dirigir às pessoas.

– Bem, eu realmente penso – disse a Srta. Pole – que seria melhor ir conversar com a Sra. Forrester sobre a nossa pequena dificuldade. Às vezes, a pessoa fica nervosa; e, contudo, ninguém gostaria que Lady Glenmire pensasse que em Cranford ignoramos tanto os bons modos da vida da alta sociedade.

– Cara Srta. Pole, ao voltar, por favor, passe aqui e diga-me o que as senhoras resolveram. O que quer que a senhorita e a Sra. Forrester resolvam, será muito correto, tenho certeza. "Lady Arley"... "Sir Peter"... disse a Srta. Matty para si mesma, tentando recordar as velhas formas de tratamento.

– Quem é Lady Glenmire? – eu perguntei.

– Oh, ela é a viúva do irmão mais velho do Sr. Jamieson... o falecido marido da Sra. Jamieson, a senhorita sabe... viúva dele. A Sra. Jamieson era a Srta. Walker, filha do Governador Walker. Sua Senhoria. Minha cara, se elas resolverem que esse é o modo de falar, a senhorita há de me permitir praticar um pouquinho com a senhorita antes, pois eu vou me sentir tão tola e ansiosa dizendo isso pela primeira vez para Lady Glenmire.

Foi realmente um alívio para a Srta. Matty quando a Sra. Jamieson veio com uma missão muito pouco delicada. Eu percebo que as pessoas apáticas têm mais impertinência contida do que as demais; e a Sra. Jamieson apareceu então para insinuar com muita clareza que não desejava particularmente que as senhoras de Cranford fossem visitar a sua cunhada. Eu mal posso dizer como ela esclareceu isso; pois fiquei muito indignada e nervosa, enquanto, com uma deliberação lenta, ela estava explicando os seus desejos para a Srta. Matty que, sendo uma verdadeira dama, mal era capaz de compreender o sentimento que levava a Sra. Jamieson a desejar dar para a sua nobre cunhada a impressão de que ela apenas visitasse as famílias "nobres" do Condado. A Srta. Matty permaneceu intrigada e perplexa muito depois de eu ter descoberto o objetivo da visita da Sra. Jamieson.

Quando ela realmente entendeu o propósito da visita da honrada senhora, foi bonito ver com que dignidade tranquila ela recebeu o aviso dado com tão pouca cortesia. Ela não ficou nem um pouco magoada – seu espírito era gentil demais para tanto; tampouco ela realmente tinha consciência de desaprovar a conduta da Sra. Jamieson; porém, havia algo desse sentimento em sua mente, eu tenho certeza, o que a levou a passar desse assunto para outros com modos menos agitados e mais sóbrios que de costume. A Sra. Jamieson era, na verdade, a mais agitada das duas, e eu pude perceber que ela se sentiu feliz por se despedir de nós.

Um pouquinho depois, a Srta. Pole retornou, enrubescida e indignada.

– Pois muito bem! Mas essa é boa! A senhorita recebeu a Sra. Jamieson, eu soube por intermédio de Martha; e nós não devemos visitar Lady Glenmire. Sim! Eu encontrei a Sra. Jamieson a meio caminho entre aqui e a casa da Sra. Forrester, e ela me disse; ela me pegou tão de surpresa, que eu nada tinha a dizer. Eu gostaria de ter pensado em algo muito contundente e sarcástico; ouso dizer que conseguirei esta noite. E Lady Glenmire não é mais que a viúva de um barão escocês, afinal de contas! Eu fui olhar no livro de genealogia britânica da Sra. Forrester, para ver quem era essa senhora, que deve ser mantida sob uma redoma: viúva de um par do reino escocês... nunca compareceu à Câmara dos Lordes... e tão pobre quanto Jó, eu me arrisco a dizer; e ela... quinta filha de tal Sr. Campbell, ou algo assim. A senhorita é filha de um pároco, de qualquer modo, e aparentada dos Arleys; e Sir Peter poderia ter sido Visconde Arley, todos dizem.

A Srta. Matty tentou acalmar a Srta. Pole, mas em vão. Essa senhora, geralmente tão gentil e bem-humorada, estava agora manifestando toda a sua raiva.

– E eu encomendei uma touca hoje de manhã, para ficar pronta logo – disse ela, por fim, revelando o segredo que causava dor ao anúncio da Sra. Jamieson. – A Sra. Jamieson há de ver se é tão fácil que eu seja a quarta no jogo de cartas quando ela não tiver nenhum dos refinados parentes escoceses em sua casa!

Ao sair da igreja, no primeiro domingo em que Lady Glenmire apareceu em Cranford, nós conversamos o tempo todo e demos as costas para a Sra. Jamieson e sua hóspede. Se nós não podíamos visitá-la, nem olharíamos para ela, embora estivéssemos morrendo de curiosidade para saber qual era a sua aparência. Nós tivemos o consolo de perguntar para Martha, à tarde. Martha não pertencia a uma esfera da sociedade cuja observação pudesse ser um elogio implícito a Lady Glenmire, e Martha havia usado muito bem os seus olhos.

– Bem, patroa! É a senhorinha com a Sra. Jamieson que a senhora está falando? Eu achei que a senhora ia mais querer saber como a Sra. Smith estava vestida, já que ela acabou de se casar. (A Sra. Smith era a esposa do açougueiro.)

A Srta. Pole disse:

– Misericórdia! Como se nós nos importássemos com uma Sra. Smith – mas ficou em silêncio quando Martha voltou a falar.

– A senhorinha no banco da Sra. Jamieson estava usando, senhora, um vestido de seda bem antigo, e um casaco xadrez preto e branco, senhora; e olhos muito negros e brilhantes ela tem, senhora, e um rosto agradável e fino; não muito jovem, senhora, mas, ainda assim, eu diria, mais jovem que a própria Sra. Jamieson. Ela olhou de um lado para outro da igreja, como um passarinho, e repuxou com força as anáguas, quando ela saiu, rápida e atenta como eu nunca vi. Vou lhe dizer, senhora, ela se parece mais com a Sra. Deacon, do "Coach and Horses", sem tirar nem por.

– Quieta, Martha! – disse a Srta. Matty. – Isso não é educado.

– Não é, senhora? Peço desculpas, e como não; mas Jim Hearn também disse isso. Ele disse, ela era apenas um tipo esperto e agitado de criatura...

– Senhora – disse a Srta. Pole.

– Senhora... como a Sra. Deacon.

Outro domingo se passou, e nós ainda não olhávamos para a Sra. Jamieson e a sua hóspede e, entre nós, fizemos comentários que nós achávamos muito contundentes – quase em excesso. A Srta. Matty, evidentemente, estava desconfortável com nosso modo sarcástico de falar.

Talvez a essas alturas Lady Glenmire tivesse percebido que a casa da Sra. Jamieson não era a mais alegre e animada do mundo; talvez a Sra. Jamieson tivesse percebido que a maior parte das boas famílias estava em Londres, e as que permaneciam no condado não davam tanta atenção quanto poderiam dar ao fato de Lady Glenmire estar nas vizinhanças. Grandes acontecimentos decorrem de causas insignificantes; então, não tenciono dizer o que levou a Sra. Jamieson a alterar a sua determinação de excluir as senhoras de Cranford, e mandar vários convites para uma pequena reunião na terça-feira seguinte. O Sr. Mulliner os entregou pessoalmente. Ele *sempre* ignoraria o fato de haver uma porta dos fundos em qualquer casa, e fazia um ratatatatá mais sonoro que o da sua patroa, a Sra. Jamieson. Ele tinha três bilhetinhos, que levava em uma grande cesta, de modo a dar à sua patroa a ideia do grande peso deles, embora eles pudessem ser levados no bolso do casaco dele, sem o menor problema.

A Srta. Matty e eu decidimos, tranquilas, que já tínhamos um compromisso anterior, em casa: era a noite em que a Srta. Matty geralmente fazia mechas para acender velas com todos os bilhetes e cartas da semana, pois às segundas-feiras suas contas sempre eram acertadas — nem um tostão sendo devido da semana anterior; então, como uma decorrência natural, fazer as mechas acontecia às terças-feiras à noite, e isso nos dava uma justificativa legítima para recusar o convite da Sra. Jamieson. Porém, antes que a nossa resposta fosse escrita, eis que surge a Srta. Pole, com um bilhete aberto nas mãos.

— Ahá! — ela disse. — Ah! Vejo que a senhorita recebeu seu convite também. Antes tarde do que nunca. Eu poderia ter dito para milady Glenmire que ela se alegraria muito com a nossa companhia antes de uma quinzena se passar.

— Sim — disse a Srta. Matty —, nós fomos convidadas para a noite de terça-feira. E talvez a senhorita fizesse a gentileza de trazer sua costura e tomar chá conosco nessa noite. É meu dia habitual para verificar as contas da semana anterior e os bilhetes e as cartas, e fazer mechas para acender velas com eles; mas isso não parece uma razão boa o bastante para dizer que tenho um compromisso já marcado em casa, embora eu gostasse que pudesse ser.

Ora, se a senhorita vier, minha consciência ficará bem tranquila; e, felizmente, a resposta ainda não foi escrita.

Eu vi a fisionomia da Srta. Pole se alterar enquanto a Srta. Matty falava.

– A senhorita não tenciona ir, é isso? – ela perguntou.

– Oh, não! – disse a Srta. Matty, tranquila. – A senhorita também não, suponho?

– Não sei – retrucou a Srta. Pole. – Sim, acho que irei – ela disse, um tanto ríspida; e, ao ver a Srta. Matty espantada, acrescentou. – Veja, não seria bom a Sra. Jamieson pensar que qualquer coisa que ela pudesse fazer ou dizer fosse importante o suficiente para nos ofender; seria um modo de nos depreciar de que eu, de minha parte, não gostaria. Seria lisonjeiro demais para a Sra. Jamieson se nós permitíssemos que ela supusesse que as palavras dela ainda nos afetavam uma semana, ou melhor, dez dias depois.

– Bem! Suponho que seja errado ficar magoada e aborrecida por tanto tempo por causa de alguma coisa; e, talvez, afinal de contas, ela não tencionasse nos aborrecer. Mas devo dizer, eu não seria capaz de me forçar a dizer as coisas que a Sra. Jamieson falou a respeito de nós não fazermos visitas. Eu realmente não creio que irei.

– Ora, o que é isso! Srta. Matty, a senhorita tem de ir; a senhorita sabe que a nossa amiga Sra. Jamieson é muito mais fleumática do que a maioria das pessoas, e não compartilha das pequenas delicadezas de sentimentos que a senhorita tem em um grau tão elevado.

– Eu achei que a senhorita também as possuísse, naquele dia em que a Sra. Jamieson veio nos ver para nos dizer que não fôssemos – disse a Srta. Matty, inocente.

Entretanto, a Srta. Pole, além de suas delicadezas de sentimento, tinha uma touca muito elegante, que ela estava ansiosa para exibir para um mundo admirador; e assim ela parecia esquecer todas as suas palavras raivosas ditas sequer uma quinzena antes, e estar pronta para agir com base no que ela chamava de o grande princípio cristão de "Perdoar e esquecer"; e fez um sermão para a cara Srta. Matty por tanto tempo sobre o assunto, que acabou por convencê-la totalmente de que era seu dever, como filha do falecido pároco, comprar uma touca nova e ir à reunião da Sra. Jamieson. Então, nós "sentimo-nos felizes por aceitar", em vez de lamentarmos "ser forçadas a recusar".

Os gastos com vestimenta em Cranford se concentravam principalmente no artigo já mencionado. Se as cabeças estivessem enterradas em toucas novas e elegantes, as senhoras se assemelhavam a avestruzes, e não se importavam com o que acontecesse com o seu corpo. Vestidos velhos, golas brancas e venerandas, qualquer quantidade de broches, do alto a baixo e em todos os lugares (alguns com olhos de cachorro pintados; outros parecidos com pequenos quadros com mausoléus e salgueiros-chorões cuidadosamente feitos com fios de cabelo em sua parte interna; outros com miniaturas de damas e de cavalheiros sorrindo docemente em meio a um ninho de musseline engomada), broches antigos como ornamento permanente, e novas toucas para seguir a moda do dia – as senhoras de Cranford sempre se vestiam com uma elegância casta e com adequação, como a Srta. Barker um dia disse com tanta graça.

E com três toucas novas, e uma quantidade maior de broches do que já havia sido vista de uma vez só desde que Cranford era uma cidadezinha, a Sra. Forrester e a Srta. Matty e a Srta. Pole apareceram naquela memorável noite de terça-feira. Eu contei sete broches no vestido da Srta. Pole. Dois estavam displicentemente colocados em sua touca (um era uma borboleta feita de ágata, que uma imaginação viva poderia ter acreditado que fosse o inseto de verdade); um colocado em seu lenço de renda no pescoço; um em sua gola; um ornamentava o peito de seu vestido, na metade do caminho entre a touca e a cintura; e outro adornava a ponta de seu peitilho. Onde se localizava o sétimo eu esqueci, mas estava em algum ponto do corpo dela, eu tenho certeza.

Mas estou me apressando muito ao descrever os vestidos das três senhoras. Eu deveria em primeiro lugar relatar o encontro a caminho da Sra. Jamieson. Essa senhora vivia em uma grande casa bem nos arredores da cidadezinha. Uma estrada, que sabia o que era ter sido uma rua, passava bem na frente da casa, que se abria para ela sem qualquer jardim ou pátio entre ambas. Por onde quer que o sol andasse, ele nunca brilhava na frente daquela casa. Com certeza, as salas de estar ficavam na parte dos fundos, se abrindo para um agradável jardim; as janelas da frente pertenciam somente às cozinhas e aos aposentos dos empregados, e às despensas, e em um deles se dizia que o Sr. Mulliner se sentava. Na verdade, olhando de esguelha, nós com frequência víamos a parte posterior de uma cabeça coberta por uma peruca empoada, que também se prolongava sobre a gola do casaco até a cintura; e essas costas imponentes estavam sempre ocupadas lendo o *St. James's Chronicle*, bem aberto, o que, de certo modo, explicava o grande tempo que o dito jornal levava para chegar às nossas mãos — assinantes em pé de igualdade com a Sra. Jamieson, embora, por ser uma Honorável, ela sempre o lesse em primeiro lugar. Nessa exata terça-feira o atraso na entrega do último número havia sido particularmente irritante; bem no momento em que tanto a Srta. Pole quanto a Srta. Matty, a primeira ainda com maior vontade, tinham desejado lê-lo, de modo a ficar a par das notícias da Corte, prontas para a conversa da noite com a aristocracia. A Srta. Pole nos disse que havia aproveitado bem o tempo, e estava vestida às cinco horas, de modo a estar pronta caso o *St. James's Chronicle* chegasse na última hora – o mesmo *St. James's Chronicle* que a cabeça com peruca empoada estava tranquila e com muita compostura lendo quando nós passamos pela costumeira janela naquele anoitecer.

– A insolência desse homem! – disse a Srta. Pole em um sussurro indignado. – Eu gostaria de perguntar para ele se a patroa dele paga a parte dela para uso exclusivo dele.

Nós a olhamos com admiração pela coragem do pensamento dela; pois o Sr. Mulliner era um objeto de grande reverência para todas nós. Ele parecia nunca ter esquecido a sua condescendência por vir morar em Cranford. A Srta. Jenkyns, às vezes, havia se adiantado, resoluta, como a indômita defensora das mulheres, e falado com ele em termos de igualdade; porém, nem mesmo a Srta. Jenkyns poderia ir além disso. Com os seus modos mais agradáveis e graciosos, ele se parecia com uma cacatua emburrada. Ele não falava, a não ser em grunhidos monossilábicos. Ele ficava esperando no saguão quando nós lhe pedíamos que não ficasse, e então aparentava estar profundamente ofendido por nós o termos mantido lá, enquanto, com mãos trêmulas e apressadas, nos preparávamos para aparecer entre os convidados.

A Srta. Pole se arriscou a fazer uma brincadeirinha enquanto subíamos, cujo objetivo, embora dirigida a nós, era proporcionar um pouquinho de diversão para o Sr. Mulliner. Todas nós sorrimos, para parecer que estávamos à vontade, e timidamente esperamos a simpatia do Sr. Mulliner. Nem um músculo daquele rosto pétreo havia se relaxado, e nós ficamos sérias em um instante.

A sala de estar da Sra. Jamieson estava alegre; o sol do fim da tarde jorrava nela e a grande janela quadrada estava toda enfeitada com muitas flores. A mobília era branca e dourada; não o estilo posterior, Louis XIV, creio que é assim chamado, todo cheio de conchas e de retorcidos; não, as cadeiras e as mesas da Sra. Jamieson não tinham uma curva ou dobra. As pernas das cadeiras e das mesas ficavam mais finas ao se aproximar do chão, e eram todas retas e quadradas. As cadeiras estavam enfileiradas contra as paredes, com a exceção das quatro ou cinco colocadas em círculo junto da lareira. Elas tinham barras brancas no espaldar e saliências em ouro; nem as barras e nem as saliências convidavam ao repouso. Havia uma mesa laqueada dedicada à literatura, na qual se encontravam uma Bíblia, um livro de genealogia britânica e um Livro de Orações. Havia outra mesa Pembroke quadrada dedicada às Belas-Artes, na qual havia um caleidoscópio, cartões com temas para conversa, cartões com adivinhas (atados juntos em uma série interminável com uma fita desbotada de cetim cor de rosa), e uma caixa pintada em uma delicada imitação dos desenhos que decoram as latas de chá. Carlo estava deitado no tapete de lã penteada, e, pouco gentil, latiu para nós quando entramos. A Sra. Jamieson se levantou, dirigindo a cada uma de nós um sorriso apático de boas vindas, e olhando desamparada atrás de nós para o Sr. Mulliner, como se esperasse que ele nos colocasse nas cadeiras; pois, se ele não o fizesse, ela jamais seria capaz. Suponho que ele tenha pensado que nós conseguiríamos encontrar nosso caminho até o círculo junto da lareira, que me fazia pensar em Stonehenge, não sei o motivo. Lady Glenmire veio socorrer a nossa anfitriã e, de um modo ou de outro, nós nos encontramos pela primeira vez sentadas de um modo agradável, e não com formalidade, na casa da Sra. Jamieson. Lady Glenmire, agora que tínhamos tempo para olhá-la, demonstrou ser uma mulherzinha animada de meia idade, que havia sido muito bonita nos dias de sua juventude, e que ainda tinha uma aparência agradável. Vi a Srta. Pole avaliar o vestido dela nos cinco primeiros minutos, e acredito nas palavras dela quando ela disse, no dia seguinte:

"Minha cara! Dez libras teriam comprado cada enfeite que ela estava usando... rendas e tudo mais."

Era agradável supor que um Par do Reino pudesse ser pobre, e parcialmente nos reconciliamos com o fato de o marido dela jamais ter se sentado na Câmara dos Lordes; o que, quando ouvimos mencionado pela primeira vez, parecia um ato de má-fé para com o nosso respeito; algo parecido com "Lorde sim, mas nem tanto".

A princípio, todas nós ficamos muito quietas. Nós pensávamos sobre o que poderíamos conversar e que fosse elevado o suficiente para interessar milady. Tinha ocorrido um aumento no preço do açúcar, o que, como estava se aproximando o tempo de fazer conservas, era uma notícia importante para os nossos corações de donas-de-casa, e teria sido o tópico natural, se Lady Glenmire não estivesse presente. Mas nós não sabíamos com certeza se os Pares do Reino comiam conservas — muito menos se sabiam como eram feitas. Finalmente, a Srta. Pole, que sempre tinha uma boa dose de coragem e de *savoir faire*,[1] se dirigiu a Lady Glenmire, que, por sua vez, parecia

[1] Saber como agir, conhecimento. Em francês no original. (N. T.)

igualmente perplexa para saber como romper o silêncio assim como nós estávamos.

— Sua Senhoria esteve recentemente na Corte? — ela perguntou, e então lançou um ligeiro olhar em nossa direção, em parte tímida e em parte triunfante, como se fosse dizer, "Vejam quão sensatamente eu escolhi um tema adequado para a posição social de uma pessoa desconhecida".

— Nunca estive lá em toda a minha vida — disse Lady Glenmire, com uma forte pronúncia escocesa, mas com voz muito gentil. E então, sentindo que talvez tivesse sido muito abrupta, ela acrescentou. — Nós raramente fomos a Londres; apenas duas vezes, na verdade, durante toda a minha vida de casada; e antes de eu me casar, meu pai tinha uma família muito grande (quinta filha do Sr. Campbell passou por todas as cabeças, tenho certeza) para nos levar com frequência para longe de casa, até mesmo para Edimburgo. As senhoras talvez tenham estado em Edimburgo? — disse ela, de repente se animando com a esperança de um interesse em comum. Nenhuma de nós tinha estado lá; porém, a Srta. Pole tinha um tio que, uma vez, havia passado a noite lá, o que foi muito agradável.

A Sra. Jamieson, enquanto isso, estava profundamente perplexa por o Sr. Mulliner não trazer o chá; e, finalmente, a perplexidade se manifestou em palavras.

— Seria melhor eu tocar o sino, minha cara, não seria? — disse Lady Glenmire, animada.

— Não... Acho que não... Mulliner não gosta de ser apressado.

Nós teríamos gostado do chá, pois havíamos jantado uma hora antes da Sra. Jamieson. Suspeito que o Sr. Mulliner tivesse de terminar o *St. James's Chronicle* antes de querer se dar ao trabalho de pensar no chá. A patroa dele se agitava e se agitava, e ficou dizendo, "Não sei por que Mulliner não traz o chá. Não sei o que ele pode estar fazendo". E, por fim, Lady Glenmire ficou bastante impaciente, mas era um tipo gracioso de impaciência, afinal de contas; e ela tocou o sino um tanto brusca, ao receber uma permissão parcial de sua cunhada para fazê-lo. O Sr. Mulliner apareceu, dignamente surpreso.

— Oh! — disse a Sra. Jamieson. — Lady Glenmire tocou o sino; creio que tenha sido para o chá.

Em poucos minutos o chá foi trazido. Muito delicada era a porcelana, muito antiga a prataria, muito finas as fatias de pão com manteiga, e muito pequenos os torrões de açúcar. Açúcar, evidentemente, era a economia favorita da Sra. Jamieson. Eu me pergunto se as minúsculas colherinhas de filigrana para pegar açúcar, com forma parecida com a de tesouras, poderiam se abrir o bastante para pegar um honesto e banal torrão de açúcar de bom tamanho; e quando tentei pegar dois pequeninos de uma vez só, de modo a não ser flagrada voltando várias vezes ao açucareiro, elas definitivamente deixaram cair um torrão, com um estalidinho nítido, de um modo bastante maldoso e pouco natural. Porém, antes de isso acontecer, nós tivemos uma pequena decepção. Na jarrinha de prata havia creme, na jarra maior, leite. Assim que o Sr. Mulliner entrou, Carlo começou a pedir comida, o que os nossos bons modos nos impediam de fazer, embora com certeza estivéssemos igualmente famintas; e a Sra. Jamieson disse que tinha certeza de que nós a desculparíamos se ela desse para o pobre e tolinho do Carlo a comida dele em primeiro lugar. Ela então preparou um pires cheio para ele e o colocou no chão para que ele o bebesse; e então nos contou como o camaradinha era inteligente e sensível; ele conhecia creme muito bem, e constantemente recusava o chá só com leite; então, o leite foi deixado para nós, mas nós, em silêncio, pensamos que éramos tão inteligentes e sensatas quanto Carlo, e para nós era como se o insulto fosse acrescentado à ofensa quando fomos chamadas para admirar a gratidão mostrada por ele ao abanar a cauda pelo creme que deveria ter sido nosso.

Depois do chá, nós ficamos mais informais e discutimos assuntos da vida quotidiana. Nós ficamos gratas a Lady Glenmire por ter proposto mais pão com manteiga, e essa necessidade mútua fez com que a conhecêssemos melhor do que teríamos conhecido se conversássemos sobre a Corte, embora a Srta. Pole tivesse mesmo dito que ela esperava saber como era a estimada Rainha, da parte de alguém que a tivesse conhecido.

A amizade começada com pão com manteiga se estendeu ao jogo de cartas. Lady Glenmire jogava *Preference* muito bem, e era uma autoridade máxima sobre *Ombre* e *Quadrille*. Até a Srta. Pole se esqueceu de dizer "milady" e "Sua Senhoria" e disse, "*Basto!*, senhora", e "a senhora tem Espadilha, acho", tão tranquila como se nós nunca tivéssemos convocado o grande Parlamento de Cranford para discutir como se dirigir adequadamente aos Pares do Reino.

Como prova de quão completamente nós tínhamos nos esquecido de que estávamos na presença de alguém que poderia ter se sentado para tomar chá usando uma coroa e não uma touca doméstica, a Sra. Forrester contou um incidente curioso para Lady Glenmire – uma anedota conhecida pelo seu círculo de amigos íntimos, mas da qual nem a Sra. Jamieson tinha conhecimento. Ela se relacionava a certa bela renda antiga, a única relíquia dos melhores dias, que Lady Glenmire estava admirando na gola da Sra. Forrester.

— Sim — disse ela —, esta renda não pode ser comprada agora por nenhum dinheiro deste mundo; feita pelas freiras no estrangeiro, é o que me dizem. Dizem que elas não sabem fazê-la agora nem mesmo lá. Mas talvez saibam, agora que o Ato de Emancipação Católica foi aprovado. Eu não me espantaria. Mas, nesse ínterim, tenho grande estima pela minha renda. Eu não ouso nem mesmo confiar a lavagem dela à minha serviçal (a mocinha da escola de caridade que eu mencionei antes, mas que soava tão bem como "minha serviçal"). Eu sempre a lavo pessoalmente. E, certa vez, ela escapou por pouco. Naturalmente, Sua Senhoria sabe que tal renda jamais deve ser engomada ou passada a ferro. Algumas pessoas a lavam com água com açúcar, e algumas com café, para deixá-la no tom correto de amarelo; mas, pessoalmente, tenho uma boa receita para lavá-la com leite, o que a deixa bem firme, e lhe dá uma bela tonalidade cor de creme. Bem, minha senhora, eu havia dobrado a renda (e a beleza desta renda delicada é que, quando ela está molhada, ocupa muito pouco espaço), e a coloquei de molho no leite; quando, infelizmente, saí do local; ao voltar, encontrei a gatinha em cima da mesa, com o ar de um ladrão, mas engolindo com grande desconforto, como se estivesse um pouco sufocada com algo que ela queria engolir e não conseguia. E, a senhora acredita nisso? A princípio, eu fiquei com dó dela, e disse "Pobrezinha da gatinha! Pobrezinha da gatinha" até que, de repente, olhei e vi a vasilha com leite vazia... sem nada dentro! "Sua gata travessa!", eu disse, e acho que havia sido provocada o bastante para dar-lhe um tapa; o que não ajudou em nada, apenas ajudou a renda a descer... assim como alguém dá um tapa nas costas de uma criança engasgada. Eu poderia ter chorado; estava tão irritada; mas me resolvi a não abrir mão da renda sem lutar por ela. Eu esperava que a renda não fizesse bem para a gatinha, de qualquer modo, mas teria sido demais até para Jó, se ele tivesse visto como eu vi, aquela gata entrar, muito tranquila e ronronando, nem um quarto de hora depois, e quase esperando ser acariciada. "Não, gatinha!", eu disse, "Se você tiver um pingo de consciência, você não pode esperar um carinho!" E então uma ideia me passou pela cabeça, e toquei o sino e chamei a minha serviçal, e a mandei até a casa do Sr. Hoggins, com os meus cumprimentos, e ele faria a gentileza de me emprestar uma das botas altas dele por uma hora? Eu não achei que houvesse algo estranho nesse recado; mas Jenny disse que os jovens no consultório riram como se fossem ter dor de barriga por eu querer uma bota alta. Quando a bota chegou, Jenny e eu colocamos a gatinha nela, com as patas da frente bem para baixo, de modo que elas ficassem presas, e não pudessem arranhar, e nós lhe demos uma colher de chá de geleia de groselha, na qual (com a licença de Sua Senhoria) eu havia misturado um pouco de tártaro emético. Jamais me esquecerei de como eu fiquei ansiosa na meia hora seguinte. Levei a gatinha para o meu quarto, e coloquei uma toalha limpa no chão. Eu poderia tê-la beijado quando ela devolveu a renda, quase no mesmo estado em que ela havia sido deglutida. Jenny tinha água fervendo de prontidão, e nós mergulhamos nela a renda, e tornamos a mergulhar, e a colocamos sobre um arbusto de lavanda, sob o sol, antes de eu poder colocar as mãos nela de novo, até mesmo para colocá-la no leite. Mas agora Sua Senhoria jamais pensaria que ela esteve dentro da gatinha.

Nós descobrimos, no decorrer da noite, que Lady Glenmire iria fazer uma longa visita para a Sra. Jamieson, já que ela abrira mão de sua casa em Edimburgo, e não tinha laços de família que a levassem para lá às pressas. De modo geral, ficamos muito felizes por ouvir isso, pois ela havia causado uma impressão agradável em nós; e também era muito reconfortante descobrir, a partir de coisas mencionadas durante a conversa, que, além de muitas outras qualidades refinadas, ela estava bem longe da "vulgaridade da riqueza".

— As senhoras não acham desagradável caminhar? — perguntou a Sra. Jamieson, quando nossas respectivas empregadas foram anunciadas. Era uma pergunta muito recorrente por parte da Sra. Jamieson, que tinha sua carruagem na cocheira, e sempre saía na liteira para a mais curta das distâncias. As respostas foram quase tão corriqueiras.

"Oh, céus, não! é tão agradável e silencioso à noite!", "Tamanho refrigério após a empolgação de uma reunião!", "As estrelas são tão lindas!". Esta última foi dita pela Srta. Matty.

— A senhorita gosta de astronomia? — perguntou Lady Glenmire.

— Não muito — respondeu a Srta. Matty, bastante confusa naquele momento para lembrar qual era astronomia e qual era astrologia; porém, a resposta era verdadeira em qualquer circunstância, pois ela havia lido as previsões astrológicas de Francis Moore e ficado um tantinho apavorada com elas; e, quanto à astronomia, em uma conversa particular e confidencial, ela me disse que jamais conseguiria acreditar que a terra estava se movendo o tempo todo, e que ela não acreditaria nisso nem que fosse capaz; isso a fazia se sentir tão cansada e tonta sempre que pensava no assunto.

Com nossos sapatos com sola de madeira, nós fomos para casa com um cuidado especial naquela noite, tão refinadas e delicadas eram as nossas impressões depois de tomar chá com “milady”.

Capítulo IX – O Signor Brunoni

Logo depois dos acontecimentos por mim relatados em meu último capítulo, fui chamada de volta para casa devido à doença do meu pai; e, por certo tempo, em minha ansiedade por causa dele, eu me esqueci de ficar pensando em como as minhas caras amigas em Cranford estariam passando, ou como Lady Glenmire conseguiu se acostumar com a monotonia da longa visita que ainda estava fazendo para sua cunhada, a Sra. Jamieson. Quando meu pai ficou um pouco mais forte, o acompanhei à beira-mar, de modo que eu parecia ter sido completamente banida de Cranford, e fui privada da oportunidade de ouvir quaisquer notícias casuais da querida cidadezinha durante a maior parte daquele ano.

No fim de novembro – quando já havíamos voltado para casa, e o meu pai já estava de novo com boa saúde – recebi uma carta da Srta. Matty, e uma carta muito misteriosa ela era. Ela começava muitas frases sem terminá-las, misturando-as umas com as outras, mais ou menos do mesmo modo confuso como as palavras escritas se sobrepõem em papel mata-borrão. Tudo que consegui entender foi que, se meu pai estivesse melhor (e ela esperava que ele estivesse), e seguisse um conselho e usasse um sobretudo desde a festa de São Miguel até a Festa da Anunciação, se os turbantes estivessem na moda, eu poderia lhe dizer? Iria acontecer um entretenimento de tal monta como não tinha sido testemunhado ou visto desde que o Circo de Wombwell aparecera com os leões, quando um deles comeu o braço de uma criancinha; e ela estava, talvez, velha demais para se preocupar com vestidos, mas uma touca nova ela deveria ter; e, tendo ouvido dizer que os turbantes estavam sendo usados, e algumas das boas famílias do condado provavelmente apareceriam, ela gostaria de estar com uma boa aparência, se eu pudesse levar para ela uma touca feita pela minha modista; e, oh, céus!, quanto descuido da parte dela se esquecer de que ela havia escrito para me pedir que eu fosse fazer-lhe uma visita na terça-feira seguinte; quando ela esperava ter algo para me oferecer à guisa de entretenimento, o que ela não iria descrever em maiores detalhes, apenas que verde-água era a sua cor favorita. E assim ela finalizou a carta; porém, em um P.S. acrescentado, ela achava que poderia me contar qual era a atração que teria lugar em Cranford naquele momento; o Signor Brunoni iria exibir a sua mágica maravilhosa na Sala de Reuniões de Cranford nas noites de quarta-feira e sexta-feira da semana seguinte.

Fiquei muito feliz por aceitar o convite da minha cara Srta. Matty, independente do prestidigitador, e especialmente ansiosa para evitar que ela desfigurasse o seu rostinho gentil e tímido com um grande turbante sarraceno; e, portanto, comprei para ela uma touca bonita, bem feita, própria para uma senhora de meia-idade, a qual, entretanto, foi uma grande decepção para ela quando, da minha chegada, ela me seguiu até o meu quarto de dormir, ostensivamente para atiçar o fogo, mas, na realidade, eu creio, para ver se o turbante verde-água não estava dentro da caixa de touca com a qual eu havia viajado. Foi em vão que eu virei a touca em minha mão para exibi-la na parte de trás e nas laterais; o coração dela ansiava por um turbante, e tudo que ela conseguiu fazer foi dizer, com resignação no olhar e na voz:

— Tenho certeza de que você fez o melhor possível, minha cara. Ela é igual às toucas que todas as senhoras em Cranford estão usando, e elas já têm as delas há mais de um ano, ouso dizer. Eu teria apreciado algo mais recente, confesso... Algo mais parecido com os turbantes que a Srta. Betty Barker me disse que a Rainha Adelaide usa; mas é bonita, minha cara. E eu ouso dizer que cor de lavanda vai durar mais do que verde-água. Bem, no fim das contas, o que é uma roupa, para que nós nos importemos com ela? Diga-me se precisa de alguma coisa, minha cara. O sino fica aqui. Suponho que os turbantes ainda não tenham chegado a Drumble?

E com essas palavras a cara senhora gentilmente saiu suspirosa do quarto, deixando-me para que eu me vestisse para a noite, quando, como ela me informou, a Srta. Pole e a Sra. Forrester viriam, e ela esperava que eu não me sentisse cansada demais para me juntar a elas. Naturalmente, eu não me sentia; e me apressei a desfazer a mala e a me arrumar; mas, mesmo com toda a minha pressa, ouvi as pessoas chegando e o burburinho da conversa no quarto ao lado do meu antes de eu estar pronta. Assim que abri a porta, ouvi as palavras, "Foi tolice esperar algo muito refinado das lojas de Drumble... pobre moça! Ela fez o melhor possível, não duvido". Porém, com tudo isso, eu preferia que ela colocasse a culpa em Drumble e em mim a desfigurar seu rosto com um turbante.

No trio das senhoras de Cranford que estavam então reunidas, a Srta. Pole era sempre a pessoa a ter tido algum tipo de aventura. Ela tinha o costume de passar a manhã indo de loja em loja; não para comprar alguma coisa (com exceção de um ocasional carretel de linha ou pedaço de fita), mas para ver as novas mercadorias e depois falar sobre elas, e para ficar sabendo de todas as notícias esparsas da cidadezinha. E tinha um costume, também, de modestamente aparecer aqui e ali em todos os tipos de lugares para satisfazer a sua curiosidade sobre qualquer assunto – um costume que, se ela não tivesse uma aparência tão refinada e formal, poderia ter sido considerado impertinente. E então, a julgar por seu modo expressivo de limpar a garganta, e esperar que todos os assuntos sem importância (como toucas e turbantes) fossem afastados do caminho, nós sabíamos que ela estava prestes a relatar algo muito específico, quando a devida pausa acontecesse – e eu desafio qualquer pessoa que tenha uma modéstia natural a manter uma longa conversa quando uma pessoa do grupo senta-se muito empertigada e em silêncio, desdenhando como triviais e desprezíveis todas as coisas que as demais possam dizer se comparadas ao que elas revelariam, se devidamente solicitadas. A Srta. Pole começou:

– Quando eu estava saindo da loja de Gordon hoje, casualmente fui até o "George Inn" (a minha Betty tem uma prima em segundo grau que é camareira lá, e achei que Betty gostaria de ter notícias dela), e, não vendo ninguém por perto, subi as escadas, e me encontrei no corredor que leva à Sala de Reuniões (a senhorita e eu nos lembramos da Sala de Reuniões, tenho certeza, Srta. Matty! E dos *minuets de la cour*![1]); então, continuei andando, sem pensar no que estava fazendo, quando,

[1] Minuetos da corte. Em francês no original. (N. T.)

de repente, percebi que estava no meio dos preparativos para amanhã à noite... O salão sendo dividido com grandes estruturas de madeira, nas quais os homens de Crosby estavam pregando flanela vermelha; muito escura e estranha era a aparência; ela me deixou muito perplexa, e eu ia indo por trás das estruturas, em minha distração, quando um cavalheiro (e um cavalheiro de verdade, posso lhes garantir) se adiantou e me perguntou se eu tinha algo a fazer ali em que ele pudesse me ajudar. Ele falava um inglês tão ruim, que não pude deixar de pensar nos romances *Thaddeus of Warsaw*, e em *The Hungarian Brothers* e em *Santo Sebastiani*; e enquanto eu me ocupava imaginando a vida pregressa dele, ele havia me acompanhado para fora do salão com uma mesura. Ora, esperem um instante! As senhoras não ouviram nem metade da minha história ainda! Eu ia descendo as escadas quando, quem eu encontro, se não era a prima em segundo grau da Betty. Então, naturalmente, parei para conversar com ela, por causa da Betty; e ela me contou que eu havia visto mesmo o prestidigitador – o cavalheiro que não falava bem inglês era o Signor Brunoni em pessoa. Bem nesse momento, ele passou por nós nas escadas, fazendo uma mesura tão graciosa!, e em resposta a ela eu fiz uma mesura.... todos os estrangeiros têm modos tão educados, nós podemos aprender algo com isso. Mas depois de ele ter descido as escadas, eu achei que havia deixado cair minha luva na Sala de Reuniões (ela estava segura em meu regalo o tempo todo, mas só a encontrei depois); então voltei, e enquanto estava, silenciosa, indo pelo espaço deixado de um lado da grande estrutura que quase ocupa um lado inteiro do cômodo, quem eu vejo, senão o mesmo cavalheiro com quem havia me encontrado antes, e tinha passado por mim nas escadas, vindo então lá da parte interna do aposento, para a qual não há entrada... a senhorita se lembra dela, Srta. Matty!... e tornando a perguntar, em seu inglês bastante imperfeito, se eu tinha algo a fazer ali... Eu não quero dizer que ele a fez de modo assim tão ríspido, mas ele parecia mesmo determinado que eu não passasse além da estrutura de madeira. Então, naturalmente, eu falei para ele da minha luva, que, de modo bastante curioso, encontrei naquele mesmo instante.

Então, a Srta. Pole havia mesmo visto o prestidigitador — o prestidigitador de verdade, em carne e osso!, e inúmeras foram as perguntas que todas nós lhe fizemos. "Ele tinha barba?"; "Ele era jovem, ou velho?"; "Cabelos claros ou escuros?"; "Ele era..." (incapaz de formular a minha pergunta com prudência, eu a fiz de outra forma), "Qual era a aparência dele?". Resumindo, a Srta. Pole era a protagonista da noite, por causa do seu encontro matutino. Se ela não era o centro das atenções (querendo dizer, o prestidigitador), estivera muito perto disso.

Ilusionismo, truques, mágica, feitiçaria, foram os assuntos da noite. A Srta. Pole estava um bocadinho cética, e inclinada a pensar que poderia ser encontrada uma solução científica até para as ações da Bruxa de Endor. A Sra. Forrester acreditava em tudo, de fantasmas aos maus presságios indicados pelo galo cantando ao meio-dia. A Srta. Matty ficava entre as duas — sempre convencida pela última a falar. Creio que ela estivesse naturalmente mais inclinada para o lado da Sra. Forrester, mas um desejo de provar ser digna de ser irmã da Srta. Jenkyns a manteve igualmente equilibrada — a Srta. Jenkyns, que nunca permitia que uma empregada chamasse os acúmulos de sebo que se formavam ao redor das velas de "mortalhas", mas insistia que eles fossem chamados de "rolinhos"! Uma irmã dela ser supersticiosa! Isso nunca daria certo.

Depois do chá, eu fui despachada para o andar de baixo, na sala de jantar, para pegar aquele volume da antiga Enciclopédia que continha os nomes começados por P, de modo que a Srta. Pole pudesse se suprir de explicações científicas para os truques da noite seguinte. Isso estragou o jogo de *Preference*, que Srta. Matty e a Sra. Forrester estavam antecipando, pois a Srta. Pole ficou tão entretida com o seu tema, e com as gravuras com os quais ele era ilustrado, que nós consideramos uma crueldade perturbá-la a não ser com um ou dois bocejos muito oportunos, que eu soltei de vez em quando, pois estava realmente comovida com os modos submissos com que as duas senhoras enfrentavam a sua decepção. Porém, a Srta. Pole apenas leu com maior assiduidade, não nos dando maiores informações além de:

– Ah! Compreendo, compreendo perfeitamente. A representa a bola. Coloque A entre B e D... não!, entre C e F, e vire a segunda falange do terceiro dedo da sua mão esquerda sobre o pulso de sua M direita. Muito claro, mesmo! Minha cara Sra. Forrester, prestidigitação e feitiçaria não são mais que uma mera questão de alfabeto. Permita-me ler esta passagem para a senhora?

A Sra. Forrester implorou que a Srta. Pole a poupasse; dizendo que, desde a infância, ela nunca conseguia entender quando liam em voz alta para ela; e eu deixei cair o maço de cartas, que estivera embaralhando de modo bastante audível, e com esse movimento discreto obriguei a Srta. Pole a perceber que *Preference* deveria ter sido a ordem da noite, e a propor, com bastante má vontade, que o jogo começasse. O brilho agradável que se espalhou pelo rosto das duas senhoras com tais palavras! A Srta. Matty teve uma ou duas pontadas de autocensura por ter interrompido os estudos da Srta. Pole, e não se lembrou bem de suas cartas, nem deu sua completa atenção ao jogo, até ter tranquilizado a sua consciência oferecendo-se para emprestar o volume da Enciclopédia para a Srta. Pole, que o aceitou, grata, e disse que Betty o levaria para casa quando viesse com o lampião.

Na noite seguinte, estávamos todas um pouquinho agitadas com a ideia do entretenimento que nos aguardava. A Srta. Matty foi se vestir mais cedo, e me apressou até eu estar pronta, quando descobrimos que tínhamos uma hora e meia para esperar as portas "abrirem às sete horas em ponto". E nós só tínhamos de andar uns vinte metros! Entretanto, como a Srta. Matty disse, não adiantaria de nada ficar muito entretida com alguma coisa e perder a hora; então ela achou que seria melhor nós nos sentarmos tranquilas, sem acender as velas, até faltarem cinco minutos para as sete. Então a Srta. Matty cochilou, e eu tricotei.

Finalmente, nós saímos; e na porta, sob a entrada para carruagens no "George Inn", nós encontramos a Sra. Forrester e a Srta. Pole; esta discutia o tema da noite com mais veemência do que nunca, e lançando As e Bs em nossas cabeças como pedras de granizo. Ela havia até copiado uma ou duas das "receitas" — como ela as chamava — para os diferentes truques, na parte de trás de cartas, pronta para explicar e detectar os artifícios do Signor Brunoni.

Nós fomos ao vestiário pegado à Sala de Reuniões; a Srta. Matty soltou um ou dois suspiros por causa de sua juventude perdida, e da recordação da última vez em que estivera lá, enquanto arrumava a sua bonita touca nova na frente do espelho velho, estranho e ornamentado no vestiário. A Sala de Reuniões havia sido acrescentada à estalagem uns cem anos antes, pelas diferentes boas famílias do condado, que se reuniam lá uma vez por mês durante o inverno para dançar e jogar cartas. Muitas beldades do condado haviam dançado com graça, pela primeira vez, o minueto que em seguida dançaram perante a Rainha Charlotte naquela mesma sala. Dizia-se que uma das Gunnings havia agraciado o aposento com a sua beleza; era certo que uma viúva rica e bonita, Lady Williams, havia ali perdido a cabeça pela nobre figura de um jovem artista, que estava hospedado com alguma família nas vizinhanças por questões profissionais, e acompanhou os seus patronos à Sala de Reuniões de Cranford. E uma bela de uma recompensa a pobre Lady Williams teve da parte de seu belo marido, se todas as histórias fossem verdadeiras. Agora, nenhuma beldade enrubescia e mostrava as suas covinhas entre as paredes da Sala de Reuniões de Cranford; nenhum artista bem-apessoado conquistava corações com as suas mesuras, *chapeau bras*[2] na mão; o velho aposento estava encardido; a pintura cor de salmão havia desbotado e ficado marrom-amarelada; grandes pedaços de gesso haviam caído dos festões e guirlandas brancos nas paredes; mas um odor bolorento de aristocracia pairava no local, e uma lembrança empoeirada dos dias passados fez com que a Srta. Matty e a Sra. Forrester se empertigassem quando entraram, e caminhassem com passinhos curtos na sala, como se houvesse uma quantidade de galantes observadores em vez de dois menininhos dividindo um pedaço de caramelo para passar o tempo.

Nós paramos perto da segunda fileira da frente; eu mal conseguia entender o motivo, até ouvir a Srta. Pole perguntar para um camareiro desgarrado se alguma das

---

[2] Chapéu que poderia ser dobrado. Em francês no original. (N. T.)

boas famílias do Condado era esperada; e quando ele balançou a cabeça e acreditava que não, a Sra. Forrester e a Srta. Matty se adiantaram, e nosso grupo era um quadrado cheio de conversas. A fileira da frente logo aumentou e foi enriquecida por Lady Glenmire e a Sra. Jamieson. Nós seis ocupamos as duas fileiras da frente, e nossa reclusão aristocrática foi respeitada por grupos de vendedores de loja, que entravam de tempos em tempos e se agrupavam nos bancos da parte de trás. Pelo menos, eu deduzi isso pelo barulho que eles fizeram, e pelos sonoros baques que produziam ao sentar; mas quando, cansada por causa da obstinada cortina verde que não se erguia, mas ficava me encarando como dois olhos estranhos, vistos através de buracos, como na velha história da tapeçaria, eu de bom grado teria olhado ao redor para as alegres pessoas conversando animadas atrás de mim, a Srta. Pole agarrou o meu braço e me suplicou que não me voltasse, pois "não era o devido". O que era "o devido", eu nunca consegui descobrir, mas deve ter sido algo preponderantemente enfadonho e monótono. Entretanto, todas nos sentamos com os olhos voltados para frente, cabeça firme, olhando para a cortina hipnotizadora, e mal falando de modo inteligível; nós estávamos com tanto medo de sermos flagradas no vulgar ato de fazer qualquer barulho em um local de entretenimento público. A Sra. Jamieson foi a mais feliz, pois ela adormeceu.

Finalmente, os olhos desapareceram — a cortina tremulou — um lado se ergueu antes do outro, que ficou firme em seu lugar; ela foi abaixada de novo, e, com mais esforços e um vigoroso puxão de mãos invisíveis, se ergueu rapidamente, revelando para nossos olhos um magnífico cavalheiro usando uma roupa turca, sentado a uma mesinha, nos olhando (eu diria que com os mesmos olhos que eu havia visto pela última vez através do buraco na cortina), com uma dignidade calma e condescendente, "como uma criatura de outras esferas", como ouvi uma voz sentimental exclamar às minhas costas.

– Esse não é o Signor Brunoni! – disse a Srta. Pole, decidida, e tão audível que eu tenho certeza de que ele ouviu, pois ele lançou um olhar rápido por sobre a sua barba para o nosso grupo com um silencioso ar de censura. – O Signor Brunoni não tinha barba... mas talvez ele apareça logo. – E assim ela se forçou a ficar calma. Enquanto isso, a Srta. Matty havia inspecionado a sala com os seus binóculos de teatro, os limpado e olhado de novo. Então ela se voltou, e me disse com um tom de voz gentil e pesaroso:

– Minha cara, a senhorita veja, turbantes *estão sendo* usados.

Porém, não tivemos mais tempo para conversar. O Grande Turco, como a Srta. Pole resolveu chamá-lo, se levantou e se apresentou como Signor Brunoni.

– Eu não acredito nele! – exclamou a Srta. Pole com modos desafiadores. Ele olhou-a de novo, com a mesma censura digna em seu rosto. – Não acredito! – ela repetiu, mais firme do que nunca. – O Signor Brunoni não tinha esse tufo de pelos no queixo, mas se parecia com um cavalheiro cristão bem escanhoado.

As palavras energéticas da Srta. Pole tiveram o bom efeito de despertar a Sra. Jamieson, que abriu bem os olhos, em sinal da mais profunda atenção; um procedimento que silenciou a Srta. Pole e encorajou o Grande Turco a continuar, o que ele fez em um inglês bastante imperfeito – tão imperfeito que não havia coesão entre as partes de suas frases; um fato de que ele próprio se deu conta por fim, e então parou de falar e passou a agir.

E então nós *ficamos* espantadas. Como ele fazia os seus truques, sequer consigo imaginar; não, nem mesmo quando a Srta. Pole pegou as suas tiras de papel e começou a ler em voz alta – ou, pelo menos, em um sussurro bastante audível – as "receitas" individuais para os mais comuns dos truques dele. Se eu já vi um homem franzir a testa e aparentar estar com raiva, vi o Grande Turco franzir a testa para a Srta. Pole; mas, como ela disse, o que se poderia esperar de um muçulmano além de olhares não cristãos? Se a Srta. Pole estava cética, e mais preocupada com as suas receitas e os seus diagramas do que com os truques dele, a Srta. Matty e a Sra. Forrester estavam assombradas e perplexas no mais alto grau. A Sra. Jamieson ficou tirando os óculos e os limpando, como se ela pensasse que algum problema neles fosse o causador do truque; e Lady Glenmire, que havia visto muitas coisas curiosas em Edimburgo, estava muito assombrada com os truques, e não concordava de jeito nenhum com a Srta. Pole, que declarou que qualquer pessoa poderia fazê-los com um pouquinho de prática – e que ela própria iria tentar fazer tudo o que ele fazia, com duas horas dedicadas ao estudo da Enciclopédia, e tornando o seu terceiro dedo flexível.

Finalmente, a Srta. Matty e a Sra. Forrester ficaram completamente atônitas. Elas sussurravam entre si. Eu me sentava bem atrás delas, então não pude deixar de ouvir o que elas diziam. A Srta. Matty perguntou para a Sra. Forrester "se ela considerava correto elas terem ido ver aquelas coisas? Ela não podia deixar de temer que elas estivessem encorajando algo que não era muito..." e um ligeiro balançar de cabeça preencheu o espaço vazio. A Sra. Forrester replicou que o mesmo pensamento lhe passara pela cabeça; ela também estava se sentindo bastante desconfortável, era muito estranho. Ela tinha quase certeza de que era o seu lenço de bolso que estava sobre o pão naquele exato momento; e estivera nas mãos dela não fazia cinco minutos. Ela se perguntava, quem havia fornecido o pão? Ela tinha certeza de que não poderia ser Dakin, porque ele era um funcionário laico da igreja. De repente, a Srta. Matty se voltou um pouco em minha direção.

– Minha cara, a senhorita olharia... a senhorita é desconhecida na cidade, e não vai dar margem para comentários desagradáveis... a senhorita pode olhar ao redor e ver se o pároco está aqui? Se ele estiver, acho que podemos concluir que esse homem maravilhoso é sancionado pela Igreja, e isso vai ser um grande alívio para a minha mente.

Eu olhei, e vi o pároco alto, magro, ressequido e empoeirado, sentado rodeado por meninos da Escola Nacional para a Educação dos Pobres, protegido por tropas de seu próprio sexo de qualquer aproximação das muitas solteiras de Cranford. O rosto gentil dele estava iluminado por grandes sorrisos, e os meninos em volta dele estavam se contorcendo de tanto rir. Eu disse para a Srta. Matty que a Igreja sorria em aprovação, o que a tranquilizou.

Eu nunca mencionei o Sr. Hayter, o pároco, pois nunca entrei em contato com ele, na minha condição de moça com dinheiro e feliz. Ele era um velho solteirão, mas sentia tanto medo de boatos matrimoniais sendo propalados a respeito dele quanto qualquer menina de dezoito anos; e ele preferia entrar às pressas em uma loja ou se precipitar por um pórtico a ter de se encontrar com qualquer das senhoras de Cranford na rua; e, quanto às reuniões para jogar *Preference*, eu não me espanto por ele não aceitar convites para tomar parte. Para ser sincera, sempre suspeitei que a Srta. Pole tivesse perseguido com vigor o Sr. Hayter quando ele chegou a Cranford; e ainda mais porque ela agora parecia compartilhar com tanta intensidade do temor dele, caso o nome dela fosse mencionado em conexão com o dele. Ele tinha todos os seus interesses entre os pobres e os desamparados; ele havia oferecido um presente aos meninos da Escola Nacional levando-os à Sala de Reuniões naquela noite; e a virtude, por uma vez, recompensou a si mesma, pois os meninos o protegeram à direita e à esquerda, e ficaram ao redor dele como se ele fosse a abelha-rainha e eles as operárias. Ele se sentia tão seguro na companhia deles que até se deu ao luxo de fazer uma mesura para o nosso grupo quando nós saímos. A Srta. Pole ignorou a presença dele, e fingiu estar ocupada em nos convencer de que havíamos sido enganadas e não tínhamos visto o Signor Brunoni no fim das contas.

Capítulo X – O pânico

Creio que uma série de circunstâncias datou da visita do Sr. Brunoni a Cranford, as quais, na época, nos pareciam ligadas a ele, embora eu não saiba se ele realmente tivesse algo que ver com elas. De repente, todos os tipos de rumores desagradáveis surgiram na cidade. Houve um ou dois roubos – verdadeiros roubos *bona fide*;[1] homens compareceram perante o magistrado e foram julgados – e isso pareceu nos deixar a todas com medo de sermos roubadas; e, por um bom tempo, na casa da Srta. Matty, eu sei, nós costumávamos fazer uma visita regular pelas cozinhas e despensas todas as noites, a Srta. Matty abrindo caminho, armada com o atiçador da lareira, eu a seguindo com a escova para limpar a lareira, e Martha carregando a pá e as tenazes com as quais dar o alarme; e, por acidentalmente bater uma na outra, ela tantas vezes nos assustou tanto que nós nos trancávamos, as três juntas, na cozinha dos fundos, ou na despensa, ou onde quer que estivéssemos, até que, quando o nosso medo tivesse passado, nós nos recobrássemos e recomeçássemos com o dobro da coragem. Durante o dia, nós ouvíamos histórias estranhas dos lojistas e dos moradores

[1] Genuíno, de verdade. Em latim no original. (N. T.)

dos chalés, de carroças que ficavam rodando na calada da noite, puxadas por cavalos com ferraduras com feltro, e vigiados por homens de roupas escuras, rodando pela cidadezinha, sem dúvida procurando alguma casa não vigiada ou alguma porta por trancar.

A Srta. Pole, que dava demonstrações de grande bravura, era a principal responsável por reunir e organizar esses relatos de modo a fazer com que eles assumissem o aspecto mais pavoroso. Porém, nós descobrimos que ela havia pedido um dos chapéus velhos do Sr. Hoggins para deixar pendurado em seu saguão, e nós (ou, pelo menos, eu) tínhamos as nossas dúvidas se ela realmente gostaria da pequena aventura de ter a sua casa invadida, como ela afirmava que gostaria. A Srta. Matty não fez segredo do fato de ser uma declarada covarde, mas cumpria regularmente com o seu dever de dona de casa, fazendo uma inspeção – apenas a hora para fazê-la foi ficando cada vez mais cedo, até finalmente nós fazermos a ronda da casa às seis e meia, e a Srta. Matty ir para a cama logo depois das sete horas, "para que a noite passasse o mais rápido possível".

Cranford havia por tanto tempo se orgulhado de ser uma cidadezinha honesta e moralista, que havia passado a se considerar por demais refinada e bem-educada para ser algo diferente, e na época sentiu a mácula em seu nome com maior intensidade. Mas nós nos consolamos com a garantia que dávamos umas às outras de que os roubos jamais poderiam ter sido cometidos por nenhum morador de Cranford; deveria ser um desconhecido, ou desconhecidos, a trazer tal desonra para a cidadezinha, e ocasionar tantas precauções como se nós estivéssemos vivendo entre os peles-vermelhas ou os franceses.

Essa última comparação de nosso estado noturno de defesa e fortificação havia sido feita pela Sra. Forrester, cujo pai havia servido sob o General Burgoyne na Guerra de Independência Norte-Americana, e cujo marido havia combatido os franceses na Espanha. Ela, na verdade, tendia a pensar que, de algum modo, os franceses estivessem ligados aos pequenos roubos, que eram fatos confirmados, e aos assaltos e roubos nas estradas, que eram rumores. Ela ficara profundamente impressionada com a ideia de espiões franceses em algum momento de sua vida; e a ideia nunca pôde ser totalmente erradicada, mas surgia de novo de tempos em tempos. E na época a teoria dela era a seguinte: Os moradores de Cranford se respeitavam muito, e sentiam-se muito gratos aos membros da aristocracia que eram tão gentis a ponto de morar perto da cidadezinha, para alguma vez na vida desonrar sua criação sendo desonestos ou imorais; portanto, nós tínhamos de acreditar que os ladrões fossem desconhecidos – se eram desconhecidos, por que não estrangeiros? – se eram estrangeiros, quem mais provável que os franceses? O Sr. Brunoni falava inglês imperfeito, como um francês; e, embora ele usasse um turbante como o de um turco, a Sra. Forrester havia visto uma gravura de Madame de Staël usando um turbante, e outra do Sr. Denon com a mesma indumentária com que o prestidigitador havia feito a sua apresentação, mostrando claramente que os franceses, assim como os turcos, usavam turbantes. Não poderia haver dúvida de que o Sr. Brunoni fosse um francês – um espião francês, vindo para descobrir os pontos fracos e não defendidos da Inglaterra; e, sem dúvida, ele tinha os seus cúmplices; de sua parte, ela, a Sra. Forrester, sempre tinha tido a sua opinião sobre a aventura da Srta. Pole no "George Inn" – vendo dois homens onde se supunha que somente um pudesse estar: os franceses tinham muitos costumes de que, ela se sentia grata por dizer, os ingleses nada sabiam; e em seu íntimo ela nunca tinha se sentido muito tranquila a respeito de ir ver aquele prestidigitador – se parecia muito com uma coisa proibida, embora o Pároco estivesse lá. Resumindo, a Sra. Forrester ficou mais empolgada do que nós já a houvéssemos visto ficar antes; e, sendo filha e viúva de um militar, nós respeitávamos a opinião dela, é claro.

Realmente não sei quanto havia de verdade e de mentira nos relatos que se espalhavam como um incêndio pelas redondezas bem nessa época; mas me parecia que havia todos os motivos para acreditar que em Mardon (uma cidadezinha a uns treze quilômetros de Cranford) casas e lojas eram invadidas através de buracos feitos nas paredes, os tijolos sendo silenciosamente levados na calada da noite, e tudo feito com tanta discrição que nenhum som era ouvido na casa ou fora dela. A Srta. Matty, desesperada, desistiu de tudo ao ouvir isso. "De que adiantam", ela disse, "trincos e fechaduras e sinos nas janelas, e fazer a ronda da casa todas as noites? Esse último truque era digno de um prestidigitador. Agora ela acreditava que o Sr. Brunoni estivesse por trás disso tudo".

Certa tarde, lá pelas cinco horas, nós nos sobressaltamos com batidas apressadas à porta. A Srta. Matty me pediu para ir correndo e dizer para Martha não abrir a porta de modo algum até ela (Srta. Matty) ter observado pela janela; então ela se armou com um escabelo para deixar cair na cabeça do visitante, caso ele mostrasse o rosto coberto por crepe negro, quando olhasse em resposta à pergunta dela de quem era. Mas não era ninguém além da Srta. Pole, com Betty. Ela subiu carregando uma pequena cesta de mão, e evidentemente estava muito agitada.

– Tome conta disto! – ela me disse, quando eu me ofereci para pegar a cesta dela. – É a minha prataria.

Tenho certeza de que há um plano para roubar a minha casa esta noite. Eu vim para me colocar em suas mãos hospitaleiras, Srta. Matty. A Betty vai dormir com a prima no "George Inn". Eu posso ficar sentada aqui a noite toda se a senhorita me permitir; mas a minha casa fica tão longe de quaisquer vizinhos, e não acredito que nós pudéssemos ser ouvidas ainda que gritássemos muito!

– Mas – disse a Srta. Matty – o que assustou tanto a senhorita? Viu algum homem espreitando a casa?

– Oh, sim! – respondeu a Srta. Pole. – Dois homens com uma aparência muito ruim passaram três vezes pela casa, bem devagar; e uma pedinte irlandesa veio, não faz meia hora, e só faltou forçar a sua entrada passando por Betty, dizendo que os filhos dela estavam passando fome, e que ela precisava falar com a dona da casa. Veja, ela disse "dona", embora houvesse um chapéu pendurado no saguão, e teria sido mais natural dizer "dono". Mas a Betty fechou a porta na cara dela, e veio ter comigo, e nós pegamos as colheres, e nos sentamos à janela da sala de estar, observando, até que vimos Thomas Jones vindo do serviço, quando o chamamos e lhe pedimos para nos acompanhar até a cidade.

Nós poderíamos ter obtido nossa vitória sobre a Srta. Pole, que havia manifestado tanta bravura até estar amedrontada; mas ficamos muito felizes ao perceber que ela compartilhava das fraquezas da humanidade para nos regozijarmos com o fato, e eu lhe dei o meu quarto, com toda a boa vontade, e dividi a cama com a Srta. Matty naquela noite. Porém, antes de irmos nos deitar, as duas senhoras desencavaram, dos recessos de suas lembranças, tais histórias horríveis de roubo e de assassinato que eu tremia de medo. A Srta. Pole evidentemente estava ansiosa para provar que fatos tão horríveis haviam acontecido em sua vida que ela estava justificada em seu pânico repentino; e a Srta. Matty não gostava de ser deixada para trás, e respondia a cada história com outra ainda mais horrível, até me fazer pensar, de modo bastante estranho, em uma velha história que eu havia lido em algum lugar, de um rouxinol e de um músico, que competiam um contra o outro para ver quem seria capaz de produzir a música mais bonita, até a pobre filomela cair morta.

Uma das histórias que me assombrou por muito tempo depois foi a de uma moça deixada cuidando de uma grande casa em Cumberland em certo dia de festa, quando todos os outros empregados saíram para se divertir. A família estava em Londres, e um mascate apareceu e pediu para deixar o seu pacote grande e pesado na cozinha, dizendo que voltaria para pegá-lo à noite; e a moça (filha de um guarda-caça), andando pela casa procurando algo com que se entreter, casualmente se deparou com uma arma pendurada no saguão, e pegou-a para observar o cinzelado; a arma disparou, a bala passou pela porta da cozinha, atingiu o pacote, e um fio de sangue escuro correu lentamente dele. (Como a Srta. Pole desfrutou dessa parte da história, se detendo em cada palavra, como se as amasse!). Ela passou às pressas pelo relato posterior da coragem da moça, e eu só tenho uma confusa ideia de que, de algum modo, ela desnorteou os ladrões com ferros de engomar bem aquecidos, e então tornados a ficar negros sendo mergulhados em graxa.

Nós nos demos boa noite com um assombro aterrado sobre o que poderíamos ficar sabendo de manhã — e, de minha parte, com um profundo desejo de que a noite se acabasse, e logo: eu estava com tanto medo, caso os ladrões tivessem visto, de algum esconderijo nas sombras, que a Srta. Pole havia levado a sua prataria, e assim tivessem um duplo motivo para atacar a nossa casa.

Porém, até Lady Glenmire ter ido nos visitar no dia seguinte, não ficamos sabendo de nada pouco habitual. Os atiçadores da cozinha estavam exatamente na mesma posição contra a porta dos fundos como quando Martha e eu os havíamos, com habilidade, empilhado como varetas, prontos para cair com um grande barulho se tão somente um gato tivesse tocado os painéis da porta do lado de fora. Eu havia me perguntado o que faríamos se fôssemos assim despertadas e assustadas, e havia proposto para a Srta. Matty que deveríamos colocar o rosto sob as cobertas, para que não houvesse o perigo de os ladrões pensarem que nós poderíamos identificá-los; no entanto, a Srta. Matty, que tremia muito, desdenhou da ideia, e disse que era nosso dever para com a sociedade apreendê-los, e que ela certamente daria o melhor de si para botar as mãos neles e trancá-los no sótão até de manhã.

Quando Lady Glenmire chegou, nós quase a invejamos. A casa da Sra. Jamieson havia realmente sido atacada; pelo menos, havia pegadas de homem visíveis nos canteiros de flores, embaixo das janelas da cozinha, "onde homem nenhum deveria estar", e Carlo havia latido a noite toda, como se desconhecidos estivessem por perto. A Sra. Jamieson havia sido acordada por Lady Glenmire, e elas haviam tocado o sino que se comunicava com o quarto do Sr. Mulliner no terceiro andar, e quando a cabeça dele encimada pela touca de dormir apareceu sobre o corrimão, respondendo ao chamado, elas lhe falaram sobre o susto e os motivos para tal; com o que ele bateu em retirada para o seu quarto, e trancou a porta (por medo de correntes de ar, como ele lhes disse de manhã), e abriu a janela, e disse em altos brados e com galhardia que se os supostos ladrões se aproximassem dele, ele lutaria contra eles; porém, como Lady Glenmire observou, isso não era grande consolo, já que eles teriam de passar pelo quarto da Sra. Jamieson e pelo dela própria antes de conseguirem se aproximar do Sr. Mulliner, e deveriam ter uma natureza realmente combativa se deixassem passar as oportunidades de roubo apresentadas pelos andares de baixo, desprotegidos, para ir até o sótão e lá forçar a porta para se aproximar do defensor da casa. Lady Glenmire, depois de ficar à espera e escutando por certo tempo na sala de estar, havia proposto para a Sra. Jamieson que elas deveriam ir para a cama, mas a dona da casa disse que não se sentiria confortável a não ser que ficasse acordada, vigiando; e, assim sendo, se acomodou confortavelmente no sofá, onde foi encontrada pela camareira, quando esta entrou na sala às seis horas, profundamente adormecida; porém, Lady Glenmire foi para a cama e ficou acordada a noite toda.

Quando a Srta. Pole soube disso, balançou a cabeça com grande satisfação. Ela estava certa ao dizer que nós ficaríamos sabendo de algo acontecendo em Cranford naquela noite; e nós ficamos sabendo. Estava bem claro que eles haviam em primeiro lugar pensado em atacar a casa dela; porém, ao verem que ela e Betty estavam de sobreaviso e haviam tirado a prataria da casa, eles haviam mudado de tática e ido à casa da Sra. Jamieson; e ninguém poderia saber o que teria acontecido se Carlo não tivesse latido, como o bom cachorro que ele era!

Pobre do Carlo! Seus dias de latir estavam praticamente no fim. Quer a quadrilha que invadiu as vizinhanças estivesse com medo dele; quer eles fossem vingativos o suficiente para envenená-lo por causa do modo como ele os havia atrapalhado na noite em questão; ou quer, como algumas das pessoas menos cultas pensaram, ele tivesse morrido de apoplexia, ocasionada por muita comida e muito pouco exercício; de qualquer modo, é certo que, dois dias depois dessa noite movimentada, Carlo foi encontrado morto, com as pobres perninhas esticadas e rígidas na atitude de correr, como se por algum esforço pouco habitual ele pudesse escapar do infalível perseguidor, a Morte.

Todas nós ficamos muito sentidas por causa do Carlo, o velho e familiar amigo que havia vociferado para nós por tantos anos; e as circunstâncias misteriosas de sua morte nos deixaram muito incomodadas. Poderia o Signor Brunoni estar por trás disso tudo? Ele, aparentemente, havia matado um canário com apenas uma palavra; a vontade dele parecia ter uma força mortal; quem sabe ele ainda não estaria nas redondezas, desejando todos os tipos de coisas pavorosas!

Nós comentávamos tais impressões entre nós, aos sussurros, à noite; porém, de manhã nossa coragem retornava com a luz do dia, e em uma semana nós havíamos superado o choque da morte de Carlo; todas, com exceção da Sra. Jamieson. Ela, pobrezinha, sentiu como não havia sentido nenhum acontecimento desde a morte de seu marido; na verdade, a Srta. Pole disse, como o Honorável Sr. Jamieson bebia bastante, e causava grandes dissabores para a esposa, era possível que a morte de Carlo pudesse causar maior pesar. Mas sempre havia um toque de cinismo nas observações da Srta. Pole. Entretanto, uma coisa estava clara e certa — era necessário que a Sra. Jamieson tivesse uma mudança de cenário, e o Sr. Mulliner foi muito insistente nesse ponto, balançando a cabeça sempre que nós perguntávamos por sua patroa, e falando da perda de apetite e das noites mal dormidas dela de modo agourento; e com justiça também, pois se a Sra. Jamieson tinha duas características em seu natural estado de saúde, elas eram a facilidade para comer e para dormir. Se ela não conseguia nem comer e nem dormir, deveria realmente estar desanimada e adoentada.

Lady Glenmire (que, evidentemente, havia gostado muito de Cranford) não apreciou muito a ideia de a Sra. Jamieson ir para Cheltenham, e mais de uma vez insinuou com muita clareza que isso era ideia do Sr. Mulliner, que havia ficado muito assustado por ocasião de a casa ser atacada; e desde então havia dito, mais de uma vez, que considerava uma responsabilidade muito grande ter de defender tantas mulheres. Seja como for, a Sra. Jamieson foi para Cheltenham, escoltada pelo Sr. Mulliner, e Lady Glenmire ficou com a posse da casa, sua missão aparente sendo a de cuidar para que as empregadas não arrumassem admiradores. Ela era um vigia de aparência muito agradável; e, assim que foi combinado que ela ficaria em Cranford, ela descobriu que a ida da Sra. Jamieson para Cheltenham era a melhor coisa do mundo. Ela havia alugado a sua casa em Edimburgo e, por um tempo, estava sem lar; então, tomar conta da confortável casa de sua cunhada era algo muito conveniente e aceitável.

A Srta. Pole estava muito inclinada a se apresentar como heroína, por causa das providências decisivas que havia tomado ao fugir dos dois homens e de uma mulher, a quem ela chamava de "o bando de assassinos". Ela descrevia a aparência deles em cores vivas, e eu percebi que a cada vez que ela contava a história, algum novo traço de vileza era acrescentado à aparência deles. Um era alto – ele passou a ser gigantesco antes de nós termos parado de falar nele; ele, naturalmente, tinha cabelos negros – e, aos poucos, os cabelos cresceram em cachos élficos sobre sua testa, lhe caindo pelas costas. O outro era baixo e atarracado – e uma corcunda nasceu no ombro dele antes de nós deixarmos de ouvir notícias dele; ele tinha cabelos avermelhados – que logo ficaram cor de cenoura; e a Srta. Pole tinha praticamente certeza de que ele tinha algo nos olhos – um estrabismo pronunciado. Quanto à mulher, os olhos dela faiscavam, e sua aparência era masculina – uma perfeita virago; muito provavelmente um homem vestido com roupas de mulher; depois, ouvimos falar de barba no queixo dela, e de uma voz e de um modo de andar viris.

Se a Srta. Pole se sentia encantada ao recontar os acontecimentos daquela tarde para quem quer que perguntasse, outros não se orgulhavam tanto de suas aventuras na linha dos roubos. O Sr. Hoggins, o médico, havia sido atacado na porta de sua casa por dois meliantes, que estavam escondidos na sombra da varanda, e o silenciaram de modo tão eficaz que ele foi roubado no espaço de tempo entre tocar o sino e a empregada abrir a porta. A Srta. Pole tinha a certeza de que se descobriria que esse roubo havia sido cometido pelos "homens dela" e, no mesmo dia em que ouviu a história, foi ao consultório do Sr. Hoggins para cuidar dos dentes e fazer perguntas. Ela veio ter conosco depois; assim, ouvimos o que ela havia ouvido, diretamente da fonte, enquanto ainda estávamos na empolgação e na agitação das primeiras notícias, pois o caso havia acontecido apenas na noite anterior.

– Bem! – disse a Srta. Pole, sentando-se com a determinação de uma pessoa que já se decidiu sobre a natureza da vida e do mundo (e tais pessoas jamais andam com passos leves, nem se sentam sem jogar o corpo na cadeira). – Muito bem, Srta. Matty! Os homens nunca mudam.

Cada filho nascido de mulher deseja ser considerado Sansão e Salomão misturados em um só; fortes demais até mesmo para levarem uma surra ou serem derrotados, sábios demais para que alguém lhes passe a perna. Se a senhorita observar, eles sempre anteviram acontecimentos, embora nunca digam nada a ninguém para avisar os demais antes de os acontecimentos se concretizarem. Meu pai era homem, e eu conheço muito bem a raça.

Ela falou até ficar sem fôlego, e nós teríamos gostado de preencher as pausas necessárias como um coro, mas não sabíamos exatamente o que dizer, ou qual homem havia ocasionado tal arenga contra o sexo masculino; então, apenas nos manifestamos de modo geral, com um sério aceno de cabeça, e um murmúrio baixo, "Eles são realmente incompreensíveis, com certeza!"

– Ora, pensem só – disse ela. – Eu corri o risco de ter um dos meus dentes remanescentes arrancado (pois se está completamente à mercê de qualquer saca-molas; e eu, de minha parte, sempre falo bem deles até tirar a minha boca das garras deles), e, afinal de contas, o Sr. Hoggins é homem demais para confessar que foi roubado a noite passada.

– Não foi roubado! – exclamou o coro.

– Nem me digam! – exclamou a Srta. Pole, com raiva por nós podermos, por um momento, ser enganadas. – Creio que ele tenha sido roubado, conforme Betty me contou, e ele está com vergonha de confessar; e, com certeza, foi muito descuido dele ser roubado na própria porta; me arrisco a dizer que ele considera que tal feito não há de engrandecê-lo aos olhos da sociedade de Cranford, e está ansioso para ocultá-lo... Mas ele não precisava ter tentado me enganar, dizendo que eu deveria ter ouvido um relato exagerado de algum roubo insignificante de um pedaço de pescoço de carneiro, o que, ao que parece, foi roubado do depósito no quintal dele a semana passada; ele teve a ousadia de acrescentar que acreditava que o gato o havia levado. Não tenho dúvida, se eu pudesse chegar ao fundo da questão, que foi aquele irlandês vestido com roupas de mulher que andou espionando a minha casa, com a história das crianças passando fome.

Depois de termos devidamente censurado a falta de honestidade demonstrada pelo Sr. Hoggins, e criticado os homens de modo geral, nós passamos ao assunto sobre o qual estivéramos falando quando a Srta. Pole chegou; a saber, até que ponto, considerando a atual situação conturbada das redondezas, nós poderíamos nos arriscar a aceitar um convite que a Srta. Matty havia acabado de receber da Sra. Forrester, para ir à casa dela, como de costume, e celebrar seu aniversário de casamento tomando chá com ela às cinco horas, e jogando cartas depois. A Srta. Forrester disse que nos havia convidado com certo receio, pois as ruas estavam, ela temia, muito inseguras. Porém, ela havia sugerido que talvez uma de nós não se opusesse a ir de liteira, e as outras, caminhando rapidamente, poderiam acompanhar o trote ligeiro dos carregadores, e assim todas poderíamos chegar em segurança a Over Place, uma localidade afastada da cidadezinha. (Não; essa é uma expressão solene demais; um amontoadinho de casas separadas de Cranford por uns duzentos metros de uma alameda escura e solitária). Não havia dúvida de que um bilhete igual estivesse à espera da Srta. Pole em casa; então, a visita dela foi uma feliz casualidade, pois nos permitiu conversar juntas. Nós teríamos preferido recusar o convite; porém, consideramos que não seria muito gentil para com a Sra. Forrester, que, nesse caso, ficaria sozinha para recordar sua vida não muito feliz ou afortunada. A Srta. Matty e a Srta. Pole haviam ido à casa dela nessa data por muitos anos, e então, cheias de bravura, se resolveram a hastear bandeiras e a atravessar a Alameda da Escuridão a não demonstrar lealdade para com a amiga.

Porém, quando a noite chegou, a Srta. Matty (ela havia sido escolhida para ir de liteira, pois estava com um resfriado) antes de ser fechada no veículo, como uma bonequinha em uma caixa de música, implorou aos carregadores, o que quer que pudesse acontecer, que não saíssem correndo e a deixassem presa lá dentro, para ser assassinada; e mesmo depois de eles terem prometido, eu a vi enrijecendo o rosto na severa determinação de uma mártir, e ela me fez um melancólico e agourento aceno com a cabeça através da janela. Entretanto, chegamos à casa da Sra. Forrester em segurança, apenas sem fôlego, pois foi algo parecido com quem poderia trotar mais rápido ao longo da Alameda da Escuridão, e receio que a pobre Srta. Matty tenha sido bastante sacudida.

A Sra. Forrester havia tomado providências a mais, como reconhecimento por nossos esforços ao ir vê-la em meio a tais perigos. As costumeiras regras da ignorância educada sobre o que as empregadas dela poderiam preparar foram todas observadas; e harmonia e *Preference* pareciam ser a ordem do dia, não fosse por uma interessante conversa que começou eu não sei como, mas que se relacionava, é lógico, aos ladrões que infestavam as vizinhanças de Cranford.

Tendo enfrentado os perigos da Alameda da Escuridão e, por conseguinte, podendo contar com um pequeno estoque de reputação por ser corajosa; e também, eu me arrisco a dizer, desejando provar que éramos superiores aos homens (*videlicet*[2] o Sr. Hoggins) no tocante à honestidade, nós começamos a relatar os nossos medos particulares, e as medidas individuais que cada uma de nós tomava. Eu confessei que a minha maior apreensão eram olhos – olhos me espionando, me observando, faiscando em alguma baça superfície lisa de madeira; e que eu se ousasse me aproximar de meu espelho quando estava tomada pelo medo, certamente o viraria com a parte de trás voltada para mim, por ter medo de ver olhos atrás de mim me fitando lá da escuridão. Eu vi a Srta. Matty reunindo coragem para uma confissão; e, finalmente, ela foi feita. Ela confessou que, desde criança, quando estava se deitando, tinha tido medo de ser agarrada pela perna que ainda não estava colocada na cama, por alguém escondido embaixo da cama. Ela disse que quando era mais jovem e mais ativa, costumava dar um pequeno salto à distância, e assim colocar as duas pernas em segurança na cama ao mesmo tempo; mas que isso sempre havia aborrecido Deborah, que se orgulhava de ir se deitar com toda a graça, e ela havia abandonado esse costume, como consequência. Mas agora o velho terror com tanta frequência se apoderava dela, sobretudo desde que a casa da Srta. Pole havia sido atacada (nós havíamos chegado a acreditar no fato de o ataque ter ocorrido); e, contudo, era muito desagradável pensar em olhar embaixo da cama, e ver um homem escondido, com uma expressão feroz, nos encarando; então ela havia pensado em um estratagema – talvez eu tivesse percebido que ela havia pedido a Martha para comprar uma bola bem barata, como as bolas com que as crianças brincam – e agora ela a fazia rolar por baixo da cama todas as noites; se a

[2] A saber. Em latim no original. (N. T.)

bola saísse do outro lado, muito bem; se não, ela sempre tomava a precaução de ficar com a corda do sino na mão, e tencionava chamar John e Harry, como se esperasse que esses serviçais respondessem ao chamado.

Todas nós louvamos essa engenhosa solução, e a Srta. Matty se recostou em um silêncio satisfeito, com um olhar para a Sra. Forrester, como se lhe perguntasse qual era a fraqueza íntima *dela*.

A Sra. Forrester olhou de esguelha para a Srta. Pole e tentou mudar um pouco de assunto, contando-nos que havia chamado um menino de uma das casinhas da vizinhança e prometido aos pais dele cinquenta quilos de carvão no Natal, e o jantar dele todos os dias, para que ele ficasse na casa dela à noite. Ela lhe havia dado instruções quanto aos seus possíveis deveres quando ele fora lá pela primeira vez; e, achando que ele era ajuizado, lhe havia dado a espada do Major (o Major era o falecido marido dela) e pedira-lhe que a colocasse com muito cuidado atrás do travesseiro dele todas as noites, virando o gume na direção da borda do travesseiro. Ele era um menino esperto, a Sra. Forrester tinha certeza; pois, observando o tricórnio do Major, havia dito que se pudesse usá-lo, certamente poderia atemorizar dois ingleses ou quatro franceses a qualquer hora. Porém, ela lhe explicara que ele não deveria perder tempo colocando chapéus ou qualquer coisa; mas que, se ouvisse algum barulho, teria de correr na direção do som com a espada em riste. À minha sugestão de que algum acidente poderia acontecer em decorrência de tais instruções mortais e indiscriminadas, e que ele poderia atacar Jenny quando esta se levantasse para lavar roupa, e a apunhalar antes de descobrir que ela não era um francês, a Sra. Forrester disse não julgar que isso fosse possível, pois ele tinha um sono profundo e geralmente tinha de levar umas boas sacudidelas ou ter água jogada em seu rosto de manhã antes que conseguissem acordá-lo. Ela às vezes pensava que um sono tão pesado deveria ser consequência das ceias fartas que o pobre do menino comia, pois ele quase passava fome em casa, e ela havia dito para Jenny providenciar que ele tivesse uma boa refeição à noite.

Ainda assim, isso não era uma confissão sobre a fraqueza peculiar da Sra. Forrester, e nós a incitamos a nos contar o que ela considerava que a assustaria mais que qualquer outra coisa. Ela fez uma pausa, e atiçou o fogo, e espevitou as velas, e então disse, em um sussurro vibrante:

– Fantasmas!

Ela olhou para a Srta. Pole como se declarasse que havia dito, e não arredaria pé da confissão. Tal olhar era por si só um desafio. A Srta. Pole a atacou com indigestão, ilusões espectrais, ilusões de ótica, e muitas outras coisas tiradas do Dr. Ferrier e Dr. Hibbert. A Srta. Matty tinha certa inclinação por fantasmas, como eu mencionei antes, e o pouco que ela disse foi para apoiar a Sra. Forrester e esta, encorajada pela simpatia, afirmou que fantasmas eram parte de sua religião; que com certeza ela, viúva de um major do exército, sabia de que deveria ter medo, e de que não deveria; resumindo, eu nunca vi a Sra. Forrester tão veemente antes ou depois disso, pois ela era uma senhora gentil, meiga e paciente na maior parte do tempo. Nem todo o vinho de sabugueiro já transformado em bebida quente poderia, naquela noite, afastar a recordação dessa discórdia entre a Srta. Pole e a sua anfitriã. Na verdade, quando o vinho de sabugueiro foi trazido, ele ocasionou nova discussão; pois Jenny, a empregadinha que cambaleava sob o peso da bandeja, teve de testemunhar ter visto um fantasma com os próprios olhos, não muitas noites antes, na Alameda da Escuridão, exatamente a alameda pela qual teríamos de passar a caminho de casa.

Apesar do sentimento de desconforto que essa última informação me deu, não pude deixar de me divertir com a posição de Jenny, que se parecia muitíssimo com a de uma testemunha sendo interrogada e tornada a interrogar por dois advogados que não fossem lá muito escrupulosos no tocante a fazer perguntas tendenciosas. A conclusão a que eu cheguei foi que Jenny certamente havia visto algo além do que um caso de indigestão poderia ter causado. Uma senhora toda de branco, e sem a cabeça, foi o que ela declarou, apoiada pela consciência da secreta simpatia de sua patroa sob o desdém causticante com que a Srta. Pole a olhava. E não apenas ela, mas muitas outras pessoas haviam visto essa senhora sem cabeça, que se sentava à margem da alameda contorcendo as mãos como se estivesse profundamente desesperada. A Sra. Forrester nos olhava de tempos em tempos com um ar de triunfo consciente; mas ela não precisava passar pela Alameda da Escuridão antes de poder se enfiar debaixo de suas familiares cobertas.

Nós mantivemos um discreto silêncio em relação à senhora sem cabeça enquanto púnhamos nossos casacos para voltar para casa, pois não havia como saber quão perto a cabeça e as orelhas fantasmagóricas poderiam estar, ou qual conexão espiritual elas poderiam manter com o infeliz corpo na Alameda da Escuridão; e, portanto, até a Srta. Pole considerou que era de bom tom não falar de modo frívolo sobre tais assuntos, por temor de irritar ou insultar aquele infeliz corpo. A Srta. Matty puxou as cortinas das janelas da liteira para deixar de fora visões desagradáveis, e os homens (ou por eles estarem alegres por seu trabalho estar quase terminado, ou por eles estarem descendo a colina) saíram em um passo tão rápido e animado, que a Srta. Pole e eu mal conseguíamos acompanhá-los. Ela só tinha fôlego para dizer um suplicante "Não me abandone!", pronunciado enquanto agarrava o meu braço com tanta força que eu não poderia tê-la deixado, com fantasma ou sem. Que alívio foi quando os homens, cansados por causa do peso carregado e de seus passos rápidos, pararam exatamente onde o caminho de Headingley se bifurca da Alameda da Escuridão! A Srta. Pole me soltou e se aproximou de um dos homens:

– Os senhores não... Os senhores não poderiam levar a Srta. Matty pelo caminho de Headingley? O calçamento na Alameda da Escuridão é tão esburacado, e ela não é muito forte.

Uma voz abafada foi ouvida lá de dentro da liteira:

– Oh! Por favor, prossigam! O que está acontecendo? O que está acontecendo? Eu lhes darei seis *pence* mais para que prossigam bem rápido; por favor, não parem aqui.

– E eu lhes darei um xelim – disse a Srta. Pole, com dignidade trêmula – se os senhores forem pelo caminho de Headingley.

Os dois homens assentiram com um resmungo e ergueram a liteira, e seguiram pelo caminho de Headingley, o que certamente correspondia ao gentil propósito da Srta. Pole de poupar os ossos da Srta. Matty; pois o caminho estava coberto de lama espessa e macia, e até uma queda ali teria sido fácil até a hora de se levantar, quando poderia ter havido certa dificuldade para tirar a pessoa dali.

Capítulo XI – Samuel Brown

Na manhã seguinte, encontrei Lady Glenmire e a Srta. Pole saindo para uma longa caminhada com o intuito de encontrar certa senhora famosa nas vizinhanças por sua habilidade para tricotar meias de lã. A Srta. Pole me disse, com um sorriso em parte gentil, em parte desdenhoso em seu rosto:

– Eu estava agora mesmo contando para Lady Glenmire sobre a nossa pobre amiga, a Sra. Forrester, e o medo que ela tem de fantasmas. Isso acontece por ela viver tão sozinha, e ouvir as histórias de bicho-papão daquela Jenny dela. – Ela estava tão calma, e tão acima de medos supersticiosos, que eu quase senti vergonha de dizer quão feliz me sentira com a proposta dela para vir pelo caminho Headingley na noite anterior, e mudei a conversa para outro tema.

À tarde, a Srta. Pole fez uma visita à Srta. Matty para lhe contar sua aventura – a verdadeira aventura que elas tinham tido em sua caminhada matutina. Elas estavam em dúvida quanto ao caminho exato que deveriam tomar em meio aos campos para encontrar a senhora tricoteira, e haviam parado para fazer perguntas em uma pequena taverna que ficava na estrada principal para Londres, a uns cinco quilômetros de Cranford. A boa senhora lhes dissera que se sentassem e descansassem enquanto ela ia procurar o marido, que poderia dar-lhes melhores indicações do que ela poderia dar; e, enquanto estavam sentadas na pequenina sala com o piso coberto por areia, uma menininha entrou lá. Elas pensaram que a menina era da família da senhoria e começaram uma conversa trivial com ela; porém, com o retorno da Sra. Roberts, ela lhes disse que a criaturinha era a única filha de um casal hospedado no estabelecimento. E então ela começou uma longa história, da qual Lady Glenmire e a Srta. Pole só conseguiram extrair um ou dois fatos incontestáveis, que cerca de seis semanas antes, havia quebrado bem na frente da porta da taverna uma charrete puxada por um cavalo, e que nela estavam dois homens, uma mulher e essa criança. Um dos homens estava bastante machucado – nada de ossos quebrados, apenas "abalado", a senhoria disse; mas ele provavelmente havia sofrido algum ferimento interno sério, pois estava, muito enfraquecido, no estabelecimento deles desde então, cuidado pela esposa, a mãe daquela menininha. A Srta. Pole havia perguntado o que ele fazia, e qual era a aparência dele. E a Sra. Roberts respondeu que ele não parecia um cavalheiro, tampouco parecia uma pessoa comum; se não fosse pelo fato de ele e a esposa serem pessoas tão decentes e quietas, ela quase teria pensado que ele fosse um saltimbanco, ou algo assim, pois eles tinham uma grande caixa na charrete, cheia de coisas que ela não sabia o que eram. Ela havia ajudado a desfazer a mala e tirado as roupas brancas e vestimentas, quando o outro homem – irmão gêmeo dele, ela achava que ele era – havia partido com o cavalo e a charrete.

A Srta. Pole havia começado a sentir suspeitas nesse ponto, e manifestou a opinião de que era bem estranho que a caixa e a charrete e o cavalo tivessem desaparecido; mas a boa Sra. Roberts parecia ter ficado muito indignada com a sugestão implícita da Srta. Pole; na verdade, a Srta. Pole disse que ela havia ficado tão brava como se a Srta. Pole tivesse lhe dito que ela própria era uma trapaceira. Ela pensou em pedir às senhoras, como o melhor meio para convencê-las, que fossem ter com a esposa; e, como a Srta. Pole disse, não havia como duvidar da face honesta, cansada e morena da mulher, que, às primeiras palavras gentis de Lady Glenmire, rompeu em lágrimas, as quais ela não tinha forças para conter, até que uma palavra dita pela senhoria a fez engolir os soluços, para ela poder reconhecer a caridade cristã mostrada pelo Sr. e pela Sra. Roberts. A Srta. Pole se recobrou mudando de ideia, com uma crença tão veemente na triste história quanto havia estado cética antes; e, como prova disso, sua energia a favor da pobre sofredora não foi nem um pouco abalada quando ela descobriu que ele, e ninguém mais, era o nosso Signor Brunoni, a quem toda Cranford estava atribuindo todos os tipos de maldade nas últimas seis semanas! Sim! Sua esposa disse que o nome correto dele era Samuel Brown – "Sam", como ela o chamava – mas até o fim nós preferimos chamá-lo de "o Signor", isso soava tão melhor.

O fim da conversa delas com a Signora Brunoni foi o consenso de que o marido deveria ser colocado sob cuidados médicos, e por quaisquer despesas decorrentes dessa decisão Lady Glenmire prometeu se responsabilizar, e havia ido ter com o Sr. Hoggins para pedir-lhe que fosse até a "Sol Nascente" naquela mesma tarde, e verificasse o verdadeiro estado do Signor; e, como a Srta. Pole disse, se fosse aconselhável transportá-lo para Cranford para ficar mais perto do Sr. Hoggins, ela se encarregaria de procurar acomodações e se responsabilizaria pelo aluguel. A Sra. Roberts havia sido tão gentil quanto possível o tempo todo, mas estava claro que a longa permanência deles ali tinha sido uma pequena inconveniência.

Antes de a Srta. Pole ir embora, a Srta. Matty e eu estávamos tão envolvidas na aventura matutina quanto ela. Nós falamos sobre isso a noite toda, examinando a questão sob todos os pontos de vista possíveis, e fomos dormir ansiando pela manhã, quando certamente alguém nos diria o que o Sr. Hoggins pensava e recomendava; pois, como a Srta. Matty observou, embora o Sr. Hoggins dissesse mesmo "lá vai um valete", "caiu um valete" e chamasse *Preference* de "Pref", ela acreditava que ele fosse um homem muito digno e um médico muito capaz. Na verdade, nós tínhamos muito orgulho de nosso doutor em Cranford, como médico. Nós com frequência desejávamos, quando sabíamos que a Rainha Adelaide ou o Duque de Wellington estavam enfermos, que eles mandassem chamar o Sr. Hoggins; porém, pensando melhor, nós nos sentíamos muito felizes por eles não chamarem; pois, se estivéssemos doentes, o que faríamos se o Sr. Hoggins tivesse sido nomeado médico regular da Família Real? Como médico, nós nos orgulhávamos muito dele; mas como homem – ou melhor, eu diria, como cavalheiro – nós só podíamos balançar a cabeça ao ouvir o nome dele e por causa dele próprio, e desejar que ele tivesse lido as Cartas de Lorde Chesterfield nos dias em que os seus modos poderiam ser aperfeiçoados. Não obstante, nós todas consideramos o pronunciamento dele no caso do Signor como infalível, e quando ele disse que, com cuidado e atenção o paciente poderia se recuperar, nós não tememos mais pela saúde dele.

Porém, embora não mais temêssemos, todas agimos como se houvesse grandes motivos para ansiedade –

como na verdade havia, até o Sr. Hoggins se encarregar dele. A Srta. Pole procurou aposentos limpos e confortáveis, mas com um tom um toque doméstico; a Srta. Matty mandou a liteira para ele, e Martha e eu a arejamos bem antes de ela sair de Cranford segurando uma panela cheia de carvões em brasa dentro dela, e então a fechando muito bem, com fumaça e tudo, até a hora em que o Signor fosse usá-la no "Sol Nascente". Lady Glenmire se encarregou da área médica sob a orientação do Sr. Hoggins, e revirou todos os vidros de remédios e colheres e armarinhos de medicação da Sra. Jamieson de um modo liberal e despreocupado, que deixou a Srta. Matty um tantinho ansiosa quanto ao que aquela senhora e o Sr. Mulliner poderiam dizer, se soubessem do fato. A Sra. Forrester fez um pouco da sua geleia de pão, pela qual era tão famosa, para tê-la disponível como nutriente nos aposentos quando ele chegasse. Presentear com um pouco dessa geleia era a maior prova de estima que a cara Sra. Forrester poderia dar. A Srta. Pole uma vez havia lhe pedido a receita, mas havia recebido uma recusa peremptória; a Sra. Forrester lhe havia dito que não poderia dá-la para ninguém em sua vida, e que depois de sua morte ela seria legada, como os seus testamenteiros descobririam, para a Srta. Matty. O que a Srta. Matty, ou, como a Sra. Forrester a chamava (lembrando-se da cláusula em seu testamento e da dignidade da ocasião), a Srta. Matilda Jenkyns – poderia resolver fazer com a receita quando entrasse em sua posse – quer torná-la pública, ou transmiti-la para alguém como herança – ela não sabia, tampouco estabeleceria. E uma vasilha dessa geleia ímpar, admirável e digestiva foi enviada pela Sra. Forrester para o nosso pobre e doente prestidigitador. Quem diz que a aristocracia é orgulhosa? Cá estava uma senhora, por nascimento uma Tyrrell, e descendente do grande Sir Walter que atirou no Rei Rufus, e em cujas veias corria o sangue de quem havia assassinado os principezinhos na Torre, indo todos os dias ver quais acepipes ela poderia preparar para Samuel Brown, um saltimbanco! Contudo, na verdade, era maravilhoso ver quais sentimentos de bondade eram suscitados por esse pobre homem ir viver entre nós. E também era maravilhoso ver como o grande pânico de Cranford, que havia sido ocasionado pela primeira aparição dele em indumentária turca, desapareceu por completo com a segunda aparição dele – pálido e fraco, e com os seus olhos embaçados, que só se iluminavam um pouquinho quando se detinham na fisionomia de sua fiel esposa, ou da pálida e pesarosa menininha deles.

De algum modo, todas nos esquecemos de ter medo. Arrisco-me a dizer, descobrir que ele, que a princípio havia suscitado o nosso amor pelo maravilhoso com seus artifícios sem precedentes, não tivesse o bastante dos talentos banais para controlar um cavalo assustadiço, nos fez sentir como se fôssemos nós mesmas de novo. A Srta. Pole ia com a sua cestinha a todas as horas do entardecer, como se a sua casa solitária e a rua pouco movimentada que levava até ela nunca tivessem sido infestadas por aquele "bando de assassinos"; a Sra. Forrester disse, em sua opinião nem Jenny e nem ela precisavam se preocupar com aquela dama sem cabeça que havia chorado e se lamentado na Alameda da Escuridão, pois com certeza nunca havia sido dado poder a tais criaturas para fazer mal a aqueles que andavam por aí tentando fazer o pouco de bem que estivesse em seu alcance, com o que Jenny concordou, trêmula; mas a teoria da patroa exerceu pouco efeito no comportamento da empregada até ela ter costurado dois pedaços de flanela vermelha na forma de uma cruz em suas roupas de baixo.

Encontrei a Srta. Matty cobrindo a sua bola barata – a bola que ela costumava jogar embaixo da cama – com lã colorida nas cores do arco-íris.

– Minha cara – ela disse – o meu coração se condói daquela menininha aflita. Embora o pai seja um prestidigitador, ela aparenta nunca ter brincado de verdade em toda a sua vida. Eu costumava fazer bolas bonitas deste modo quando era menina, e pensei que tentaria deixar esta bonita para levá-la para Phoebe esta tarde. Acho que "o bando" deve ter partido das vizinhanças, pois não se ouve mais falar da violência e dos roubos deles agora.

Todas nós estávamos preocupadas demais com o precário estado de saúde do Signor para falar ou sobre ladrões ou sobre fantasmas. Na verdade, Lady Glenmire disse nunca ter ouvido nada sobre roubos de verdade, a não ser que dois menininhos haviam roubado algumas maçãs do pomar do Seo Benson, e que em um dia de mercado alguns ovos haviam sumido da banca da Viúva Hayward. Porém, isso seria esperar muito de nós; não éramos capazes de reconhecer que tínhamos tido somente essa ínfima base para todo o nosso pânico. A Srta. Pole se empertigou ao ouvir essa observação de Lady Glenmire e disse "que ela desejaria poder concordar com ela quanto aos poucos motivos que tínhamos tido para o alarme, mas com a recordação de um homem disfarçado de mulher que havia tentado entrar em sua casa enquanto os cúmplices dele esperavam do lado de fora; com o conhecimento obtido da própria Lady Glenmire das pegadas vistas nos canteiros da Sra. Jamieson; com o fato claro como dia do audacioso roubo cometido na própria porta da casa do Sr. Hoggins..." Mas, neste ponto, Lady

Glenmire interrompeu com uma forte manifestação de dúvida sobre se essa última história não era uma completa invenção baseada no roubo de um gato; ela ficou tão rubra enquanto dizia isso tudo que eu não me surpreendi com o modo de a Srta. Pole se conter; e tenho certeza, se Lady Glenmire não fosse "Sua Senhoria", nós teríamos tido uma contradição mais enfática do que o "Ora, mas essa é boa!" e exclamações fragmentadas semelhantes, que foram tudo o que ela se arriscou a dizer na presença de milady. Mas, quando ela foi embora, a Srta. Pole começou uma longa preleção dirigida à Srta. Matty por até então elas terem escapado do casamento, que, ela observava, sempre tornava as pessoas crédulas ao ponto máximo; na verdade, ela considerava que era uma demonstração de credulidade natural em uma mulher se ela não conseguisse evitar o casamento; e, no que Lady Glenmire havia dito sobre o roubo ao Sr. Hoggins, nós tínhamos um exemplo de a que ponto as pessoas chegavam se elas cedessem a tal fraqueza; certamente, Lady Glenmire iria engolir qualquer coisa se conseguisse acreditar na história mal-ajambrada a respeito de um pescoço de carneiro e de um gatinho que o Sr. Hoggins havia tentado impingir à Srta. Pole; só que ela sempre tinha estado de guarda contra acreditar demais em o que os homens diziam.

Nós nos sentíamos gratas, como a Srta. Pole desejava que nos sentíssemos, por nunca nos termos casado; mas eu penso, dentre os dois, nós nos sentíamos ainda mais gratas por os ladrões terem partido de Cranford; pelo menos, eu assim o creio com base em umas palavras das Srta. Matty naquela noite, quando nos sentávamos ao pé da lareira, segundo as quais ela evidentemente considerava um marido como uma grande proteção contra ladrões, assaltantes e fantasmas; e disse que ela não considerava que ousaria sempre acautelar os jovens contra o matrimônio, como a Srta. Pole fazia o tempo todo; com certeza, casamento era um risco, como ela via, agora que tinha um pouco de experiência; mas ela se lembrava do tempo em que pensava em se casar tanto quanto qualquer pessoa.

– Não com alguma pessoa específica, minha cara – ela disse, rapidamente se contendo, como se receasse ter admitido coisas demais –, é apenas a velha história, a senhorita sabe, das senhoras sempre dizendo, "*Quando* eu me casar", e os cavalheiros, "*Se* eu me casar". – Era uma anedota dita em um tom bastante pesaroso, e eu duvido que uma de nós duas tenha sorrido; mas não consegui ver o rosto da Srta. Matty à luz bruxuleante da lareira. Em alguns instantes, ela prosseguiu.

– Mas, afinal de contas, eu não lhe contei a verdade. Faz tanto tempo, e ninguém jamais soube quanto eu pensava nisso na época, a não ser, é claro, que minha querida mãe tivesse suposto; mas posso dizer que houve um tempo em que eu não pensava que seria apenas a Srta. Matty Jenkyns toda a minha vida; pois mesmo se eu conhecesse alguém que desejasse se casar comigo agora (e, como a Srta. Pole diz, ninguém está completamente a salvo), eu não poderia aceitá-lo... Espero que ele não se sentisse muito ofendido, mas eu *não* poderia aceitá-lo... ou ninguém, a não ser a pessoa com quem eu uma vez pensei que poderia me casar; e ele já morreu, e nunca soube por que eu disse, "Não", depois de ter pensado tantas vezes... Bem, não importa o que eu pensei. O homem põe e Deus dispõe, e estou muito feliz, minha cara. Ninguém tem amigas tão gentis como eu – ela prosseguiu, pegando a minha mão e a segurando entre as suas.

Se eu nunca tivesse conhecido o Sr. Holbrook, poderia ter dito alguma coisa nessa pausa, mas como tinha conhecido, não consegui pensar em nada que surgisse naturalmente, então nós duas ficamos em silêncio por alguns minutos.

— Meu pai certa vez nos fez manter — ela começou — um diário, em duas colunas; em um lado nós deveríamos colocar de manhã como achávamos que decorreriam o dia que estava começando e os acontecimentos daquele dia; e à noite deveríamos colocar no outro lado o que realmente havia acontecido. Para algumas pessoas, seria um modo bem triste de narrar a sua vida (uma lágrima pingou em minha mão com essas palavras); eu não quero dizer que a minha tenha sido triste, apenas tão diferente do que eu esperava. Lembro, uma noite de inverno, sentada ao pé da lareira em nosso quarto com Deborah... lembro como se tivesse sido ontem... e nós estávamos planejando a nossa vida futura, nós duas estávamos planejando, embora apenas ela falasse sobre isso. Ela disse que gostaria de se casar com um arquidiácono e escrever as instruções especiais dele; e você sabe, minha cara, ela nunca se casou; e, tanto quanto eu saiba, ela nunca falou com um arquidiácono solteiro em toda a sua vida. Eu nunca fui ambiciosa, tampouco poderia ter escrito instruções, mas me considerava capaz de administrar uma casa (minha mãe costumava me chamar de o seu braço direito), e sempre gostei tanto de criancinhas... os bebês mais tímidos estendiam os bracinhos para vir no meu colo; quando eu era uma menina, passava metade do meu tempo livre cuidando de bebês nas casas das redondezas; mas não sei como foi que aconteceu, quando eu fiquei triste e séria... o que aconteceu um ou dois anos depois dessa época... as criaturinhas se afastavam de mim, e receio ter perdido o jeito, embora eu goste de crianças tanto quanto sempre, e sinta um estranho anelo em meu coração sempre que vejo uma mãe com o seu bebê nos braços. Não, minha cara... (e, com um repentino fulgor ocasionado pela queda do carvão por atiçar, eu vi que os olhos dela estavam cheios de lágrimas – fitando intensamente alguma visão do que poderia ter sido) a senhorita sabe, eu às vezes sonho que tenho uma criancinha... sempre a mesma... uma menininha de uns dois anos; ela nunca fica mais velha, embora eu tenha sonhado com ela por tantos anos. Não creio que eu tenha sonhado com quaisquer palavras ou som que ela diga; ela é muito silenciosa e parada, mas vem comigo sempre que está muito triste ou muito feliz, e eu já acordei com a pressão dos seus lindos bracinhos no meu pescoço. A noite passada... talvez por eu ter ido dormir pensando nesta bola para Phoebe... a minha queridinha apareceu em meus sonhos, e fez um biquinho com a boquinha para ser beijada, assim como eu tenho visto bebês de verdade fazendo com mães de verdade antes de irem para a cama. Mas toda essa tolice, céus! Apenas não se deixe intimidar pelo que a Srta. Pole diz sobre o casamento. Eu consigo pensar que possa ser uma situação muito feliz, e um pouquinho de credulidade ajuda a pessoa a passar com tranquilidade a vida... melhor do que sempre duvidar e duvidar e ver dificuldades e coisas desagradáveis em tudo.

Se eu me inclinasse a ser desencorajada a me casar, não teria sido a Srta. Pole quem conseguiria isso; teria sido o fado do pobre do Signor Brunoni e de sua esposa. E, contudo, era um encorajamento ver como, em meio a todos os seus problemas e pesares, eles pensavam um no outro e não em si mesmos; e quão grandes eram as alegrias deles, se elas tão somente acontecessem com eles, ou com a pequena Phoebe.

A Signora me contou, um dia, muita coisa a respeito da vida deles até aquele período. Tudo começou por eu perguntar para ela se a história dos irmãos gêmeos contada pela Srta. Pole era verdadeira; soava como uma coisa tão maravilhosa, que eu teria tido as minhas dúvidas, se a Srta. Pole não fosse solteira. Mas a Signora, ou (como nós descobrimos que ela preferia ser chamada) a Sra. Brown, disse que era bem verdade; o cunhado dela era considerado por muitos como o marido dela, o que era de grande ajuda na profissão deles; "embora", ela continuou, "como as pessoas possam confundir Thomas com o verdadeiro Signor Brunoni, eu não consiga entender; mas ele diz que elas confundem; então, suponho que eu deva acreditar nele. Não que ele não seja um homem muito bom; tenho certeza de que não sei como nós pagaríamos as nossas contas na "Sol Nascente" não fosse pelo dinheiro que ele nos manda; mas as pessoas devem conhecer muito pouco sobre prestidigitação se conseguem confundi-lo com o meu marido. Ora, Senhorita, no truque da bola, quando o meu marido abre bem os dedos, e ergue o dedinho com uma bela postura e muita graça, Thomas apenas fecha a mão, e poderia haver tantas bolas escondidas nela. Além do mais, ele nunca esteve na Índia e não sabe nada sobre o devido uso de um turbante.

— A senhora esteve na Índia? — eu perguntei, atônita.

— Oh, sim! Muitos anos, minha senhora. Sam era sargento no 31° Regimento de Infantaria; e quando o regimento foi enviado para a Índia, eu decidi nos dados que iria, e me senti mais grata do que possa dizer; pois me parecia que, para mim, teria sido apenas uma morte lenta me separar de meu marido. Mas, na verdade, minha senhora, se eu tivesse sabido de tudo, não sei se não preferiria ter morrido na mesma hora a passar por tudo que passei desde então. Com certeza, eu tenho conseguido confortar o Sam e ficar com ele; mas, minha senhora, eu perdi seis filhos – ela disse, me olhando com aqueles estranhos olhos que eu nunca vi senão em mães de filhos mortos, com um tipo de expressão desesperada neles, como se procurassem aquilo que nunca mais conseguiriam encontrar. – Sim! Seis filhos morreram, como botõezinhos de flor arrancados prematuramente, naquela cruel Índia. Eu achei, quando cada um morria, que eu jamais poderia... jamais iria... amar um filho de novo; e quando o outro nascia, tinha não apenas o amor dado a ele, mas o amor mais profundo que surgia com a ideia dos seus irmãozinhos e irmãzinhas mortos. E quando Phoebe estava para nascer, eu disse para o meu marido, "Sam, quando a criança nascer e eu estiver forte, eu vou deixar você; isso vai partir o meu coração, e tanto; mas se este bebê morrer também, eu vou enlouquecer; a loucura está em mim agora; mas se você me permitir ir para Calcutá, levando o meu bebê a cada passo do caminho, talvez a loucura desapareça; e eu vou poupar, e eu vou juntar, e vou pedir... e eu vou morrer, para conseguir uma passagem para a Inglaterra, onde o nosso bebê possa viver!" Deus o abençoe!, ele disse que eu poderia partir; e ele economizou o soldo dele, e eu poupei cada moeda que conseguia receber lavando roupas ou de outro modo, e quando a Phoebe nasceu, e eu fiquei forte de novo, fui embora. Foi muito solitário; através de florestas densas, escuras de novo com as suas imensas árvores... ao longo das margens dos rios (mas eu fui criada perto do Avon, em Warwickshire, então o som da água correndo era como estar em casa)... de uma guarnição militar a outra, de um vilarejo indiano para outro, eu prossegui, levando a minha filha. Eu tinha visto uma das esposas dos oficiais com uma pequena imagem, minha senhora... feita por um estrangeiro católico, minha senhora... da Virgem e do pequeno Salvador, minha senhora. Ela O segurava nos braços, e o corpo dela estava delicadamente encurvado ao redor dele, e os rostos deles se tocavam. Bem, quando fui me despedir dessa senhora... eu tinha lavado roupa para ela... ela chorou muito; pois também tinha perdido os seus filhos, mas ela não tinha outro para salvar, como eu; e eu fui ousada o bastante para perguntar se ela me daria aquela gravura? E ela chorou ainda mais, e disse que os filhos *dela* estavam com o abençoado menino Jesus, e a deu para mim, e me disse que tinha ouvido dizer que a gravura tinha sido pintada no fundo de um barril, o que fazia ela ter aquela forma arredondada. E quando o meu corpo estava muito cansado, e o meu coração estava tão triste (pois havia momentos em que eu duvidava se algum dia conseguiria chegar à minha casa, e havia horas em que eu pensava no meu marido, e uma vez quando eu pensei que o meu bebê estava morrendo), eu pegava aquela imagem e a olhava, até eu quase pensar que a mãe falava comigo, e me consolava. E os nativos eram muito gentis. Nós não conseguíamos nos entender, mas eles viam o meu bebê no meu colo, e vinham até mim, e me traziam arroz e leite, e às vezes, flores... eu tenho algumas das flores, secas. Então, na manhã seguinte, eu estava tão cansada; e eles queriam que eu ficasse com eles... eu conseguia entender isso... e tentavam me impedir de ir para as florestas fechadas, que, de verdade, pareciam muito estranhas e escuras; mas me parecia como se a Morte estivesse me seguindo para tirar o meu bebê de mim; e como se eu precisasse continuar andando, andando... e eu pensava como Deus havia cuidado das mães desde que o mundo havia sido criado, e cuidaria de mim; então eu me despedia daquelas pessoas e saía caminhando de novo. E uma vez, quando a minha bebê estava doente, e ela e eu precisávamos de descanso, Ele me levou a um lugar onde eu soube que um inglês gentil vivia, bem no meio dos nativos.

— E a senhora chegou a Calcutá em segurança, finalmente?

— Sim, em segurança! Oh! Quando eu soube que só tinha mais dois dias de viagem à minha frente, não consegui evitar, minha senhora... podia ser idolatria, não sei dizer... mas eu estava perto de um dos templos nativos, e entrei nele com o meu bebê para agradecer a Deus por Sua infinita misericórdia; pois me parecia que onde outras pessoas haviam rezado antes para o seu Deus, na alegria ou na tristeza, era por si só um lugar sagrado. E eu arrumei um posto a bordo do navio como criada de uma senhora inválida, que passou a gostar muito do meu bebê; e, em dois anos, Sam foi dispensado do exército, e voltou para casa, para mim e para a nossa filha. Então, ele precisava arrumar um emprego; mas ele não sabia de nenhum posto; e uma vez, muito tempo atrás, ele havia aprendido uns truques com um malabarista indiano; então ele começou a fazer prestidigitação, e deu tão certo que ele pediu para Thomas ajudá-lo... como assistente, a senhora sabe, não como outro prestidigitador, embora Thomas tenha começado a trabalhar assim agora. Mas foi de grande ajuda para nós essa semelhança entre os gêmeos, e fez com que muitos truques que eles combinaram juntos dessem certo. E Thomas é um bom irmão, ele só não tem a bela postura de meu marido, então eu não sei como ele possa ser confundido com o Signor Brunoni, como ele diz que é.

— Pobrezinha da Phoebe! — eu disse, pensando no bebê que ela havia carregado todas aquelas centenas de quilômetros.

— Ah, a senhora pode dizer isso! Nunca achei que eu ia conseguir criá-la, no entanto, quando ela ficou doente em Chunderabaddad; mas aquele bom e gentil Aga Jenkyns nos acolheu, o que eu acho que foi a salvação para ela.

— Jenkyns! — eu disse.

— Sim! Jenkyns. Vou passar a achar que todas as pessoas com esse nome são gentis; pois cá está aquela simpática senhora que vem todos os dias levar Phoebe para passear!

No entanto, uma ideia passara pela minha cabeça; poderia o Aga Jenkyns ser o Peter desaparecido? É verdade, muitos diziam que ele estava morto. Mas, é igualmente verdade, alguns haviam dito que ele havia alcançado a dignidade de ser o Grande Lama do Tibete. A Srta. Matty achava que ele estava vivo. Eu faria mais perguntas.

Capítulo XII - Comprometidos para casar!

Seria o "pobre do Peter" de Cranford o Aga Jenkyns de Chunderabaddad, ou não? Como alguém diz, eis a questão.

Em minha casa, sempre que as pessoas não tinham mais nada para fazer, elas me censuravam por falta de discrição. Indiscrição era a minha pavorosa falha. Todos têm uma falha pavorosa, um tipo de característica que se destaca – uma *pièce de résistance*[1] para que os seus amigos ataquem; e, de modo geral, eles atacam e atacam de novo. Eu estava cansada de ser chamada de indiscreta e pouco cautelosa; e me determinei, pelo menos uma vez, a provar que era um modelo de prudência e de sabedoria. Eu nem ao menos iria fazer menção às minhas suspeitas em relação ao Aga. Eu reuniria provas e as levaria para casa para apresentá-las ao meu pai, na qualidade de amigo da família das duas Senhoritas Jenkyns.

Em minha busca por fatos, eu sempre me lembrava de uma descrição que o meu pai havia certa vez feito de um comitê de senhoras que ele tivera de presidir. Ele disse que não conseguia deixar de pensar em um

---

[1] Ponto de maior destaque, prato principal. Em francês no original. (N. T.)

trecho de Dickens, que falava de um coro em que cada homem cantava a canção que conhecia melhor, e cantava para sua própria satisfação. Então, nesse comitê de caridade, cada senhora se voltava para o assunto mais presente em seus pensamentos, e falava sobre ele para sua grande satisfação, mas não contribuindo muito para a resolução do assunto que elas haviam se reunido para discutir. Porém, até esse comitê nada poderia ter sido em comparação com as senhoras de Cranford quando eu tentei obter algumas informações claras e precisas sobre a altura e aparência do pobre do Peter, e quando e onde ele havia sido visto e elas tido notícias dele pela última vez. Por exemplo, lembro-me de perguntar para a Srta. Pole (e achei que a pergunta era muito oportuna, pois a fiz quando a encontrei em uma visita à Sra. Forrester, e as duas senhoras haviam conhecido Peter, e eu supus que elas pudessem reavivar as lembranças uma da outra); eu perguntei para a Srta. Pole qual era exatamente a última coisa que elas haviam ouvido a respeito dele; e então ela citou o absurdo relato a que eu aludi, de ele ter sido eleito o Grande Lama do Tibete; e isso foi um sinal para que cada senhora seguisse a sua própria ideia. A Sra. Forrester começou com base no Profeta Velado no poema *Lalla Rookh* — se eu achava que ele havia nascido para ser o Grande Lama, embora Peter não fosse tão feio; na verdade, muito bem apessoado, se não fosse sardento. Eu fiquei grata por vê-la mencionando Peter; porém, em um instante, a enganadora senhora havia passado a falar do creme Rowland's Kalydor, e os méritos dos cosméticos e dos óleos para cabelo em geral, e continuando com tanta fluência que eu me voltei para ouvir a Srta. Pole, que (por intermédio das lhamas, os animais de carga) havia chegado às ações do governo peruano e ao Mercado de

Ações, e a sua péssima opinião sobre bancos de Sociedade Anônima de modo geral, e em especial daquele em que o dinheiro da Srta. Matty estava investido. Em vão eu perguntei, "Quando foi... em que ano a senhora ficou sabendo que o Sr. Peter era o Grande Lama?". Elas somente se uniram para discutir se lhamas eram animais carnívoros ou não; e nessa discussão elas não estavam em pé de igualdade, pois a Sra. Forrester (depois de elas terem se empolgado e se acalmado de novo) reconheceu que sempre confundia carnívoros e granívoros, assim como confundia horizontal e perpendicular; mas então ela se desculpou por isso com muita graça, dizendo que, em sua época, o único uso que as pessoas faziam de palavras com quatro sílabas era ensinar como elas deveriam ser soletradas.

O único fato que aprendi com essa conversa foi que certamente as últimas notícias de Peter eram a de que ele estava na Índia, "ou por aqueles lados"; e que essa pouca informação sobre o paradeiro dele havia chegado a Cranford no ano em que a Srta. Pole havia comprado o seu vestido de musselina indiana, há tanto tempo desgastado (nós o lavamos e remendamos e acompanhamos o seu declínio e queda sendo transformado em cortina para a janela, antes de podermos prosseguir); e em um ano em que Wombwell veio a Cranford, porque a Srta. Matty tinha desejado ver um elefante para poder imaginar de modo melhor Peter montado em um; e havia visto uma jiboia também, o que era mais do que ela desejava visualizar em suas imagens fantasiosas sobre a localidade onde Peter estava; e no ano em que a Srta. Jenkyns havia aprendido uma poesia de cor, e costumava dizer, em todas as reuniões de Cranford, como Peter estava "inspecionando a humanidade da China ao Peru", o que todos consideravam muito imponente, e bastante apropriado, porque a Índia ficava entre a China e o Peru, se você tomasse a precaução de virar o globo para a esquerda, e não para a direita.

Suponho que essas minhas perguntas, e a subsequente curiosidade despertada nas mentes das minhas amigas deixaram-nos cegas e surdas para o que estava acontecendo ao nosso redor. Parecia-me que o sol nascesse e brilhasse, e que a chuva chovesse em Cranford, como de costume; e não percebi nenhum indício do sinal dos tempos que poderia ser considerado um prognóstico de algum acontecimento inusitado; e, tanto quanto eu saiba, não apenas a Srta. Matty, e a Sra. Forrester, mas até a Srta. Pole, a quem nós considerávamos como um tipo de profetisa, por causa de sua habilidade de prever coisas antes que elas acontecessem – embora ela não gostasse de perturbar as suas amigas falando sobre sua presciência – até a própria Srta. Pole ficou sem fôlego, de tão atônita, quando veio nos contar a impressionante novidade. No entanto, tenho de me recompor; contemplar tal fato, mesmo a esta distância de tempo, me tirou o fôlego e a minha gramática, e, a não ser que eu controle a minha emoção, vai tirar a minha ortografia também.

Estávamos sentadas – a Srta. Matty e eu – mais ou menos como de costume, ela na cadeira preguiçosa de chita azul, de costas para a luz, o tricô nas mãos; eu lendo em voz alta o *St. James's Chronicle*. Mais uns poucos minutos, e nós teríamos ido fazer as alterações costumeiras na vestimenta antes do horário de visitas (ao meio-dia em Cranford). Lembro-me da cena e da data muito bem. Nós tínhamos estado conversando sobre a rápida recuperação do Signor, desde que o tempo mais quente chegara, e louvando a habilidade do Sr. Hoggins, e lamentando a falta de refinamento e de modos dele (parece uma coincidência curiosa que esse fosse o nosso assunto, mas era mesmo), quando uma batida foi ouvida – a batida de um visitante – três tá-tá-tá nítidos – e nós estávamos correndo (quer dizer, a Srta. Matty não conseguia andar muito rápido, tendo um pouquinho de reumatismo) para os nossos quartos, para trocar de touca e de colarinho, quando a Srta. Pole nos deteve dizendo, enquanto subia as escadas, "Não se afastem... não posso esperar... não é meio-dia, eu sei... mas não se preocupem com as roupas... eu preciso falar com as senhoritas". Nós fizemos o melhor possível para dar a impressão de que não tínhamos sido nós que fizéramos os movimentos apressados, cujo som ela ouvira; pois, é claro, não gostávamos que pensassem que usávamos qualquer roupa mais velha do que era conveniente usar no "santuário do lar", como a Srta. Jenkyns uma vez chamou, com muita graça, a sala de visitas dos fundos onde ela estava guardando as conservas. Então, nós introduzimos refinamento com força redobrada em nossos modos; e muito refinadas nós fomos por dois minutos, enquanto a Srta. Pole recuperava o fôlego, e excitava muito a nossa curiosidade erguendo as mãos, espantada, e baixando-as em silêncio, como se o que ela tivesse a dizer fosse grande demais para ser posto em palavras, e só pudesse ser manifestado por pantomima.

– Qual sua opinião sobre isso, Srta. Matty? O que a senhorita *pensa*? Lady Glenmire vai casar... vai ser casar, quero dizer... Lady Glenmire... Sr. Hoggins... O Sr. Hoggins vai se casar com Lady Glenmire!

– Casar! – nós dissemos. – Casar! Despropósito!

– Casar! – disse a Srta. Pole, com a decisão típica de sua personalidade. – Eu disse Casar!, como as senhoritas; e também disse, "Mas como milady vai se fazer de tola!".

Eu poderia ter dito "Despropósito!", mas me controlei, pois foi em uma loja que fiquei sabendo disso. Aonde foi parar a delicadeza feminina, eu não sei! A senhorita e eu, Srta. Matty, teríamos nos envergonhado ao saber que o nosso casamento estava sendo comentado em uma mercearia, com os vendedores escutando!

— Porém... — disse a Srta. Matty, suspirando, como quem se recupera de um golpe — talvez não seja verdade. Talvez estejamos sendo injustas com ela.

— Não! — disse a Srta. Pole. — Eu tomei providências para me garantir disso. Eu fui direto à casa da Sra. Fitz-Adam, para pedir emprestado um livro de receitas que eu sabia que ela tinha; e introduzi os meus parabéns *à propos*[2] da dificuldade que os cavalheiros devem ter para cuidar da casa; e a Sra. Fitz-Adam se irritou, e disse que acreditava que fosse verdade, embora como e onde eu pudesse ter ouvido isso, ela não sabia. Ela disse que o irmão e Lady Glenmire tinham finalmente chegado a um entendimento. "Entendimento!", uma palavra tão vulgar! Mas milady vai ter de se sujeitar a muita falta de refinamento. Eu tenho motivos para acreditar que o Sr. Hoggins come pão com queijo e cerveja na ceia todas as noites.

— Casar! — disse a Srta. Matty de novo. — Ora! Nunca pensei nisso. Duas pessoas que conhecemos vão se casar. Está chegando muito perto!

— Tão perto que o meu coração parou de bater quando ouvi a notícia, enquanto a senhorita poderia ter contado até doze — disse a Srta. Pole.

— Nunca se sabe de quem será a próxima vez. Aqui, em Cranford, a pobre Lady Glenmire poderia ter se

---

[2] No tocante a. Em francês no original. (N. T.)

considerado a salvo – disse a Srta. Matty, com uma gentil piedade em sua voz.

– Pf! – disse a Srta. Pole, balançando a cabeça. – A senhorita não se lembra da canção do pobre e estimado Capitão Brown, "Tibbie Fowler" e o verso...

> "Escondida numa caverna na Escócia,
> mas o vento leva pretendentes até ela."

– Isso porque "Tibbie Fowler" tinha dinheiro, eu acho.

– Bem! Havia um tipo de atração em Lady Glenmire que eu, de minha parte, me sentiria envergonhada de ter.

Eu manifestei a minha surpresa.

– Mas como ela pode ter se encantado com o Sr. Hoggins? Não me surpreendo por o Sr. Hoggins gostar dela.

– Oh! Não sei. O Sr. Hoggins é rico, e bem-apessoado – disse a Srta. Matty –, e tem bom gênio e bom coração.

– Ela vai se casar em troca de uma casa, é isso. Suponho que ela receba o consultório como parte do negócio – disse a Srta. Pole, dando uma risadinha seca com sua própria piada. Mas, assim como muitas pessoas que creem ter dito algo muito severo e sarcástico, e que à sua moda é espirituoso, ela começou a relaxar na sua mordacidade a partir do momento em que fez essa alusão ao consultório; e nós passamos a especular como a Sra. Jamieson receberia a notícia. A pessoa que ela havia deixado tomando conta de sua casa, para manter os admiradores afastados de suas empregadas, arrumando um admirador! E esse admirador um homem a quem a Sra. Jamieson havia categorizado como vulgar, e inadmissível para a sociedade de Cranford, não apenas por causa do seu sobrenome, mas por causa de sua voz, sua cor de pele, suas botas, cheirando a estábulo, e ele próprio cheirando a remédios. Ele havia alguma vez ido ver Lady Glenmire na casa da Sra. Jamieson? Hipoclorito de cálcio não iria purificar a casa na opinião de sua dona, caso ele tivesse ido. Ou as conversas deles haviam sido limitadas aos encontros ocasionais no quarto do pobre prestidigitador doente, com quem os dois haviam sido excessivamente gentis, como não poderíamos deixar de concordar, mesmo com toda a nossa ideia de *mésalliance*?[3] E então foi sabido que uma empregada da Sra. Jamieson havia adoecido, e o Sr. Hoggins estivera cuidando dela por algumas semanas. Então, o lobo havia entrado no aprisco, e agora ele estava levando a pastora. O que a Sra. Jamieson diria? Nós olhamos para a incerteza do futuro assim como uma criança olha para um rojão no céu com nuvens, esperando maravilhada o sibilo, a explosão e a luminosa chuva de centelhas e de luz. Então nós voltamos para questões mundanas e o momento presente perguntando umas para as outras (sendo todas igualmente ignorantes, e todas igualmente sem a menor informação na qual basear quaisquer conclusões) quando ISSO iria acontecer? Onde? Qual era a renda anual do Sr. Hoggins? E se ela perderia o título? E como Martha e as outras corretas empregadas de Cranford seriam treinadas a anunciar um casal como Lady Glenmire e o Sr. Hoggins? Mas eles receberiam visitas? A Sra. Jamieson nos permitiria? Ou deveríamos escolher entre a Honorável Sra. Jamieson e a rebaixada Lady Glenmire? Nós todas gostávamos mais de Lady Glenmire. Ela era animada, e gentil, e sociável, e agradável; e a Sra. Jamieson era apática, inerte, pomposa, e enfadonha. Porém, havíamos reconhecido a liderança

---

[3] Casamento entre pessoas de condição social desigual. (N. T.)

desta por tanto tempo, que agora parecia um tipo de deslealdade sequer pensar na desobediência à proibição por nós antecipada.

A Sra. Forrester nos surpreendeu com as nossas toucas cerzidas e golas remendadas; e nós nos esquecemos disso tudo em nossa ansiedade para saber como ela iria receber a informação, que nós, com toda a honra, deixamos que a Srta. Pole desse, embora, se estivéssemos inclinadas a obter uma vantagem desleal, pudéssemos ter nos apressado a dar, pois ela teve a mais inoportuna crise de tosse por cinco minutos depois de a Sra. Forrester entrar na sala. Eu nunca vou me esquecer da expressão súplice de seus olhos, enquanto ela nos olhava por sobre o seu lenço. Eles diziam, com tanta clareza quanto as palavras são capazes de expressar, "Não permitam que a Natureza me prive do tesouro que é meu, embora por certo tempo eu não possa fazer uso dele". E nós não a privamos.

A surpresa da Sra. Forrester foi igual à nossa; e seu sentimento de ofensa ainda maior, porque ela precisava pensar em sua Classe, e via com mais clareza do que nós poderíamos ver como tal conduta maculava a aristocracia.

Quando ela e a Srta. Pole foram embora, nós nos esforçamos para voltar à calma; porém, a Srta. Matty realmente ficou perturbada com a notícia que havia ouvido. Ela fez as contas, e fazia mais de quinze anos desde que ela havia sabido que qualquer pessoa de seu conhecimento fosse se casar, com a única exceção da Srta. Jessie Brown; e, como ela disse, isso lhe causou um grande choque, e a fez sentir como se não fosse capaz de pensar no que aconteceria em seguida.

Não sei se é imaginação minha, ou um fato verdadeiro, mas tenho percebido que, depois do anúncio de um casamento em qualquer círculo de pessoas, as senhoras solteiras desse círculo se agitam com uma pouco habitual alegria e com mudanças na indumentária, como se fossem dizer, de um modo tácito e inconsciente, "Nós também somos solteiras". A Srta. Matty e a Srta. Pole falaram mais sobre toucas, vestidos, toucas caseiras e xales, e pensaram nisso, durante a quinzena subsequente a essa visita, do que eu as havia visto fazer nos anos anteriores. Mas poderia ser a primavera, pois era um mês de março cálido e agradável; e merinos e toucas de pelo de castor, e tecidos de lã de todos os tipos não eram mais que receptáculos pouco graciosos para os luminosos raios de sol. Não havia sido a vestimenta de Lady Glenmire que conquistara o coração do Sr. Hoggins, pois ela continuou a fazer as suas visitas de caridade mais desenxabida do que nunca. Embora nos apressados vislumbres que eu tive dela, na igreja ou alhures, ela aparentasse evitar o encontro com qualquer de suas amigas, o seu rosto parecia quase ter algo do rubor da juventude; os seus lábios pareciam estar mais vermelhos e mais cheios do que antes, quando ficavam firmemente cerrados, e os seus olhos se detinham em todas as coisas com uma luz persistente, como se ela estivesse aprendendo a amar Cranford e tudo que fizesse parte da cidadezinha. O Sr. Hoggins aparentava estar enfunado e radiante, e ia rangendo pela nave central da igreja em um par novo de botas altas – um sinal audível, bem como visível, de sua futura alteração de estado civil; pois corriam os rumores de que as botas que ele havia usado até então eram exatamente as mesmas com que ele havia iniciado as suas visitas médicas em Cranford vinte e cinco anos atrás; elas haviam somente sido consertadas, de alto a baixo, com couro negro e couro marrom, mais vezes do que qualquer pessoa pudesse dizer.

Nenhuma das senhoras de Cranford resolveu sancionar o casamento dando os parabéns para qualquer um dos noivos. Nós queríamos ignorar o caso até a nossa suserana, a Sra. Jamieson, retornar. Até ela voltar para nos dar a nossa deixa, nós achávamos que seria melhor pensar no compromisso assim como pensávamos nas pernas da Rainha da Espanha – fatos que certamente existiam; porém, quanto menos se falasse no assunto, melhor. Essa restrição nas nossas línguas – pois vejam, se nós não falássemos sobre o assunto com nenhuma das pessoas envolvidas, como poderíamos obter as respostas para as perguntas que ansiávamos fazer? – estava começando a ser irritante, e a nossa concepção sobre a dignidade do silêncio estava perdendo as forças frente a nossa curiosidade, quando outro rumo foi dado aos nossos pensamentos, com um anúncio feito pelo principal dono de loja de Cranford, que variava os seus negócios de merceeiro e queijeiro a vendedor de artigos de armarinho, conforme as circunstâncias ditassem, de que as Novidades da Primavera haviam chegado, e seriam exibidas na quinta-feira seguinte em sua loja na High Street. Ora, a Srta. Matty estivera esperando exatamente isso antes de comprar um novo vestido de seda. Eu havia me oferecido, verdade seja dita, para mandar pedir modelos em Drumble, mas ela rejeitara a minha oferta, insinuando com toda a gentileza que não havia se esquecido de sua decepção com o turbante verde-água. Eu me senti grata por estar no local então, para contrabalançar o fascínio exercido por qualquer seda amarela ou vermelha.

Neste ponto, devo dizer uma ou duas coisas a meu respeito. Já mencionei a antiga amizade de meu pai com a família Jenkyns; na verdade, não sei com certeza se não haveria um distante parentesco. Ele com toda a boa vontade me permitira passar o inverno todo em Cranford, levando em consideração a carta que a Srta. Matty lhe havia escrito na época do pânico; na qual, eu suspeito, ela houvesse exagerado os meus poderes e a minha coragem como defensora da casa. Mas agora que os dias eram mais longos e mais alegres, ele estava começando a insistir que o meu retorno era necessário; e eu apenas o posterguei em um tipo de esperança estranha e infundada de que se eu fosse capaz de conseguir qualquer informação precisa, poderia fazer com que o relato feito pela Signora sobre o Aga Jenkyns combinasse com o do "pobre do Peter", seu aparecimento e desaparecimento, que eu havia desenredado da conversa com a Srta. Pole e a Sra. Forrester.

Capítulo XIII – Pagamento Interrompido

Exatamente na manhã de terça-feira em que o Sr. Johnson ia mostrar as novidades da moda, a funcionária dos correios trouxe duas cartas para a casa. Eu digo a funcionária, mas deveria dizer a esposa do funcionário dos correios. Ele era um sapateiro aleijado, um homem muito limpo e honesto, muito respeitado na cidade; mas ele nunca trazia as cartas a não ser em ocasiões pouco habituais, como Natal ou Sexta-feira Santa; e nesses dias as cartas, que deveriam ter sido entregues às oito da manhã, não apareciam até duas ou três horas da tarde, pois todos gostavam do pobre do Thomas e lhe davam boa acolhida nessas ocasiões festivas. Ele costumava dizer, "Ele tava muito bem estufado com tanta comida, porque tinha umas duas ou três casa que as pessoa não ficava satisfeita se ele num tomava o café da manhã com elas"; e quando havia acabado de tomar o último café da manhã, ele chegava à casa de algum amigo que estava começando a almoçar; mas, o que quer que aparecesse em seu caminho sob a forma de tentação, Tom estava sempre sóbrio, e era educado e sorridente; e, como a Srta. Jenkyns costumava dizer, era uma lição de paciência, que, ela não duvidava, despertaria essa preciosa qualidade em algumas mentes, nas quais, não fosse por Thomas, ela poderia ter ficado adormecida e sem ser descoberta. Paciência realmente estava bem adormecida na mente da Srta. Jenkyns. Ela sempre estava à espera de cartas, e sempre tamborilando na mesa até a esposa de Thomas ter parado na casa ou passado reto por ela. No Natal e na Sexta-feira Santa ela tamborilava do café da manhã até a hora de ir para a igreja, e da hora em que voltava da igreja até às duas horas — a não ser quando o fogo precisasse ser atiçado, quando ela invariavelmente derrubava os atiçadores e censurava a Srta. Matty por causa disso. No entanto, igualmente certas eram a calorosa acolhida e a boa refeição para Thomas; a Srta. Jenkyns parada ao lado dele como um dragão ousado, fazendo-lhe perguntas sobre os filhos — o que eles estavam fazendo — qual escola frequentavam — o censurando se mais uma criança estivesse prestes a aparecer, mas mandando até para os bebês o xelim e a torta de frutas que eram o presente dela para todas as crianças, com o acréscimo de meia-coroa para o pai e a mãe. O Correio não era assim tão importante para a cara Srta. Matty; contudo, por nada deste mundo ela teria diminuído a acolhida dada a Thomas e os presentes, embora eu conseguisse perceber que ela se sentia bastante tímida durante a cerimônia, que havia sido considerada pela Srta. Jenkyns como uma excelente oportunidade para dar conselhos e beneficiar o seu próximo. A Srta. Matty colocava o dinheiro todo amontoado na mão dele, como se estivesse com vergonha de si mesma. A Srta. Jenkyns dava para ele cada moeda separadamente, com um "Cá está! Isso é para o senhor; esta é para a Jenny", &c. A Srta. Matty até mesmo chamava Martha lá da cozinha enquanto ele comia; e uma vez, que eu saiba, fingiu ignorar o rápido desaparecimento da comida em um lenço de algodão azul. A Srta. Jenkyns praticamente o censurava se ele não deixasse o prato vazio, por mais cheio que o prato pudesse estar, e dava a Thomas um conselho com cada bocado.

Eu me desviei bastante das duas cartas à nossa espera à mesa do café da manhã naquela terça-feira. A minha era de meu pai. A da Srta. Matty era impressa. A do meu pai era apenas a carta de um homem; quero dizer, era muito enfadonha e não dava informação além de dizer que ele estava bem, que havia chovido bastante, que o comércio estava muito parado, e que havia muitos rumores desagradáveis correndo por aí. Ele então me perguntou se eu sabia se a Srta. Matty ainda tinha as suas ações no Banco Town and County, pois havia relatos muito desagradáveis sobre ele; embora nada além do que meu pai sempre houvesse previsto, e tivesse profetizado para a Srta. Jenkyns, anos atrás, quando ela ia investir a pequena renda das duas nesse banco – o único passo desavisado que essa mulher sagaz jamais houvesse dado, tanto quanto ele soubesse (a única vez em que ela havia agido contrariando os conselhos dele, eu sabia). Entretanto, se alguma coisa houvesse dado errado, é claro que eu nem deveria pensar em sair de perto da Srta. Matty enquanto eu pudesse ser útil, &c.

– De quem é a sua carta, minha cara? A minha é um convite muito educado, assinado por Edwin Wilson, pedindo-me para participar de uma importante reunião dos acionistas do Banco Town and County, a ser realizada em Drumble, na quinta-feira, dia vinte e um. Certamente, é muita gentileza deles se lembrarem de mim.

Não me agradou ficar sabendo dessa "importante reunião"; pois, embora eu não entendesse muito de negócios, receei que ela confirmasse o que o meu pai havia dito; entretanto, pensei, as más notícias sempre chegam voando, então resolvi não dizer nada a respeito de minha apreensão, e simplesmente lhe disse que o meu pai estava bem e lhe mandava gentis lembranças. Ela ficou revirando a sua carta e a admirando. Finalmente, ela disse:

– Lembro-me de eles terem mandado uma para Deborah igual a esta; mas não me espantei com isso, pois todos sabiam que ela era tão lúcida. Receio não poder ajudá-los muito; na verdade, se eles falarem em fazer contas, eu vou atrapalhar bastante, pois nunca fui capaz de fazer contas de cabeça. Deborah, eu sei, desejava muito ir, e chegou até a encomendar uma touca nova para a ocasião; mas quando chegou o dia ela estava com um forte resfriado; então eles lhe mandaram um educado relato do que tinham feito. Escolhido um diretor, acho que era. A senhorita acha que eles gostariam que eu os ajudasse a escolher um diretor? Com certeza eu escolheria o seu pai na hora!

– Meu pai não tem ações nesse Banco – eu disse.

– Oh, não! Eu lembro. Ele se opôs bastante a Deborah comprá-las, creio. Mas ela era uma mulher de negócios, e sempre tinha a sua opinião; e então, a senhorita veja, eles pagaram oito por cento todos esses anos.

Essa era uma conversa muito desconfortável para mim, com o meu conhecimento parcial; então, achei melhor mudar de assunto, e perguntei a que horas ela achava melhor nós sairmos para ver as roupas novas.

– Bem, minha cara – ela disse –, a questão é a seguinte: não é refinado ir antes do meio-dia; mas então, veja, toda Cranford estará lá, e ninguém gosta de ser curioso demais em relação a roupas e arremates e toucas com o mundo inteiro olhando. Nunca é de bom-tom ser curioso demais nessas ocasiões. Deborah tinha a sutileza de sempre dar a impressão de que a última moda não fosse nenhuma novidade para ela; um comportamento que ela aprendeu com Lady Arley, que via toda a nova moda em Londres, a senhorita sabe. Então, achei que nós poderíamos sair discretamente agora de manhã, logo depois do café; pois preciso mesmo de um pouco de chá; e então nós poderíamos ir a examinar as roupas a nosso bel-prazer, e ver exatamente como o meu novo vestido de seda deve ser feito; e então, depois do meio-dia, nós poderíamos ir com nossas mentes despreocupadas, e sem ficar pensando em roupas.

Nós começamos a falar do vestido novo de seda da Srta. Matty. Descobri que seria realmente a primeira vez em sua vida que ela teria de escolher qualquer coisa importante para si própria; pois a Srta. Jenkyns sempre tinha sido a personalidade mais decidida, quaisquer que pudessem ter sido os seus gostos; e é surpreendente como tais pessoas fazem o mundo girar pela mera força de vontade. A Srta. Matty antecipava a visão das pregas sedosas com tanto deleite como se os cinco soberanos, separados para a aquisição, pudessem comprar todas as sedas da loja; e (lembrando-me de eu ter perdido duas horas em uma loja de brinquedos antes de ser capaz de decidir em qual maravilha gastar uma moeda de prata de três *pence*), senti-me feliz por irmos cedo, para que a cara Srta. Matty pudesse ter tempo para os deleites da perplexidade.

Se um belo verde-mar pudesse ser encontrado, o vestido seria verde-mar; se não, ela tendia para o amarelo pálido, e eu para o cinza-prata; e nós discutimos a quantidade necessária de metros até chegarmos à porta da loja. Nós deveríamos comprar o chá, escolher a seda e então subiríamos com dificuldade os degraus de ferro da escada em caracol que conduziam ao que era outrora um sótão, embora atualmente fosse uma sala para exibir as novidades da Moda.

Os jovens vendedores na loja de Johnson estavam com a melhor aparência, e as suas melhores gravatas, e ficavam circulando perto do balcão com uma atividade surpreendente. Eles queriam nos acompanhar ao andar de cima imediatamente; mas, seguindo o princípio de negócios em primeiro lugar e o prazer depois, ficamos para comprar o chá. Nessa hora, a distração da Srta. Matty se fazia notar. Se ela fosse relembrada de que estivera bebendo chá verde a qualquer hora, sempre considerava o seu dever ficar acordada metade da noite seguinte (eu a vi beber o chá sem saber, muitas vezes, sem tais efeitos) e, consequentemente, o chá verde era proibido na casa; contudo, naquele dia o desagradável artigo foi pedido por ela própria, sob a impressão de que estava falando sobre a seda. Contudo, o erro logo foi corrigido; e então as sedas foram devidamente apresentadas. A essa altura, a loja estava bem cheia, pois era dia de mercado em Cranford, e muitos dos fazendeiros e dos moradores do campo entraram, ajeitando os cabelos e lançando olhares rápidos e tímidos ao redor, por sob as pálpebras, como se estivessem ansiosos para dar alguma ideia da pouco habitual alegria para a esposa ou as filhas em casa; e, no entanto, sentindo que estavam fora de lugar entre os bem-vestidos vendedores e os xales coloridos e as estampas de verão. Um homem de aparência honesta, entretanto, abriu caminho até o balcão onde nós estávamos, e pediu com ousadia para ver um ou dois xales. Os outros moradores do campo se limitaram ao lado da mercearia; mas o nosso vizinho evidentemente estava cheio demais de alguma boa intenção em relação à amada, esposa ou filha, para ser tímido; e logo eu passei a me perguntar se ele ou a Srta. Matty ocupariam os seus vendedores por mais tempo. Ele achava cada xale mais bonito que o outro; e quanto à Srta. Matty, ela sorria e suspirava a cada nova peça que era trazida; uma cor salientava a outra, e o amontoado de tecidos faria, como ela disse, com que o arco-íris tivesse um ar desenxabido.

— Receio — disse ela, hesitante — que qualquer um que eu escolha eu vou desejar ter escolhido outro. Olhe para este belo carmesim! Seria tão quente no inverno. Mas a primavera está chegando, a senhorita sabe. Eu gostaria de poder ter um vestido para cada estação — disse ela, baixando o tom de voz, como todas fazíamos em Cranford sempre que conversávamos sobre qualquer que gostaríamos de ter, mas não poderíamos comprar. — No entanto — ela prosseguiu, com uma voz mais alta e alegre —, cuidar deles me daria tanto trabalho, se eu os tivesse; então, acho, vou levar um só. Mas qual deles deve ser, minha cara?

E então ela ficou hesitante entre um lilás com manchas amarelas, enquanto eu pegava um discreto verde oliva claro que ficara insignificante perto das cores mais brilhantes, mas que era, não obstante, uma boa seda em seu modo despretensioso. Nossa atenção foi atraída para o homem ao nosso lado. Ele havia escolhido um xale que custava uns trinta xelins; e o seu rosto aparentava estar tão feliz, com a antecipação, sem dúvida, da agradável surpresa que ele faria a alguma Molly ou Jenny em casa; ele tirara uma carteira de couro do bolso de suas calças, e havia dado uma nota promissória bancária de cinco libras como pagamento pelo xale e por alguns pacotes que lhe haviam sido trazidos da mercearia; e foi exatamente nesse momento que ele chamou a nossa atenção. O vendedor estava examinando a nota com um ar perplexo e duvidoso.

— Banco Town and County! Não tenho certeza, senhor, mas creio que recebemos um aviso contra notas emitidas por esse banco exatamente hoje de manhã. Vou até ali perguntar para o Sr. Johnson, senhor; mas receio que eu vá lhe solicitar o pagamento em dinheiro, ou uma nota promissória de um banco diferente.

Eu nunca vi a fisionomia de um homem expressar com tanta rapidez desalento e perplexidade. Era quase lamentável ver a alteração rápida.

— Essa é boa! — ele disse, batendo o punho na mesa, como se fosse ver qual era mais duro. — O camarada fala como se notas promissórias e ouro fossem encontrados em qualquer lugar.

A Srta. Matty havia esquecido o seu vestido de seda, interessada pelo homem. Não creio que ela tivesse entendido o nome do banco; e, em minha covardia nervosa, fiquei ansiosa para que ela não tivesse ouvido; e então comecei a admirar o tecido lilás com manchas amarelas que estivera condenando solenemente apenas um minuto antes. Mas foi em vão.

— Qual banco era? Quero dizer, qual banco emitiu a sua nota?

— Banco Town and County.

— Permita-me ver isso — ela disse em voz baixa para o vendedor, delicadamente pegando-a da mão dele, quando ele a trouxe para devolver ao fazendeiro.

O Sr. Johnson lamentava muito; porém, segundo informações por ele recebidas, as notas promissórias emitidas por esse banco eram pouco mais do que papel para jogar no lixo.

— Não compreendo — a Srta. Matty me disse em voz baixa. — Esse é o nosso banco, não é? Banco Town and County?

— Sim — eu disse. — Esta seda lilás vai combinar muito bem com as fitas em sua touca nova, eu acho — prossegui, segurando as dobras do pano para que recebessem melhor a luz, e desejando que o homem se apressasse e fosse embora; e, ainda assim, tendo nova dúvida, que havia acabado de me ocorrer, até que ponto seria judicioso de minha parte permitir que a Srta. Matty fizesse essa compra dispendiosa, se os negócios do banco realmente estivessem tão ruins como a recusa da nota implicava.

Contudo, a Srta. Matty assumiu os modos dignos e meigos, característicos dela, raramente vistos, e que, ainda assim, lhe caíam tão bem; e, colocando a mão com gentileza na minha, ela disse:

— Não se preocupe com as sedas por alguns minutos, minha cara. Não compreendo, senhor — voltando-se então para o vendedor que estivera atendendo o fazendeiro. — Essa é uma nota promissória falsificada?

— Oh não, minha senhora. É uma nota bem verdadeira; mas, a senhora entende, é um banco de Sociedade Anônima, e há relatos de que ele está prestes a falir. O Sr. Johnson está apenas cumprindo com o seu dever, minha senhora, como eu tenho certeza de que o Sr. Dobson sabe.

Porém, o Sr. Dobson não conseguiu responder à mesura simpática com um sorriso do mesmo teor. Ele estava revirando a nota, distraído, nos dedos, olhando bastante melancólico para o pacote que continha o xale recém-escolhido.

— É muito duro para um homem pobre — ele disse — que ganha cada tostão com o suor do seu rosto. Entretanto, não há como evitar. O senhor deve pegar o xale de volta, meu rapaz; Lizzie tem de ficar com o seu casaco por uns tempos. E aqueles figos para os pequeninos... eu os prometi para eles... vou levar eles; mas o tabaco e as outras coisa...

– Eu lhe darei cinco soberanos por essa nota, meu bom senhor – disse a Srta. Matty. – Creio haver um grande erro nisso tudo, pois sou uma das acionistas, e tenho certeza de que eles teriam me dito se as coisas não estivessem indo muito bem.

O vendedor murmurou alguma coisa para a Srta. Matty por sobre o balcão. Ela o olhou com ar de dúvida.

– Talvez possa ser – ela disse. – Mas não finjo entender de negócios; apenas sei que se ele vai falir, e se pessoas honestas vão perder o seu dinheiro porque investiram em nossas notas... Não consigo me explicar – ela disse, repentinamente com a consciência de ter dito uma frase longa tendo quatro pessoas como audiência – eu apenas prefiro trocar o meu dinheiro por essa nota, com a sua licença – voltando-se para o agricultor –, e então o senhor pode levar para a sua esposa o xale. É só eu ficar sem o meu vestido por mais uns dias – ela prosseguiu, falando comigo. – Então, não tenho dúvida, tudo vai ser esclarecido.

– Mas e se for esclarecido de um modo ruim? – eu perguntei.

– Ora!, então terá sido apenas honestidade de minha parte, como acionista, ter dado o dinheiro a este bom homem. Em minha mente, vejo claramente a questão; mas, a senhorita sabe, jamais pude falar de modo tão inteligível quanto os outros conseguem falar; o senhor apenas precisa me dar a sua nota, Sr. Dobson, por favor, e continue a fazer as compras com estes soberanos.

O homem a olhou com uma gratidão silenciosa – desajeitado demais para agradecer com palavras; mas ele ficou parado um ou dois minutos, revirando a nota promissória.

– Não gosto de fazer outra pessoa perder em meu lugar, se for uma perda; mas, a senhora entende, cinco libras é muito dinheiro para um homem com família; e, como a senhora diz, é certeza que em um ou dois dias esta nota vai valer tanto quanto ouro de novo.

– Não espere isso, meu amigo – disse o vendedor.

– Razão ainda maior para eu ficar com ela – disse a Srta. Matty em voz baixa. Ela empurrou os soberanos na direção do homem, que, lentamente, apresentou a nota promissória em troca. – Obrigada. Vou esperar um ou dois dias antes de comprar qualquer destas sedas; talvez o senhor tenha então uma maior variedade. Minha cara!, vamos subir?

Nós inspecionamos as novidades da Moda com um interesse tão minucioso e curioso como se o vestido para ser feito segundo um dos modelos já tivesse sido comprado. Não pude perceber que o pequeno incidente na parte de baixo da loja houvesse diminuído um pouquinho a curiosidade da Srta. Matty em relação ao corte das mangas ou o caimento das saias. Uma ou duas vezes ela me congratulou por termos uma visão tranquila de toucas e de xales só para nós duas; mas eu, o tempo todo, não estava tão segura de que o nosso escrutínio fosse somente para nós duas, pois vislumbrei uma figura se escondendo atrás dos casacos e mantos; e, com um movimento hábil, fiquei face a face com a Srta. Pole, também usando sua roupa matutina (cuja principal característica era ela estar sem os dentes postiços, e usando um véu para ocultar a deficiência), que havia vindo com o mesmo objetivo nosso.

Mas ela rapidamente se despediu, porque, como ela disse, estava com uma forte dor de cabeça, e não tinha ânimo para conversar.

Enquanto nós passávamos pela loja, o educado Sr. Johnson estava à nossa espera; ele havia sido informado da troca da nota promissória por dinheiro, e com muitos bons sentimentos e verdadeira gentileza, mas com um pouquinho de falta de tato, ele queria se condoer da Srta. Matty e apresentar-lhe a verdadeira situação desse caso. Eu só podia esperar que ele tivesse ouvido um rumor exagerado, pois ele disse que as ações dela não valiam absolutamente nada, e que o banco não tinha condição de pagar um tostão. Eu me senti feliz por a Srta. Matty ainda parecer um pouco incrédula; mas não pude dizer quanto disso era verdadeiro ou fingido, com aquele autocontrole que parecia costumeiro para as senhoras da posição social da Srta. Matty em Cranford, que teriam considerado a sua dignidade comprometida pela mais ínfima expressão de surpresa, de consternação ou quaisquer sentimentos semelhantes para uma pessoa em posição social inferior ou em uma loja. Contudo, voltamos para casa em profundo silêncio. Envergonho-me por dizer, creio que eu estava bastante irritada e aborrecida com a conduta da Srta. Matty ao ficar com a nota promissória com tanta firmeza. Eu estava tão resolvida que ela teria um vestido novo de seda, que ela tanto queria; de modo geral, ela era tão indecisa que qualquer um poderia influenciá-la; nesse caso, eu havia considerado que não adiantava tentar, mas não estava menos desconcertada com o resultado.

De algum modo, após as doze horas, nós duas reconhecemos ter a curiosidade satisfeita em relação à Moda, e um pouco de cansaço físico (que era, na verdade, depressão mental) que não nos permitia sair de novo. Mas, ainda assim, não mencionamos a nota; até que, de repente, algo me levou a perguntar à Srta. Matty se ela considerava seu dever oferecer soberanos em troca de todas as notas promissórias do Banco Town and County com que ela se deparasse? Eu poderia ter mordido a língua no instante que disse isso. Ela ergueu o olhar, bastante entristecida, e como se eu tivesse acrescentado nova dúvida em sua mente já perturbada; e por um ou dois minutos ela nada disse. Então ela falou – a minha cara Srta. Matty – sem uma sombra de censura na voz:

– Minha cara, eu nunca julguei que a minha mente fosse o que as pessoas chamam de muito forte; e, para mim, tantas vezes é difícil o bastante resolver o que eu deveria fazer na situação em que me encontro. Eu me senti muito grata por... Eu me senti muito grata por ver qual era o meu dever hoje de manhã, em relação àquele pobre homem parado ao meu lado; mas é uma tensão muito grande ficar pensando e pensando no que eu deveria fazer se isto ou aquilo acontecesse; e, creio, prefiro esperar e ver o que realmente acontece; e não duvido de que serei auxiliada então se não me agitar e ficar muito ansiosa antecipadamente. A senhorita sabe, meu bem, não sou como a Deborah. Se Deborah estivesse viva, não duvido que ela teria cuidado do caso, antes de eles chegarem a essa situação.

Nenhuma de nós duas tinha muito apetite para almoçar, embora tentássemos conversar alegremente sobre assuntos variados. Quando voltamos para a sala de estar, a Srta. Matty destrancou a gaveta e começou a olhar os seus livros-caixa. Eu estava tão arrependida do que havia dito de manhã, que não tive a presunção de supor que poderia ajudá-la; preferi a deixar em paz, enquanto, com a testa franzida, os olhos dela seguiam a sua pena de uma ponta a outra da página cheia de linhas. Finalmente, ela fechou o livro-caixa, trancou a gaveta e puxou uma cadeira para junto da minha, onde eu me sentava bem melancólica perto da lareira. Eu discretamente coloquei a mão entre as dela; ela a segurou, mas não disse uma palavra. Finalmente, ela falou, com uma naturalidade forçada na voz:

– Se o banco falir, eu vou perder cento e quarenta e nove libras, treze xelins e quatro *pence* por ano; só vou ficar com treze libras por ano. – Segurei a mão dela com força. Eu não sabia o que dizer. Logo depois (estava escuro demais para ver o rosto dela), senti os seus dedos convulsos entre os meus; e eu sabia que ela iria falar de novo. Ouvi os soluços em sua voz, enquanto ela dizia:

– Espero que não seja errado... não seja maldade... mas, oh! Sinto-me tão feliz por a pobre da Deborah ter sido poupada disso. Ela não conseguiria suportar ter de descer na vida... o dela era um espírito tão nobre e elevado.

Isso foi tudo o que ela disse a respeito da irmã que havia insistido em investir o pouco dinheiro que elas tinham naquele malfadado banco. Nós acendemos a vela mais tarde do que de costume naquela noite, e até essa luz nos forçar a falar, ficamos sentadas muito silenciosas e tristes.

Contudo, pegamos as nossas costuras depois do chá com um tipo de alegria forçada (que logo se tornou verdadeira, tanto quanto possível), falando sobre aquele eterno motivo de espanto, o compromisso de Lady Glenmire. A Srta. Matty estava quase passando a considerá-lo uma coisa boa.

– Não quero negar que os homens deem trabalho em uma casa. Não julgo por experiência própria, pois o meu pai era a limpeza personificada, e limpava os pés ao entrar com tanto cuidado quanto qualquer mulher; mas, ainda assim, um homem tem um tipo de conhecimento sobre o que deveria ser feito em horas difíceis que é muito agradável ter um por perto com quem contar. Bem, Lady Glenmire, em vez de ficar indo de um lugar para outro e se perguntando onde há de se instalar, vai ter a certeza de um lar entre pessoas simpáticas e gentis, como as nossas boas Srta. Pole e Sra. Forrester. E o Sr. Hoggins é mesmo um homem muito bem-apessoado; e, quanto aos modos dele, ora, se eles não são muito refinados, conheci pessoas com coração tão bom e mente muito arguta também, que não eram o que certa gente considera como refinadas, mas que eram honestas e ternas.

Ela mergulhou em um doce devaneio sobre o Sr. Holbrook, e eu não a interrompi, estava tão ocupada concatenando um plano que estivera em minha cabeça por alguns dias, mas que essa possível falência do banco havia levado a um ponto decisivo. Naquela noite, depois de a Srta. Matty ter ido dormir, eu traiçoeiramente acendi a vela de novo, e sentei-me na sala de estar para escrever uma carta para o Aga Jenkins, uma carta que deveria comovê-lo se ele fosse o Peter, e, ainda assim, parecesse uma simples apresentação de fatos se ele fosse um desconhecido. O sino da igreja bateu as duas horas antes de eu ter acabado.

Na manhã seguinte chegaram as notícias, oficiais e não oficiais, de que o Banco Town and County havia interrompido os seus pagamentos. A Srta. Matty estava arruinada.

Ela tentou falar tranquilamente comigo; porém, quando abordou o fato de que só teria uns cinco xelins por semana para viver, não conseguiu conter umas lágrimas.

– Não estou chorando por mim, minha cara – disse ela, secando-as. – Creio estar chorando por causa de um pensamento tolo, de como a minha mãe lamentaria se pudesse saber; ela sempre se importava muito mais conosco que com ela própria. Porém, muitas pessoas pobres têm menos, e não sou muito extravagante; e, graças a Deus, quando o pescoço de carneiro e o salário de Martha forem pagos, não vou dever um tostão. Pobre Martha! Acho que ela vai lamentar sair do meu serviço.

A Srta. Matty sorriu para mim em meio às lágrimas, e ela preferiria que eu tivesse visto somente o sorriso, não as lágrimas.

Capítulo XIV – Amigos de verdade

Foi um exemplo para mim, e imagino que poderia ser para muitas outras pessoas, ver como a Srta. Matty na hora colocou em prática as medidas que ela sabia serem as corretas em suas circunstâncias alteradas. Enquanto ela descia para falar com Martha e dar-lhe as notícias, eu saí de mansinho com a minha carta para o Aga Jenkyns, e fui aos aposentos do Signor para conseguir o endereço exato. Eu pedi que a Signora mantivesse o segredo; e, na verdade, os modos militares dela tinham um toque de concisão e de reserva que sempre a faziam dizer o mínimo possível, a não ser quando estivesse sob a pressão de um entusiasmo muito forte. Além do mais (o que tornou o meu segredo duplamente seguro), o Signor estava já tão recuperado que mal podia esperar as viagens e a prestidigitação a serem retomadas no período de alguns dias, quando ele, a esposa e a pequena Phoebe partiriam de Cranford. Na verdade, eu o encontrei examinando um cartaz preto e vermelho, no qual os talentos do Signor Brunoni estavam dispostos, e no qual apenas faltava o nome da cidade onde ele os exibiria em seguida. Ele e a esposa estavam tão absortos decidindo onde as letras vermelhas surtiriam maior efeito (poderiam ter sido as Rubricas do Livro de Oração Comum, para dizer a verdade), que levou certo tempo até eu ter a minha pergunta respondida em particular, e não sem antes eu ter dado diversas opiniões decisivas, cuja sensatez questionei em seguida com igual sinceridade assim que o Signor apresentou as suas dúvidas e os seus motivos sobre o importante assunto. Finalmente eu obtive o endereço, soletrado de acordo com o som, e muito estranho ele parecia ser. Coloquei a carta nos correios a caminho de casa, e então por uns instantes fiquei parada olhando o painel de madeira com uma abertura que me separava da carta, que há não mais de um momento estava em minhas mãos. Ela se afastara de mim como a vida, para nunca mais ser recobrada. Ela seria jogada de um lado para outro no mar, e ficaria manchada pelas ondas do mar, talvez, e seria carregada entre palmeiras e perfumada com todas as fragrâncias tropicais; o pequeno pedaço de papel, há não mais de uma hora tão familiar e corriqueiro, havia começado o seu percurso para as desconhecidas regiões selvagens além do Ganges! Mas eu não poderia me dar ao luxo de perder muito tempo com essas especulações. Apressei-me a ir para casa, para que a Srta. Matty não desse por minha falta. Martha abriu a porta para mim, o rosto inchado de chorar. Assim que me viu, ela rompeu em novas lágrimas e, segurando o meu braço, me puxou para dentro e bateu a porta, para me perguntar se era mesmo verdade tudo que a Srta. Matty estivera dizendo.

— Eu nunca vou abandonar ela! Não, não vou. Eu falei isso pra ela, e disse que num conseguia pensar como que ela tinha coragem de me dar o aviso. Eu num tinha coragem de fazer isso, se fosse ela. Eu podia ter sido uma preguiçosa que nem a Rosy da Sra. Fitz-Adam, que brigou por causa do salário depois de viver sete anos e meio em um lugar. Eu disse que eu é que não ia servir Mamon nessas circunstâncias; que eu sabia quando que eu tinha uma boa Patroa, e se ela não sabia quando que ela tinha uma boa empregada...

– Mas, Martha... – eu disse, interrompendo enquanto ela secava os olhos.

– Não me venha com "Mas Martha" – ela respondeu ao meu tom de voz depreciativo.

– Ouça o bom senso...

– Eu não vou ouvir o bom senso – ela disse, então com plena posse de sua voz, que estivera bastante embargada pelos soluços. – Bom senso sempre quer dizer o que alguma outra pessoa tem a dizer. Ora, acho que o que eu tenho a dizer é bom senso o bastante. Mas, bom senso ou não, eu digo e não desdigo. Tenho dinheiro no banco, e uma boa quantidade de roupas, e não vou deixar a Srta. Matty. Não, nem que ela me dê aviso todas as horas do dia!

Ela botou as mãos na cintura, como se fosse dizer que me desafiava; e, na verdade, eu mal sabia como começar a censurá-la, de tanto que eu achava que a Srta. Matty, em sua crescente fragilidade, precisava dos cuidados dessa mulher boa e fiel.

–Bem! – eu finalmente disse.

– Fico contente por a senhorita começar com "Bem!". Se tivesse começado com "mas", como que fez antes, eu num ia lhe dar ouvidos. Agora a senhorita pode continuar.

– Eu sei que você faria muita falta para a Srta. Matty, Martha...

– Eu disse isso pra ela. Uma perca que ela num ia deixar de lamentar – interrompeu Martha, triunfante.

– Ainda assim, ela vai ter tão pouco... tão pouco mesmo... para viver, que eu não vejo agora como ela poderia dar comida para você... ela vai passar dificuldades até para se alimentar. Eu estou lhe dizendo, Martha, porque sinto que você é amiga da cara Srta. Matty, mas você sabe que ela poderia não gostar de discutir esse assunto.

Aparentemente, essa era uma visão ainda mais sombria do assunto do que a Srta. Matty lhe apresentara, pois Martha simplesmente sentou-se na primeira cadeira ao seu alcance e chorou amargamente (nós estávamos na cozinha).

Por fim ela abaixou o avental e, olhando-me ansiosa no rosto, perguntou:

– Foi por isso que a Srta. Matty não pediu um pudim hoje? Ela disse que não estava com muita vontade de comer doces, e que a senhorita e ela iriam comer apenas carne de carneiro. Mas eu vou estar quite com ela. Nunca diz isso para ela, mas eu vou fazer um pudim pra ela, e um pudim que ela vai gostar, também; e eu vou pagar por ele; então veja que ela come ele. Tanta gente foi consolada em suas aflições vendo um bom prato de comida sendo colocado na mesa.

Senti-me grata por a energia de Martha ter se voltado para a imediata e prática tarefa do preparo do pudim, pois isso deixou de lado a cansativa discussão se ela deveria ou não sair do serviço da Srta. Matty. Ela começou a amarrar um avental limpo, e a se preparar para ir comprar manteiga, ovos e o que mais ela pudesse querer. Ela não iria usar um nadinha da comida que já havia na casa para cozinhar, mas se dirigiu a uma antiga caixa de chá em que a sua quantia particular de dinheiro estava guardada, e pegou o que ela precisava.

Encontrei a Srta. Matty muito quieta, e não pouco triste; mas gradativamente ela tentou sorrir, por mim. Ficou decidido que eu iria escrever para o meu pai e pedir-lhe para vir e discutir o assunto, e assim que essa carta foi enviada nós começamos a falar sobre planos para o futuro. A ideia da Srta. Matty era a de ocupar um único aposento, e conservar quanto fosse necessário de seus móveis para mobiliar esse aposento, e vender o resto; e nesse lugar viver discretamente com o que lhe restasse depois de pagar o aluguel. De minha parte, eu era mais ambiciosa e estava menos satisfeita. Eu pensei em todas as coisas por meio das quais uma mulher, já passada da meia-idade, e com a educação habitual das senhoras de cinquenta anos atrás, pudesse ganhar ou acrescentar a uma renda sem perder sua posição social; mas, finalmente, deixei até essa última cláusula de lado, e me perguntei o que neste mundo a Srta. Matty poderia fazer.

Lecionar, é claro, foi a primeira opção sugerida. Se a Srta. Matty pudesse ensinar alguma coisa para crianças, isso a colocaria entre os pequenos elfos com que a sua alma se deliciava. Fiz uma lista de suas habilidades. Outrora eu a havia ouvido dizer que era capaz de tocar "*Ah! vous dirai-je maman?*" ao piano, mas isso tinha sido há muito, muito tempo; essa tênue sombra de talento musical havia morrido anos antes. Ela também tido sido capaz de copiar modelos para bordado em musselina com muito capricho, colocando um pedaço de papel de seda sobre o desenho a ser copiado, e mantendo a ambos contra o vidro da janela enquanto ela marcava as bordas e os círculos. Porém, isso era o mais perto que ela chegava do desenho, e não achei que iria muito longe. Então, quanto aos ramos de uma sólida educação inglesa – trabalhos manuais e o uso dos globos – como as professoras dos Seminários para Senhoritas, para os quais todos os comerciantes de Cranford mandavam as suas filhas, declaravam ensinar. A vista da Srta. Matty estava ficando fraca, e eu duvidei que ela fosse capaz de descobrir o número de fios em um bordado de talagarça, ou apreciar devidamente as diferentes tonalidades exigidas para o rosto da Rainha Adelaide no leal bordado com lã que estava então na moda em Cranford. Quanto ao uso de globos, eu nunca fui capaz de entendê-los, então talvez não pudesse julgar muito bem a capacidade da Srta. Matty de instruir nessa área da educação; mas me ocorreu que equadores e trópicos, e tais círculos místicos, fossem linhas muito imaginárias mesmo para ela, e que ela considerava os signos do Zodíaco como muitos remanescentes da Magia Negra.

Ela se orgulhava, no ramo das artes, em que tinha um bom desempenho, de fazer acendedores de velas, ou "mechas" (como ela preferia chamá-los) de papel colorido, cortados de modo a parecer penas, e tricotar cintas-ligas em uma variedade de pontos delicados. Eu havia dito certa vez, ao receber de presente um elaborado par, que me sentiria bastante tentada a deixar cair uma na rua, de modo que ela fosse admirada; mas descobri que essa brincadeirinha (e era mesmo muito insignificante) era tamanho choque para o senso de decoro da Srta. Matty, e foi considerada com um susto tão ansioso e sincero, caso algum dia a tentação pudesse provar ser grande demais para mim, que eu lamentei bastante tê-la feito. Um presente dessas ligas tão delicadamente elaboradas, um punhado de "mechas" de cores vivas, ou um conjunto de cartões em que fios de seda eram enrolados de modo místico eram os bem conhecidos sinais da amizade da Srta. Matty. Mas iria alguém pagar para que tais artes fossem ensinadas às suas filhas? Ou iria a Srta. Matty vender, em troca de um lucro sórdido, a destreza e a habilidade com que ela fazia ninharias com valor para quem a amava?

Eu havia chegado à leitura, à escrita e à aritmética; e, ao ler o capítulo da Bíblia todas as manhãs, ela sempre tossia antes de chegar às palavras compridas. Eu duvidava da capacidade dela de passar por um capítulo com árvores genealógicas, com qualquer quantia de tosses. Ela escrevia bem, e com boa caligrafia – mas a ortografia! Ela parecia pensar que quanto mais peculiar a ortografia fosse, e quanto mais trabalho ela lhe desse, maior era o cumprimento que ela, Srta. Matty, faria ao seu correspondente; e as palavras que ela escrevia corretamente em suas cartas para mim se tornavam perfeitos enigmas quando ela escrevia para o meu pai.

Não! Não havia nada que ela pudesse ensinar para a nova geração de Cranford, a não ser que eles tivessem sido hábeis aprendizes e imitadores dispostos de sua paciência, de sua humildade, de sua doçura e de seu contentamento tranquilo com tudo que ela não era capaz de fazer. Eu fiquei pensando e pensando, até o almoço ser anunciado por Martha, com o rosto todo molhado e inchado de chorar.

A Srta. Matty tinha algumas pequenas particularidades, que Martha costumava encarar como caprichos aquém de sua atenção, e parecia considerar como caprichos infantis das quais uma velha senhora de cinquenta e oito anos deveria tentar se curar. Porém, naquele dia, tudo foi providenciado com o maior zelo. O pão foi cortado segundo aquele imaginário padrão de excelência existente no cérebro da Srta. Matty, que seria a forma que a sua mãe teria gostado; as cortinas foram puxadas de modo a excluir a parede de tijolos do estábulo de um vizinho, e, ao mesmo tempo, deixadas de modo a mostrar todas as tenras folhas do choupo que estava irrompendo em beleza primaveril. O tom de voz de Martha ao falar com a

Srta. Matty era exatamente o que aquela bondosa e muito franca empregada geralmente consagrava às criancinhas, e que eu nunca a havia ouvido usar com qualquer adulto.

Eu havia me esquecido de falar com a Srta. Matty sobre o pudim, e estava com medo de ela não lhe fazer justiça, pois ela evidentemente não tinha grande apetite naquele dia; então, aproveitei a oportunidade para contar-lhe o segredo enquanto Martha tirava a carne. Os olhos da Srta. Matty se encheram de lágrimas, e ela não conseguia falar, tampouco manifestar surpresa ou deleite, quando Martha voltou trazendo-o nas mãos erguidas, feito na mais maravilhosa representação de um leão *couchant*[1] que jamais houvesse sido moldado. O rosto de Martha estava iluminado pelo triunfo quando ela o colocou perante a Srta. Matty com um exultante, "Cá está!". A Srta. Matty desejava agradecer-lhe, mas não conseguiu; então ela pegou a mão de Martha e a apertou calorosamente, o que fez Martha começar a chorar, e eu mesma mal consegui manter a necessária compostura. Martha saiu às pressas da sala, e a Srta. Matty teve de limpar a garganta uma ou duas vezes antes de conseguir falar. Finalmente, ela disse:

— Gostaria de manter este pudim sob uma redoma de vidro, minha cara! — e a ideia do leão *couchant*, com seus olhos de groselha, sendo elevado a um lugar de honra em uma cornija de lareira, atiçou a minha imaginação histérica, e eu comecei a rir, o que surpreendeu bastante a Srta. Matty.

— Tenho certeza, minha cara, de já ter visto coisas mais feias sob uma redoma de vidro antes — ela disse.

---

[1] Termo da heráldica para se referir à figura do leão deitado e com a cabeça erguida, encontrada em diversos brasões. (N. T.)

E eu também, e tantas e tantas vezes, e apresentei a devida fisionomia (e então mal conseguia deixar de chorar), e nós duas nos dedicamos ao pudim, que estava mesmo excelente – só que cada bocado parecia nos sufocar, os nossos corações estavam tão comovidos.

Nós tínhamos muito em que pensar naquela tarde para ter muito tempo para conversa. Ela transcorreu tranquilamente. Mas quando a chaleira com o chá foi trazida, uma nova ideia passou pela minha cabeça. Por que a Srta. Matty não poderia vender chá – ser um agente da Companhia Britânica das Índias Orientais, que existia então? Eu não conseguia ver empecilhos para essa ideia, ao passo que as vantagens eram muitas – sempre supondo que a Srta. Matty conseguisse superar a degradação de condescender com qualquer coisa parecida com comércio. Chá não era nem gorduroso e nem viscoso – gordura e viscosidade sendo duas das características que a Srta. Matty não conseguia tolerar. Nenhuma vitrine de loja seria necessária. Um aviso pequeno e refinado de que ela teria licença para vender chá seria, é verdade, necessário, mas eu esperava que ele pudesse ser colocado onde ninguém o visse. Tampouco era o chá um item pesado, que fosse sobrecarregar as frágeis forças da Srta. Matty. A única coisa contra o meu plano era compra e venda estarem envolvidas.

Enquanto eu não dava mais que respostas distraídas para as perguntas que a Srta. Matty fazia – de modo quase tão distraído – ouvimos um som de passos pesados nas escadas, e um sussurro do lado de fora da porta, que, na verdade, uma vez se abriu e fechou como se movida por força invisível. Depois de uns instantes, Martha entrou, arrastando atrás de si um moço grande e alto, rubro de timidez, e que só encontrava alívio em alisar perpetuamente os seus cabelos.

— Com sua licença, senhora, ele é só o Jem Hearn — disse Martha, à guisa de introdução; e tão sem fôlego ela estava que eu imagino que ela tivesse feito algum esforço físico antes de conseguir vencer a relutância dele em ser apresentado ao cenário cortês da sala de estar da Srta. Matilda Jenkyns.

— E, com sua licença, senhora, ele quer casar comigo rapidinho. E, com sua licença, senhora, nós queremos pegar um inquilino... só um inquilino tranquilo, para fazer o nosso dinheiro chegar ao fim do mês; e nós iríamos pegar qualquer casa adequada; e, oh, cara Srta. Matty, se eu puder ter a ousadia, a senhorita faria alguma objeção em morar conosco? Jem quer tanto quanto eu. [Para Jem] Seu grande paspalho! Por que não pode me apoiar!... Mas ele quer tudo isso, mesmo assim, muito mesmo... não quer, Jem? Só que, a senhorita entende, ele está embasbacado por ser chamado pra falar na frente de pessoas importantes.

— Não é isso — interrompeu Jem. — É que você me pegou tão de surpresa, e eu não tinha pensado em casar tão cedo... e essas coisas apressadas deixam um homem estupefato. Não que eu seja contra, senhora (se dirigindo à Srta. Matty), só que a Martha faz as coisas com tanta pressa quando ela coloca uma ideia na cabeça; e o casamento, senhora... o casamento prende um homem, como se diz. Posso dizer que não vou me importar com isso depois de tudo ter passado.

— Com sua licença, senhora — disse Martha, que havia dado um puxão na manga dele, e lhe dado um cutucão com o cotovelo, e tentado interrompê-lo o tempo todo em que ele estivera falando —, não dê atenção para ele, ele vai aceitar; foi ontem à noite mesmo que ele ficou me pedindo a mão, e me pedindo, e ainda mais porque eu disse que não podia pensar nisso por muitos e muitos anos, e agora ele só está surpreso com a felicidade tão repentina; mas, você sabe, Jem, você quer ter um inquilino tanto quanto eu. (Outra grande cotovelada.)

— É! Se a Srta. Matty morasse com a gente... se não for assim, eu não quero ser atrapalhado por gente estranha em casa — disse Jem, com uma falta de tato que, eu consegui perceber, enraiveceu Martha, que estava tentando apresentar o inquilino como o grande objetivo que eles queriam alcançar; e que, na verdade, a Srta. Matty estaria facilitando o percurso deles e lhes fazendo um favor, se ela tão somente fosse morar com eles.

A própria Srta. Matty estava perplexa com o casal; a rápida resolução deles, ou melhor, de Martha, a favor do matrimônio deixou-a espantada e ficou entre ela e a análise do plano que Martha acarinhava. A Srta. Matty começou:

— O casamento é uma coisa muito séria, Martha.

— E é mesmo, senhora — disse Jem. — Não que eu me oponha à Martha.

— Você não me deixava em paz pedindo pra eu dizer a data quando eu queria me casar — disse Martha, o rosto rubro, e pronta para chorar de raiva —, e agora está me envergonhando na frente da patroa, e tudo mais.

— Não, ora! Martha, não faz assim! Não faz assim! Só que um homem gosta de ter um pouquinho de paz — disse Jem, tentando segurar a mão dela, mas em vão. Então, vendo que ela estava mais magoada do que ele havia imaginado, ele pareceu tentar organizar seus pensamentos dispersos, e com uma dignidade mais sincera do que, dez minutos antes, eu o teria julgado capaz de assumir, ele se voltou para a Srta. Matty e disse. — Espero, senhora, que a senhora sabe que eu devo respeitar todos que foram gentis com a Martha. Eu sempre quis que ela fosse a minha esposa... um dia; e ela fala tanto e tanto da senhora como a senhora mais gentil deste mundo; e embora a verdade seja que eu não queria ser incomodado com um inquilino qualquer, no entanto, se, senhora, a senhora nos honrar indo morar com a gente, eu tenho certeza de que a Martha faria o melhor possível para ver a senhora confortável, e eu ficaria fora do caminho o máximo possível, o que eu acho que seria a maior gentileza que um camarada desajeitado como eu poderia fazer.

A Srta. Matty estivera muito ocupada tirando os óculos, limpando-os, e tornando a colocá-los; mas tudo que ela foi capaz de dizer foi:

— Não permitam que qualquer preocupação comigo apresse o casamento de vocês; por favor, não. Casamento é uma coisa tão solene!

— Mas a Srta. Matilda vai pensar no seu plano, Martha — eu disse, impressionada com as vantagens por ele oferecidas, e sem vontade de perder a oportunidade de pensar nele. — E tenho certeza de que nem ela e nem eu jamais poderemos esquecer a sua bondade; tampouco a sua, Jem.

— Ora, sim, senhora! Com certeza eu tenho boas intenção, embora esteje um tanto agitado por ser levado tão direto pro casamento, por assim dizer, e não possa me expressar direito. Mas com certeza eu estou com muita boa vontade, e me dê tempo pra eu me acostumar; então, Martha, rapazita, de que adianta chorar desse jeito, e me dar tapas se eu chegar perto?

Essas últimas palavras foram ditas *sotto voce*,[2] e surtiram o efeito de fazer Martha sair correndo da sala, para ser

---

[2] Em voz baixa. Em italiano no original. (N. T.)

seguida e tranquilizada pelo seu admirador. E com isso a Srta. Matty sentou-se e chorou muito sentida, dando como motivo a ideia de que Martha se casar tão logo lhe causara um choque, e que ela jamais se perdoaria se pensasse que ela estava apressando a pobre criatura. Acho que, dentre os dois, a minha maior simpatia era para o Jem; mas tanto a Srta. Matty quanto eu apreciamos a grande bondade do honesto casal, embora tenhamos falado pouco sobre isso, e muito sobre as oportunidades e os perigos do matrimônio.

Na manhã seguinte, bem cedo, recebi um bilhete da Srta. Pole, tão misteriosamente envelopado, e com tantos lacres para garantir o sigilo, que eu tive de rasgar o papel antes de conseguir desdobrá-lo. E quando passei às palavras, mal fui capaz de compreender o sentido, a escrita era tão intricada e oracular. Eu compreendi, entretanto, que deveria ir à casa da Srta. Pole às onze horas; o número *onze* estando escrito por extenso, bem como com numerais, e *da manhã* sublinhado com dois traços, como se fosse provável a minha ida às onze horas da noite, quando toda Cranford geralmente estava na cama e dormindo às dez. Não havia assinatura, exceto as inicias invertidas da Srta. Pole, P.E.; mas, como Martha me dera o bilhete "com os cumprimentos da Srta. Pole", não era preciso nenhuma mágica para descobrir quem o enviara; e se o nome do emitente deveria ser mantido em segredo, foi muito bom eu estar sozinha quando Martha o entregou.

Eu fui à casa da Srta. Pole, conforme solicitado. A porta foi aberta para mim pela empregadinha dela, Lizzy, usando sua roupa domingueira, como se algum grande evento estivesse prestes a acontecer naquele dia de semana. E a sala de estar estava arrumada de acordo com tal ideia. A mesa havia sido posta com a melhor toalha verde, e apetrechos para escrever sobre ela. No pequeno aparador havia uma bandeja com uma garrafa de vinho de prímula recém-feito, e alguns biscoitos de champagne. A própria Srta. Pole estava vestida de modo solene, como se para receber visitas, embora fossem apenas onze horas da manhã. A Srta. Forrester estava lá, chorando baixinho e com tristeza, e a minha chegada pareceu apenas ocasionar mais lágrimas. Antes de termos terminado os cumprimentos, trocados com um lúgubre comportamento misterioso, se ouviu outro tá-tá-tá na porta, e a Sra. Fitz-Adam apareceu, rubra por causa da caminhada e da empolgação. Parecia que essas eram todas as pessoas esperadas, pois então a Srta. Pole deu diversos sinais de estar pronta para começar a tratar do assunto que motivara o encontro, atiçando o fogo, abrindo e fechando a porta, e tossindo e assoando o nariz. Então ela nos colocou sentadas à mesa, tomando o cuidado de me colocar sentada em frente a ela; e, finalmente, ela me perguntou se era verdadeira a triste notícia, como ela temia que fosse, que a Srta. Matty havia perdido todo o seu dinheiro?

Naturalmente, eu só tinha uma resposta a dar; e nunca vi pesar mais genuíno em qualquer fisionomia do que vi ali nos três rostos à minha frente.

– Gostaria que a Sra. Jamieson estivesse aqui! – disse a Sra. Forrester, por fim; porém, a julgar pelo rosto da Sra. Fitz-Adam, ela não era capaz de reciprocar o desejo.

– Porém, sem a Sra. Jamieson – disse a Srta. Pole, com o exato tom de mérito ofendido em sua voz –, nós, as senhoras de Cranford, em minha sala de estar reunidas, podemos tomar uma decisão. Imagino que nenhuma de nós seja o que se pode chamar de rica, embora todas tenhamos uma renda digna, suficiente para gostos que são elegantes e refinados, e não seriam, se pudessem, vulgarmente ostensivos. (Neste ponto eu observei a Srta. Pole consultar um cartãozinho escondido em sua mão, no qual eu imaginei que ela houvesse escrito alguns apontamentos.)

– Srta. Smith – ela prosseguiu, se dirigindo a mim (familiarmente conhecida por "Mary" por todas as pessoas presentes, mas aquela era uma ocasião formal) –, conversei em particular... eu me encarreguei disso ontem à tarde... com estas senhoras sobre a infelicidade que se abateu sobre a nossa amiga, e todas nós concordamos que, enquanto tivermos dinheiro sobrando, não é apenas um dever, mas um prazer... um verdadeiro prazer, Mary! – a voz dela estava bastante embargada bem nesse ponto, e ela teve de limpar os óculos antes de conseguir continuar –, dar o que nós pudermos para ajudá-la... a Srta. Matilda Jenkyns. Tão somente, em consideração aos sentimentos de delicada independência encontrados na mente de todas as mulheres refinadas – eu tive a certeza de que ela havia recorrido ao cartão de novo – nós desejamos contribuir com nossos troquinhos de modo secreto e dissimulado, de forma a não magoar os sentimentos a que me referi. E o nosso objetivo solicitando que a senhorita nos encontrasse hoje de manhã é que, acreditando que a senhorita seja a filha... que o seu pai é, na verdade, conselheiro confidencial da Srta. Jenkyns em todos os assuntos financeiros, nós pensamos que, se consultando com ele, a senhorita pudesse conceber algum modo pelo qual a nossa contribuição possa ser feita de modo a parecer o que é verdadeiramente devido que a Srta. Matilda Jenkyns deveria receber de... Provavelmente o seu pai, tendo conhecimento dos investimentos dela, possa preencher essa lacuna.

A Srta. Pole finalizou o seu discurso e olhou ao redor pedindo aprovação e concordância.

— Eu expressei os seus sentimentos, senhoras, não foi? E, enquanto a Srta. Smith pensa na resposta que vai dar, permitam-me oferecer-lhes uns petiscos.

Eu não tinha grande resposta a dar; tinha mais gratidão em meu íntimo pela gentil lembrança delas do que eu poderia expressar em palavras; então, apenas gaguejei algo no sentido "de que eu iria apresentar o que a Srta. Pole havia dito ao meu pai, e que se alguma coisa pudesse ser feita pela cara Srta. Matty..." e então perdi completamente o controle, e tive de ser reanimada com um cálice de vinho de prímula antes de conseguir conter as lágrimas que haviam sido reprimidas nos últimos dois ou três dias. O pior foi que as senhoras choraram em uníssono. Até a Srta. Pole, que havia dito centenas de vezes que manifestar emoção na frente de qualquer pessoa era um sinal de fraqueza e de falta de autocontrole, chorou. Ela se recobrou com um ligeiro grau de raiva impaciente, direcionada contra mim, por ter-lhes dado o exemplo; e, além do mais, acho que ela estava irritada por eu não ser capaz de fazer um discurso para responder ao dela; e se eu tivesse sabido de antemão o que iria ser dito, e tivesse um cartão no qual expressar os prováveis sentimentos que surgiriam em meu coração, eu teria tentado satisfazê-la. Naquelas circunstâncias, a Sra. Forrester foi quem falou, quando nós tínhamos nos recobrado.

— Não me importo, entre amigas, em declarar que eu... não! Não sou exatamente pobre, mas não penso ser o que as senhoras possam considerar rica; eu gostaria de ser, por causa da cara Srta. Matty... Mas, com sua licença, vou escrever em um papel lacrado o que posso dar. Eu só gostaria que fosse mais, minha cara Mary, gostaria mesmo.

Então entendi por que papel, penas e tinta haviam sido providenciados. Todas as senhoras escreveram a soma que poderiam oferecer anualmente, assinaram o papel e o lacraram, de modo misterioso. Se a proposta delas fosse aceita, o meu pai deveria ter a permissão de abrir os papéis, prometendo manter segredo. Se não, eles deveriam ser devolvidos para quem os escrevera.

Depois de a cerimônia ter sido realizada, eu me levantei para partir; mas cada senhora parecia querer ter uma conversa particular comigo. A Srta. Pole me segurou na sala de estar para explicar por que, na ausência da Sra. Jamieson, ela havia assumido a liderança nesse "impulso", como ela gostava de chamá-lo, e também para me informar que ela havia sabido, de fonte segura, que a Sra. Jamieson voltaria em breve para casa, em um estado de grande insatisfação com a cunhada, que deveria sair da casa dela imediatamente e iria, ela acreditava, voltar para Edimburgo naquela mesma tarde. Naturalmente essa informação não poderia ser transmitida na frente da Sra. Fitz-Adam, ainda mais pelo fato de a Srta. Pole tender a pensar que o compromisso de Lady Glenmire com o Sr. Hoggins possivelmente não seria mantido perante as chamas do desprazer da Sra. Jamieson. Algumas perguntas ansiosas sobre a saúde da Srta. Matty concluíram a minha conversa com a Srta. Pole.

Ao descer as escadas, descobri a Sra. Forrester à minha espera na entrada da sala de jantar; ela me puxou lá para dentro e, quando a porta foi fechada, tentou duas ou três vezes começar algum assunto, que aparentemente era tão inabordável, que eu comecei a desistir de conseguirmos chegar a um entendimento. Finalmente, ele foi abordado; a pobre senhora, tremendo o tempo todo, como se fosse um grande crime que ela estivesse confessando à luz do dia, ao me dizer quão pouco, quão pouco mesmo ela possuía para viver; uma confissão que ela fora levada a fazer com medo de nós pensarmos que a pequena contribuição mencionada no papel dela manifestasse qualquer proporção de seu afeto e consideração pela Srta. Matty. E, ainda assim, a soma de que ela abrira mão era, na verdade, mais de uma vigésima parte daquilo com que ela contava para viver, e manter a sua casa, e uma empregadinha, como convém para alguém que nascera uma Tyrrell. E quando a renda toda não chega nem perto das cem libras, abrir mão de uma vigésima parte disso vai requerer economias cuidadosas, e muitas instâncias de um espírito de sacrifício, pequenas e insignificantes aos olhos do mundo, mas que tinham um valor diferente em outra instância de prestação de contas de que eu ouvira falar. Ela gostaria tanto de ser rica, ela disse; e esse desejo ela ficava repetindo, sem pensar em si própria, apenas com um desejo ansioso de ter condição de aumentar o conforto da Srta. Matty.

Um tempo se passou antes de eu conseguir consolá-la o bastante para me afastar dela; e então, ao sair da casa, fui detida pela Sra. Fitz-Adam, que também tinha a sua confidência para fazer, de uma situação praticamente oposta. Ela não quisera escrever tudo que poderia gastar e estava pronta para oferecer. Ela me disse que jamais poderia olhar a Srta. Matty nos olhos de novo se ousasse oferecer tanto quanto ela gostaria de oferecer.

— A Srta. Matty! — ela prosseguiu —, que eu considerava uma jovem tão refinada quando eu não era nada além de uma menina do interior, vindo para o mercado com ovos e manteiga e coisas assim. Pois o meu pai, embora tivesse boa situação financeira, sempre me fazia proceder como a minha mãe havia procedido antes, e eu tinha de vir a Cranford todos os sábados, e cuidar das vendas e dos preços e de mais coisas. E um dia, eu lembro, encontrei a Srta. Matty na alameda que leva a Comberhurst; ela estava caminhando na calçada, que, a senhorita sabe, fica bem acima da rua, e um cavalheiro estava ao lado dela e falava com ela, e ela estava olhando para umas prímulas que havia colhido e arrancando as pétalas delas; e eu acho que ela estava chorando. Mas depois de ela ter passado, ela se voltou e foi atrás de mim para perguntar... oh, com tanta gentileza... da minha pobre mãe, que estava em seu leito de morte; e quando eu chorei ela segurou a minha mão para me confortar... e o cavalheiro a esperando o tempo todo... e o pobre coração dela tão atormentado por alguma coisa, eu tenho certeza; e eu considerei uma honra que a filha do pároco, que fazia visitas a Arley Hall, se dirigisse a mim com aqueles modos tão bonitos. Eu gosto dela desde então, embora talvez não tenha o direito; mas se a senhorita puder pensar em algum modo que eu possa ter a permissão de dar um pouquinho mais sem ninguém saber, eu ficaria tão grata à senhorita, minha cara. E o meu irmão ficaria feliz por cuidar da saúde dela por nada... remédios, sanguessugas, e tudo mais. Eu sei que ele e sua senhoria (minha cara, eu nem imaginava, nos dias de que lhe falei, que chegaria a ser cunhada de uma Lady!) fariam qualquer coisa por ela. Nós todos faríamos.

Eu lhe disse que tinha plena certeza disso, e fiz todos os tipos de promessas em minha ansiedade para voltar para perto da Srta. Matty, que poderia muito bem estar se perguntando o que teria acontecido comigo — ausente de casa por duas horas, sem poder dar conta de onde estava.

Ela pouco havia reparado no tempo, contudo, pois tinha estado ocupada com os inúmeros pequenos preparativos que antecediam o grande passo de sair de sua casa. Evidentemente, era um alívio para ela fazer algo no sentido de se privar de algo, pois, como ela disse, sempre que parava para pensar, a recordação daquele pobre homem com a sua nota promissória de cinco libras sem valor lhe vinha à mente, e ela se sentia muito desonesta; mas, se isso a deixava tão desconfortável, o que não estaria causando aos diretores do banco, que deveriam saber de tantas coisas mais da infelicidade decorrente da falência? Ela quase me deixou com raiva dividindo sua simpatia entre esses diretores (a quem ela imaginava oprimidos por autocensuras pela má administração dos negócios de outras pessoas) e quem sofria como ela. Na verdade, entre os dois, ela parecia considerar a pobreza um fardo mais leve do que a autocensura; mas eu, em meu íntimo, duvidava que os diretores fossem concordar com ela.

Antigos tesouros foram tirados de seus lugares e examinados à luz de seu valor em dinheiro, que, felizmente, era pequeno, ou então eu não sei como a Srta. Matty teria se forçado a se separar de coisas como o anel de noivado de sua mãe, o broche estranho e rústico com que o pai dela havia desfigurado os babados de sua camisa, &c. Entretanto, nós arrumamos um pouquinho as coisas quanto ao seu valor pecuniário, e estávamos prontas para o meu pai quando ele chegasse na manhã seguinte.

Não vou cansar vocês com os detalhes de todos os negócios que nós discutimos; e um motivo para não lhes contar é eu não entender o que estávamos fazendo na ocasião, e não conseguir lembrar agora. A Srta. Matty e eu nos sentamos, concordando com contas, e planos e relatos e documentos, dos quais não creio que nenhuma de nós duas entendesse uma palavra; pois o meu pai era objetivo e decidido e um bom homem de negócios, e se nós fizéssemos a menor pergunta, ou manifestássemos a menor falta de compreensão, ele tinha um modo brusco de dizer, "Hã? Hã? É claro como a luz do dia. A que as duas se opõem?" E como nós não havíamos compreendido nada do que ele propôs, achamos muito difícil apresentar as nossas objeções; na verdade, nunca soubemos com certeza se tínhamos alguma. Então, em seguida a Srta. Matty passou a um estado de aquiescência nervosa, e disse "Sim" e "Certamente" a cada pausa, quer fosse preciso ou não; mas quando eu me juntei em coro a um "Decididamente" pronunciado pela Srta. Matty com tom de voz trêmulo e duvidoso, o meu pai se voltou para mim, furioso, e me perguntou, "O que havia para decidir?" E, com certeza, até o dia de hoje eu não sei. Mas, para fazer-lhe justiça, devo dizer que ele viera de Drumble para ajudar a Srta. Matty quando mal tinha tempo livre, e quando os seus próprios negócios se encontravam em um estado que causava preocupações.

Enquanto a Srta. Matty estava fora do aposento dando ordens para a refeição – e muito perplexa, entre o seu desejo de honrar o meu pai com uma refeição delicada e refinada, e a sua convicção de não ter direito, agora que todo o seu dinheiro se acabara, de satisfazer esse desejo – eu contei para ele sobre o encontro das senhoras de Cranford na casa da Srta. Pole no dia anterior. Ele ficou passando a mão sobre os olhos enquanto eu falava – e quando eu passei para a oferta feita por Martha no dia anterior, de receber a Srta. Matty como inquilina, ele se afastou de mim e foi até a janela, e começou a tamborilar nela com os dedos. Então ele se voltou de modo abrupto e disse:

— Veja, Mary, como uma vida boa e inocente faz amigos por todos os lados. Maldição! Eu poderia tirar disso uma boa lição, se fosse um pastor; mas, assim como é, não sou capaz de terminar as minhas frases... somente tenho certeza de que você entende o que quero dizer. Você e eu sairemos caminhar depois do almoço e conversaremos um pouco mais sobre esses planos.

A refeição — costeletas de carneiro, saborosas e quentes, e um pouquinho do leão frio fatiado e frito — foi então trazida. Cada bocado do segundo prato foi comido, para grande satisfação de Martha. Então o meu pai disse, brusco, para a Srta. Matty, que queria conversar comigo a sós, e que ele iria sair passear e ver alguns dos velhos recantos, e então eu poderia contar para ela que plano nós havíamos considerado desejável. Na hora de sairmos, ela me chamou e disse:

— Lembre-se, minha cara, sou a única que restou... Quero dizer, não há ninguém para ficar magoado com o que eu faço. Estou disposta a fazer qualquer coisa que seja correta e honesta; e não pense, se Deborah sabe disso, lá onde ela está, que ela vai se importar muito se eu não for uma dama; porque, a senhorita entende, ela vai saber tudo, minha cara. Só permita que eu veja o que posso fazer, e pagar as pobres pessoas, tanto quanto eu for capaz.

Eu lhe dei um beijo carinhoso e saí correndo atrás de meu pai. O resultado de nossa conversa foi o seguinte. Se todos os envolvidos estivessem de acordo, Martha e Jem deveriam se casar o mais rápido possível, e deveriam morar na atual casa da Srta. Matty; a soma que as senhoras de Cranford haviam concordado em oferecer anualmente sendo suficiente para cobrir a maior parte de seus rendimentos, e deixando Martha livre para usar o que a

Srta. Matty fosse pagar por seus aposentos em quaisquer pequenos confortos extraordinários necessários. Sobre a venda, meu pai a princípio ficou em dúvida. Ele disse que a antiga mobília da casa paroquial, por mais que fosse usada com cuidado e tratada com reverência, alcançaria muito pouco; e esse pouco não seria mais que uma gota d'água no mar de dívidas do Banco Town and County. Porém, quando eu expliquei como a delicada consciência da Srta. Matty ficaria tranquila ao sentir que ela havia feito o possível, ele cedeu; principalmente depois de eu lhe contar sobre o caso da nota promissória de cinco libras, e ele me censurou por eu ter permitido que isso acontecesse. Eu então mencionei a minha ideia de que ela poderia aumentar a sua pequena renda vendendo chá; e, para minha surpresa (pois eu já quase abrira mão de meu plano), o meu pai se apegou a ela com toda a energia de um homem de negócios. Acho que ele contou com os ovos antes de a galinha os botar; pois na mesma hora ele calculou os lucros das vendas que ela poderia fazer em Cranford em mais de vinte libras por ano. A pequena sala de jantar seria convertida em uma loja, sem qualquer de suas características degradantes; uma mesa seria o balcão; uma janela deveria permanecer inalterada, e a outra transformada em uma porta de vidro. Eu evidentemente subi no conceito dele por ter apresentado essa boa ideia. Eu só esperava não fôssemos os dois cair na estimativa da Srta. Matty.

Porém, ela ficou paciente e se contentou com todos os nossos arranjos. Ela sabia, ela disse, que nós faríamos o melhor que pudéssemos por ela; e ela só esperava, só estipulava, pagar cada tostão que dissessem que ela poderia dever, por amor ao seu pai, que havia sido tão respeitado em Cranford. Meu pai e eu havíamos concordado em falar o menos possível sobre o Banco; na verdade, não mais mencioná-lo, se pudéssemos evitar. Alguns dos planos eram, evidentemente, um pouco incompreensíveis para ela; mas ela me havia visto suficientemente esnobada de manhã por falta de compreensão para se arriscar a fazer muitas perguntas então; e tudo correu muito bem, com uma esperança da parte dela de que ninguém seria apressado a se casar por sua causa. Quando chegamos à proposta de que ela poderia vender chá, eu pude ver que isso foi um choque para ela; não por conta de qualquer sentimento pessoal de perda de refinamento envolvida, mas apenas por ela não confiar em seus próprios poderes de ação em uma nova área da vida, e timidamente teria preferido um pouquinho mais de privações a quaisquer esforços que ela temia não ser capaz de fazer. Contudo, ao ver que o meu pai estava decidido, ela suspirou e disse que iria tentar; e se não se saísse bem, naturalmente ela poderia desistir. Uma boa coisa em relação a isso era ela não achar que homens comprassem chá; e era de homens, especialmente, que ela sentia medo. Eles tinham modos tão bruscos e barulhentos; e faziam contas e conferiam o troco com tanta rapidez! Ora, se ela pudesse somente vender doces para crianças, ela estava certa de que poderia deixá-las satisfeitas!

Capítulo XV – Um feliz retorno

Antes de eu deixar a Srta. Matty em Cranford, tudo havia sido muito bem arranjado para ela. Até a aprovação da Sra. Jamieson para que ela vendesse chá havia sido obtida. Esse oráculo havia levado alguns dias para ponderar se, ao agir assim, a Srta. Matty iria perder o seu direito aos privilégios da sociedade em Cranford. Eu creio que ela teve uma vontadezinha de mortificar Lady Glenmire com a seguinte decisão que acabou anunciando: ao passo que uma mulher casada assume a posição de seu marido segundo as rígidas regras de precedência, uma mulher não casada conserva a posição ocupada por seu pai. Então, Cranford recebeu a permissão para visitar a Srta. Matty; e, quer com permissão ou não, tencionava visitar Lady Glenmire.

Porém, qual não foi a nossa surpresa — ou nossa consternação — quando soubemos que o Sr. e a *Sra. Hoggins* voltariam na terça-feira seguinte! Sra. Hoggins! Ela abrira mão completamente de seu título, e assim, em um espírito de ousadia, rompera com a aristocracia para se tornar uma Hoggins! Ela, que poderia ter sido chamada de Lady Glenmire até o dia de sua morte! A Sra. Jamieson ficou satisfeita. Ela disse que tal fato tão somente a convencia do que ela sempre soubera desde o início, que a criatura tinha gostos vulgares. Mas "a criatura" aparentava estar muito feliz no domingo, na igreja; tampouco nós consideramos necessário manter o véu abaixado daquele lado das nossas toucas onde o Sr. e a Sra. Hoggins se sentavam, como a Sra. Jamieson fez; e com isso, perdendo toda a glória sorridente do rosto dele, e todos os apropriados rubores no dela. Não sei se Martha e Jem estavam mais radiantes à tarde quando eles, também, apareceram pela primeira vez. A Sra. Jamieson acalmou a turbulência de sua alma mandando abaixar as cortinas de suas janelas, como para um funeral, no dia em que o Sr. e a Sra. Hoggins receberam visitas; e foi com certa dificuldade que ela foi convencida a continuar a assinar o *St. James's Chronicle*, tão indignada ela estava por ele ter publicado o anúncio do casamento.

A venda dos pertences da Srta. Matty correu muito bem. Ela conservou a mobília de sua sala de visitas e quarto de dormir; este ela deveria ocupar até Martha conseguir encontrar um inquilino que quisesse ocupá-lo; e na sala de visitas e no quarto ela precisava amontoar todos os tipos de coisa, que foram (o leiloeiro lhe garantiu) compradas para ela durante a venda por um amigo desconhecido. Sempre suspeitei que a Sra. Fitz-Adam fosse a responsável; mas ela deveria ter tido um cúmplice, que sabia quais peças eram particularmente estimadas pela Srta. Matty devido às suas associações com os seus velhos dias. O resto da casa tinha um ar bastante desnudo, com certeza; todos, exceto um pequenino quarto de dormir, cuja mobília o meu pai me permitiu comprar para meu uso ocasional no caso de uma doença da Srta. Matty.

Eu gastara todas as minhas poucas economias comprando todos os tipos de frutas cristalizadas e de balas, para tentar as pessoinhas a quem a Srta. Matty tanto amava a ir fazer compras com ela. Chá em lustrosas latas verdes, e doces em vasilhas de vidro – a Srta. Matty e eu nos sentimos muito orgulhosas enquanto olhávamos ao nosso redor na tarde antes de a loja ser aberta. Martha havia lustrado o piso de tábuas até ele ficar de uma brancura imaculada, e ele foi enfeitado com um pedaço de linóleo de cor viva, no qual os fregueses deveriam ficar na frente da mesa-balcão. O aposento tinha um bom cheiro de gesso e de cal. Um pequeno "Matilda Jenkyns, com permissão para vender chá" ficava oculto sob o lintel da nova porta, e duas caixas de chá, cheias de inscrições cabalísticas, estavam prontas para derramar o seu conteúdo nas latas.

A Srta. Matty, como eu deveria ter mencionado antes, havia sentido certos escrúpulos de consciência por vender chá quando já havia o Sr. Johnson na cidade, que o incluía entre as suas inúmeras mercadorias; e antes de conseguir se reconciliar com a adoção de seu novo negócio, ela havia trotado até a loja dele, sem eu saber, para lhe contar sobre o projeto que estava sendo concebido, e perguntar se isso possivelmente atrapalharia os negócios dele. Meu pai qualificou essa ideia dela de "rematada tolice" e "ficou se perguntando como os comerciantes iriam prosperar se fosse haver uma contínua consulta sobre os interesses uns dos outros, que iria acabar com toda a competição na mesma hora". E, talvez, isso não desse resultado em Drumble, mas em Cranford foi um sucesso; pois não somente o Sr. Johnson gentilmente tranquilizou todos os escrúpulos da Srta. Matty e o seu temor de prejudicar os negócios dele, mas eu tenho motivos para saber que ele frequentemente lhe mandava fregueses, dizendo que os chás que ele vendia eram do tipo comum, mas que a Srta. Jenkyns tinha todos os tipos mais refinados. E chá caro é um artigo de luxo muito apreciado entre os comerciantes abastados e as esposas dos ricos fazendeiros, que desdenham o Congou e o Souchong prevalente em muitas mesas das melhores famílias, e não consumiriam senão Gunpowder e Pekoe.

Porém, voltando para a Srta. Matty. Foi realmente muito agradável ver como a abnegação e o simples sentimento de justiça da parte dela despertaram as mesmas boas qualidades em outras pessoas. Ela nunca parecia pensar que alguém seria autoritário com ela, porque ela lamentaria tanto fazer isso com os outros. Eu a ouvi encerrar as afirmativas do homem que lhe trazia o carvão dizendo em voz baixa, "Tenho certeza de que o senhor lamentaria me trazer o peso errado"; e se o carvão estava abaixo do peso nessa ocasião, não creio que ele tenha estado de novo. As pessoas teriam sentido tanta vergonha de se aproveitar da boa fé da Srta. Matty quanto teriam sentido ao se aproveitar de uma criança. Mas o meu pai diz, "tal simplicidade poderia ter sido muito bonita em Cranford, mas jamais daria certo no mundo". E suponho que o mundo deva ser muito ruim, pois com todas as suspeitas do meu pai a respeito de cada pessoa com quem ele faz negócios, e apesar de todas as inúmeras precauções dele, ele perdeu mais de mil libras por causa de trapaças somente o ano passado.

Eu só fiquei em Cranford o suficiente para instalar a Srta. Matty em seu novo modo de vida, e para embalar os livros que o pároco havia comprado. Ele havia escrito uma carta muito gentil para a Srta. Matty, dizendo "quão feliz ele se sentiria por entrar na posse de uma biblioteca tão seleta como ele sabia que a do falecido Sr. Jenkyns deveria ter sido, com qualquer preço estipulado por ela". E quando ela concordou com isso, com um toque de alegria pesarosa por eles voltarem para a casa paroquial e serem recolocados nas costumeiras paredes uma vez mais, o pároco escreveu dizendo que receava não ter espaço para todos, e talvez a Srta. Matty fizesse a gentileza de permitir que ele deixasse alguns volumes na prateleira dela. Porém, a Srta. Matty disse que ela possuía a sua Bíblia e o "Dicionário do Johnson", e receava não teria muito tempo para leitura; ainda assim, deixei uns poucos livros com ela, em consideração para com a bondade do pároco.

O dinheiro que ele havia dado, e o alcançado com a venda, foi empregado em parte para comprar o estoque de chá, e uma parte dele foi investida de novo, para o caso de necessidade, ou seja, velhice ou doença. Não era mais que uma pequena soma, é verdade; e ele ocasionou alguns falseamentos da verdade e mentiras inócuas (todos os quais eu considerava muito errados, na verdade – na teoria – e preferiria não ter de colocá-los em prática), pois nós sabíamos que a Srta. Matty ficaria perplexa quanto ao seu dever se ela tivesse notícia de qualquer pequeno fundo de reserva sendo feito para ela enquanto as dívidas do banco permanecessem sem pagar. Além do mais, ninguém lhe contara sobre o modo como os seus amigos estavam contribuindo para pagar suas despesas. Eu gostaria de lhe ter dito isso, mas o mistério dos negócios deu um toque picante à bondade de sua ação de que as senhoras relutavam em abrir mão; e a princípio Martha teve de contornar muitas perguntas perplexas sobre as condições e o dinheiro para viver em tal casa, mas, aos poucos, a prudente intranquilidade da Srta. Matty se transformou em aquiescência com as medidas existentes.

Eu deixei a Srta. Matty animada. Suas vendas de chá durante os dois primeiros dias haviam ultrapassado as minhas mais otimistas previsões. A região toda parecia ter ficado sem chá ao mesmo tempo. A única alteração que eu teria gostado de fazer no modo de a Srta. Matty administrar seus negócios era que ela não instasse com tanta ansiedade alguns de seus fregueses a não comprar chá verde — apresentando-o como um veneno lento, e que com certeza destruía os nervos e produzia todos os tipos de males. A obstinação deles em comprá-lo, apesar de todos os avisos dela, a perturbava tanto que eu realmente pensei que ela abriria mão de vendê-lo, com isso perdendo metade de sua freguesia; e dei tratos à bola buscando exemplos de longevidade atribuídos totalmente ao uso perseverante do chá verde. Mas o argumento final, que decidiu a questão, foi uma oportuna referência feita por mim à gordura de baleia e ao sebo que os Esquimós não apenas apreciam, mas digerem. Depois de reconhecer que "o alimento de um homem pode ser o veneno de outro homem", e se contentando com uma ocasional censura quando ela considerava que o comprador era jovem e inocente demais para ter contato com os maléficos efeitos que o chá verde produzia em alguns organismos, e o habitual suspiro quando pessoas velhas o suficiente para fazer uma escolha mais sensata o preferiam.

Eu ia a Cranford pelo menos uma vez a cada três meses para acertar as contas, e cuidar das necessárias cartas comerciais. E, falando em cartas, comecei a sentir muita vergonha ao me lembrar de minha carta ao Aga Jenkyns, e muito alívio por nunca ter mencionado para ninguém que a escrevera. Eu só esperava que a carta tivesse se perdido. Nenhuma resposta chegou. Nenhum sinal foi dado.

Mais ou menos um ano depois de a Srta. Matty ter começado os negócios, eu recebi um dos hieróglifos de Martha, me pedindo para ir a Cranford o mais rápido possível. Fiquei com medo de a Srta. Matty estar doente e parti naquela mesma tarde, e surpreendi Martha quando ela me viu ao abrir a porta. Nós fomos para a cozinha como de costume, para a nossa conversa particular, e então Martha me disse que estava esperando a sua hora em breve – em uma ou duas semanas; e ela não achava que a Srta. Matty tivesse ciência do fato, e desejava que eu desse a notícia para ela, "pois, na verdade, senhorita!", prosseguiu Martha, chorando histérica, "eu receio que ela não vá aprovar, e com certeza não sei quem vai cuidar dela assim como ela deve ser cuidada quando eu estiver de cama".

Eu consolei Martha dizendo-lhe que ficaria lá até ela estar bem de novo, e somente desejava que ela tivesse me contado a razão desse chamado súbito, pois então eu teria levado a quantidade necessária de roupas. Porém, Martha estava tão lacrimosa e sensível, e tão diferente de seu comportamento habitual, que eu falei o mínimo possível sobre mim, e me esforcei para consolá-la de todos os prováveis e possíveis infortúnios que se avolumavam em sua imaginação.

Então saí de mansinho pela porta da casa, e apareci como se fosse uma freguesa na loja, apenas para surpreender a Srta. Matty, e também ter ideia de como ela se encontrava em sua nova posição. Era um dia quente de maio, então apenas a pequena meia-porta estava fechada; e a Srta. Matty sentava-se atrás do balcão, tricotando um elaborado par de ligas; elaboradas elas me pareciam, mas os pontos difíceis não era um problema para ela, pois ela cantarolava em voz baixa para si mesma enquanto as suas agulhas se moviam rapidamente. Eu digo cantarolava, mas arrisco-me dizer que um músico não usaria essa palavra para designar o murmúrio dissonante, e ainda assim doce, da voz meiga e desgastada. Eu descobri por meio das palavras, muito mais do que pela tentativa de cantar, que era a versão musicada do Salmo 100 que ela cantarolava para si mesma; mas o som baixo e contínuo indicava alegria, e me ocasionou um sentimento agradável, enquanto eu ficava na rua do lado de fora da porta, em harmonia com aquela cálida manhã de maio. Entrei. A princípio, ela não viu quem era, e se levantou como se fosse me atender; mas em mais um minuto a vigilante gatinha havia agarrado o tricô, que fora derrubado na alegria ansiosa ao me ver. Descobri, depois de termos conversado, que era exatamente como Martha dissera, e que a Srta. Matty não tinha ideia do acontecimento doméstico vindouro. Então, achei que deveria deixar que as coisas seguissem o seu rumo, na certeza de que quando eu me aproximasse dela com o bebê nos braços, conseguiria o perdão para Martha, o perdão que ela estava, desnecessariamente nervosa, acreditando que a Srta. Matty não concederia, supondo que o novo reivindicante requereria atenções de sua mãe que seriam uma feia traição à Srta. Matty conceder.

Mas eu tinha razão. Acho que deve ser uma qualidade hereditária, pois meu pai diz que ele raramente está errado. Certa manhã, uma semana depois de eu ter chegado, fui ver a Srta. Matty com um embrulhinho de flanela nos braços. Ela ficou muito espantada quando eu lhe mostrei o que era, e pediu os seus óculos, que estavam na mesinha de cabeceira, e olhou, curiosa, com um tipo de espanto comovido a minúscula perfeição de todas as partes. Ela não conseguia afastar a ideia de surpresa o dia todo, e andava nas pontas dos pés e ficou muito quieta. Mas ela foi de mansinho ver Martha, e as duas choraram de alegria, e ela iniciou um discurso enaltecedor para Jem, e não sabia como terminá-lo, e só foi salva de seu dilema pelo som do sino da loja, que foi igualmente um alívio para o tímido, orgulhoso e honesto Jem, que apertou a minha mão com tanta força quando eu o cumprimentei, que creio ainda sentir a dor do aperto.

Eu tive uma vida atarefada enquanto Martha estava na dieta. Eu cuidava da Srta. Matty, e preparava as refeições dela; eu fazia as suas contas e examinava como estavam as suas latas e vasilhas. Eu a ajudava também, de vez em quando, na loja; e não me causava pouca diversão, e às vezes um pouquinho de intranquilidade, observar como ela se portava. Se uma criancinha entrasse para pedir quinze gramas de confeitos de amêndoa (e quatro dos maiores que a Srta. Matty vendia já correspondiam ao peso), ela sempre acrescentava mais um para "arredondar o peso", como ela dizia, embora o ponteiro da balança estivesse bem além da marca; e quando eu a censurava por isso, a resposta dela era, "As criaturinhas gostam tanto disso!". Não adiantava dizer-lhe que o quinto confeito pesava quase dez gramas, e transformava toda venda em uma perda para os negócios dela. Então eu rememorei o chá verde, e a fiz provar o seu próprio remédio amargo. Eu lhe disse quão pouco saudáveis os confeitos de amêndoa eram, e como um excesso deles poderia deixar as criancinhas doentes. Esse argumento surtiu certo efeito; pois, dali em diante, em vez do quinto confeito, ela sempre lhes dizia para estender a palma da mãozinha, na qual ela colocava ou balas de menta ou de gengibre, como uma prevenção contra os perigos que poderiam decorrer da venda anterior. De modo geral, o comércio de balas conduzido com base nesses princípios não prometia ser lucrativo; mas senti-me feliz ao ver que a Srta. Matty ganhara mais de vinte libras durante o ano anterior com suas vendas de chá; e, além do mais, que estando agora estava acostumada com a loja, ela apreciava o serviço, que a fazia ter um relacionamento amistoso com muitas das pessoas das vizinhanças. Se ela arredondava o peso para elas, elas, por sua vez, traziam muitas lembrancinhas dos campos para a "filha do antigo pároco": um queijo, alguns ovos recém-postos, um pouquinho de frutas frescas e maduras, um buquê de flores. O balcão às vezes ficava cheio desses presentes, como ela me disse.

Quanto a Cranford de modo geral, a cidadezinha continuava a viver do mesmo modo. A desavença Jamieson e Hoggins ainda existia, se ela pudesse ser chamada de desavença, quando somente um lado se importava muito com a situação. O Sr. e a Sra. Hoggins estavam muito felizes juntos e, assim como a maior parte das pessoas muito felizes, muito prontos para ser bastante amistosos; na verdade, a Sra. Hoggins realmente desejava voltar a ter as boas graças da Sra. Jamieson, devido à amizade anterior. Mas a Sra. Jamieson considerava a felicidade do casal um insulto à família Glenmire, à qual ela ainda tinha a honra de pertencer, e obstinadamente recusava e rejeitava quaisquer tentativas de contato. O Sr. Mulliner, como um fiel membro do clã, adotava o ponto de vista de sua patroa com fervor. Se ele visse ou o Sr. ou a Sra. Hoggins, ele atravessava a rua, e aparentaria estar absorto na contemplação da vida de modo geral, e de seu trajeto em particular, até ter passado por eles. A Srta. Pole costumava se divertir imaginando o que a Sra. Jamieson faria se ou ela ou o Sr. Mulliner, ou qualquer pessoa de sua casa ficasse doente; ela dificilmente teria a coragem de chamar o Sr. Hoggins depois do modo como havia se comportado com o casal. A Srta. Pole ficou muito impaciente esperando que qualquer indisposição ou acidente acontecesse com a Sra. Jamieson ou um de seus serviçais, de modo que Cranford pudesse ver como ela agiria nessas circunstâncias desconcertantes.

Martha estava começando a assumir suas tarefas de novo, e eu já havia fixado um fim, não muito distante, para a minha visita, quando certa tarde, enquanto estava sentada na sala-loja com a Srta. Matty – eu me lembro de que o tempo estava mais frio então do que estivera em maio, três semanas antes, e estávamos com a lareira acesa e mantínhamos a porta totalmente fechada – nós vimos um cavalheiro passar lentamente pela janela, e então se postar na frente da porta, como se procurasse a placa que nós havíamos tão cuidadosamente escondido. Ele pegou um lornhão e a ficou procurando por algum tempo antes de conseguir descobri-la. Então, entrou. E, de repente, se me ocorreu que ele era o próprio Aga! Pois as suas roupas tinham um toque estrangeiro e diferente, e o seu rosto era bem moreno, como se queimado e requeimado pelo sol. Sua tez contrastava de modo estranho com os abundantes cabelos brancos como a neve, seus olhos eram escuros e penetrantes, e ele tinha um modo estranho de fechá-los e de preguear as faces em inúmeras rugas quando olhava atentamente para os objetos. Ele agiu assim em relação à Srta. Matty quando entrou. Seu olhar havia em primeiro lugar me observado e se detido em mim por uns instantes, mas então se voltou, com aquela peculiar expressão inquisidora que eu descrevi, para a Srta. Matty. Ela estava um bocadinho agitada e nervosa, mas não mais do que sempre ficava quando qualquer homem entrasse em sua loja. Ela achava que ele provavelmente teria uma nota promissória, ou no mínimo um soberano, para o qual ela teria de dar o troco, o que era uma operação que ela não gostava de fazer. Mas aquele freguês ficou na frente dela, sem pedir nada, apenas olhando-a fixamente enquanto tamborilava com os dedos na mesa, exatamente como a Srta. Jenkyns costumava fazer. A Srta. Matty estava a ponto de lhe perguntar o que ele desejava (como ela me disse depois), quando ele se voltou abruptamente para mim:

— O seu nome é Mary Smith?

— Sim! — eu disse.

Todas as minhas dúvidas quanto à identidade dele foram dissipadas, e eu só me perguntava o que ele iria dizer ou fazer em seguida, e como a Srta. Matty enfrentaria o alegre choque do que ele tinha a revelar. Aparentemente, ele não sabia como se apresentar, pois finalmente ficou olhando ao redor procurando algo para comprar, como se para ganhar tempo; e, casualmente, os seus olhos se detiveram nos confeitos de amêndoa, e ele pediu, ousado, meio quilo "dessas coisas". Duvido que a Srta. Matty tivesse meio quilo deles na loja; e, além da pouco costumeira magnitude do pedido, ela ficou perturbada com a ideia da indigestão que eles produziriam, se consumidos em tais quantidades ilimitadas. Ela ergueu o olhar para admoestar. Algo da tranquilidade relaxada no rosto dele atingiu o coração dela. Ela disse:

— É o... oh, senhor! O senhor é o Peter? — e tremia da cabeça aos pés. Em um instante ele havia contornado a mesa e a abraçara, soluçando com os lamentos sem lágrimas da velhice. Eu trouxe para ela um copo de vinho, pois, na verdade, ela empalidecera tanto a ponto de me assustar, e ao Sr. Peter também. Ele ficava dizendo, "Eu fui abrupto demais para você, Matty... Eu fui, minha menininha."

Eu propus que ela fosse na mesma hora para a sala de estar e se deitasse no sofá. Ela olhou, melancólica, para o irmão, cujas mãos ela segurava com muita força, mesmo quando estivera a ponto de desmaiar; mas ele lhe garantindo que não sairia de perto dela, ela permitiu que ele a levasse para o andar de cima.

Eu achei que a melhor coisa a fazer seria ir correndo colocar a chaleira no fogo para preparar o chá mais cedo, e então cuidar da loja, deixando que irmão e irmã conversassem muitas das inúmeras coisas que eles deveriam ter a dizer. Eu também tinha de dar a notícia para Martha, que a recebeu com um rompante de lágrimas que quase me contagiou. Ela se recobrou para perguntar se eu tinha certeza de que era o irmão da Srta. Matty, pois eu mencionara que ele tinha cabelos grisalhos, e ela sempre havia ouvido que ele era um moço muito bem-apessoado. Preocupação semelhante deixou a Srta. Matty perplexa na hora do chá, quando ela estava acomodada na grande cadeira preguiçosa do lado oposto ao do Sr. Jenkyns, para puder contemplá-lo. Ela mal conseguia beber o chá, por ficar olhando o irmão; e quanto a comer, não era nem para se cogitar.

– Suponho que os climas quentes envelheçam as pessoas rapidamente – ela disse, quase com si mesma. – Quando você partiu de Cranford, não tinha um fio de cabelo grisalho em sua cabeça.

– Mas há quantos anos isso aconteceu? – disse o Sr. Peter, sorrindo.

– Ah, é verdade! Suponho que você e eu estejamos envelhecendo. Mas, ainda assim, não pensava que fôssemos tão velhos! Mas os cabelos brancos lhe caem muito bem, Peter – ela continuou, um pouquinho temerosa caso ela o tivesse magoado revelando-lhe como a aparência dele a impressionara.

– Suponho que eu tenha me esquecido das datas também, Matty, pois o que você acha que eu trouxe para você lá da Índia? Tenho um vestido de musselina indiana e um colar de pérolas para você em algum lugar das minhas bagagens lá em Portsmouth. – Ele sorriu, como se se divertisse com a ideia da incongruência entre os seus presentes e a aparência de sua irmã; porém, ela não se deu conta disso na hora, mas da elegância dos presentes, sim. Eu pude perceber que, por um instante, a imaginação dela se deteve, complacente, na ideia de ela se paramentar desse modo; e, instintivamente, ela levou a mão à garganta – aquela garganta pequena e delicada que (conforme me dissera a Srta. Pole) havia sido um de seus encantos juvenis; mas a mão tocou as dobras da macia musselina em que ela sempre se envolvia até o queixo, e a sensação despertou a ideia da inadequação de um colar de pérolas para a idade dela. Ela disse:

– Receio estar um pouco envelhecida; mas foi muita gentileza sua pensar nisso. Os dois são exatamente o que eu teria apreciado anos atrás... quando eu era jovem.

– Eu também achei, minha pequena Matty. Lembrei-me de seus gostos; eles eram tão parecidos com os da minha querida mãe. – À menção desse nome, irmão e irmã se deram as mãos com ternura ainda maior; e, embora estivessem perfeitamente em silêncio, eu imaginei que eles poderiam ter algo a dizer se não estivessem contidos pela minha presença, e me levantei para arrumar o meu quarto para que o Sr. Peter o ocupasse naquela noite, tencionando eu própria dividir a cama com a Srta. Matty. Mas, quando eu me movi, ele se levantou.

– Tenho de ir e reservar um quarto no George Inn. minha mala está lá também.

– Não! – disse a Srta. Matty, muito agitada. – Você não deve ir; por favor, caro Peter... por favor, Mary... oh! você não deve ir!

Ela estava tão agitada que nós dois prometemos tudo que ela queria. Peter sentou-se de novo e estendeu-lhe a mão; que ela, para maior segurança, manteve entre as suas, e eu saí da sala para fazer os meus arranjos.

Por muito, muito tempo durante a madrugada, e por muito, muito tempo de manhã, a Srta. Matty e eu conversamos. Tantas coisas ela queria me contar da vida e das aventuras de seu irmão, que ele havia lhe contado enquanto os dois sentavam-se a sós. Ela disse que tudo estava absolutamente claro para ela; mas eu nunca entendi muito bem a história toda; e quando, depois de alguns dias eu havia deixado de sentir certo temor do Sr. Peter o suficiente para fazer-lhe perguntas, ele riu de minha curiosidade, e me contou histórias que soavam tão parecidas com as do Barão de Münchhausen, que eu tive a certeza de que ele estava zombando de mim. O que eu soube por intermédio da Srta. Matty era que ele havia sido um voluntário no cerco de Rangoon; tinha sido feito prisioneiro pelos birmaneses; e de algum modo conquistado a estima e finalmente a liberdade por saber como fazer uma sangria no chefe da pequena tribo no caso de uma doença perigosa; que, ao ser solto depois de anos de cativeiro, suas cartas para a Inglaterra lhe haviam sido devolvidas com a agourenta palavra "Morto" escrita nelas; e, crendo ser o último de sua raça, havia se estabelecido como plantador de anileira, e se propusera a passar o resto de sua vida no país com cujos habitantes e modo de vida ele havia se habituado; quando minha carta chegara às mãos dele, e, com a estranha veemência que o caracterizava na velhice como caracterizara na juventude, ele havia vendido suas terras e todas as suas posses ao primeiro comprador, e voltara para casa para a pobre e velha irmã, que estava mais feliz e mais rica do que qualquer princesa quando ela o olhava. Ela conversou comigo até eu finalmente adormecer, e então fui acordada por um ligeiro rumor à porta, pelo qual ela se desculpou enquanto se deitava silenciosamente na cama; mas parecia que quando eu não fui mais capaz de confirmar a crença dela de que o irmão de há tanto perdido estava realmente ali – sob o mesmo teto – ela havia começado a temer que fosse apenas um devaneio diurno dela; que nunca tinha havido um Peter sentado ao seu lado durante toda aquela abençoada noite – mas que o verdadeiro Peter jazia morto, muito longe, sob alguma tempestuosa onda do mar, ou sob alguma estranha árvore oriental. E tão forte esse seu sentimento nervoso havia ficado que ela tivera de se levantar e ir e se convencer de que ele realmente estava lá ouvindo através da porta a respiração regular e ritmada dele – não gosto de qualificá-la como ronco, mas eu a ouvi através de duas portas fechadas – e, finalmente, essa respiração tranquilizou a Srta. Matty até ela adormecer.

Não creio que o Sr. Peter tenha voltado da Índia tão rico quanto um nababo; ele até se considerava pobre, mas nem ele nem a Srta. Matty se importavam muito com isso. De qualquer modo, ele tinha o bastante para viver "com muito refinamento" em Cranford; ele e a Srta. Matty, juntos. E um ou dois dias depois da chegada dele, a loja foi fechada, enquanto bandos de crianças esperavam, rejubiladas, pela chuva de confeitos e de balas que, de tempos em tempos, caía sobre seus rostos enquanto elas ficavam olhando para o alto, para as janelas da sala de estar da Srta. Matty. De vez em quando, a Srta. Matty lhes dizia (parcialmente escondida pelas cortinas), "Minhas queridas crianças, não comam até ficarem doentes", mas um braço forte a puxava para trás, e uma chuva mais sonora do que antes acontecia. Uma parte do chá foi mandada de presente para as senhoras de Cranford; e parte dele foi distribuída entre as pessoas de idade que se lembravam do Sr. Peter nos dias de sua juventude folgazã. O vestido de musselina indiana foi reservado para a querida Flora Gordon (a filha da Srta. Jessie Brown). Os Gordons tinham estado no Continente nos últimos anos, mas esperava-se a volta deles em breve; e a Srta. Matty, em seu orgulho fraterno, antecipava grande deleite na alegria de mostrar-lhes o Sr. Peter. O colar de pérolas desapareceu; e, mais ou menos na mesma época, muitos presentes bonitos e úteis fizeram a sua entrada nas casas da Srta. Pole e da Sra. Forrester, e alguns ornamentos indianos raros e delicados adornavam as salas de estar da Sra. Jamieson e da Sra. Fitz-Adam. Eu não fui esquecida. Entre outras coisas, eu ganhei a melhor e mais bem encadernada edição das obras do Dr. Johnson que se poderia encontrar, e a querida Srta. Matty, com lágrimas nos olhos, me pediu que a considerasse um presente de sua irmã, bem como dela própria. Resumindo, ninguém foi esquecido; e, o mais importante, todos, por mais humildes, que tinham sido bondosos para com a Srta. Matty em qualquer ocasião, poderiam ter a certeza do cordial apreço do Sr. Peter.

Capítulo XVI – "Paz para Cranford"

Não foi uma surpresa o Sr. Peter se tornar tão estimado em Cranford. As senhoras competiam umas com as outras para ver quem deveria admirá-lo mais; e não é de se admirar, pois a vida tranquila delas foi espantosamente agitada pela chegada da Índia – sobretudo por a pessoa que chegara ter contado mais histórias maravilhosas do que Sindbad, o Marujo; e, como observou a Srta. Pole, era uma noite tão boa como as Mil e Uma em qualquer ocasião. De minha parte, eu havia transitado a minha vida toda entre Drumble e Cranford, e achava bem possível que todas as histórias do Sr. Peter pudessem ser verdadeiras, embora maravilhosas; mas quando descobri que, se aceitássemos um relato de tolerável magnitude em uma semana, nós recebíamos uma dose consideravelmente aumentada na seguinte, comecei a ter as minhas dúvidas; principalmente por eu ter percebido que quando sua irmã estava presente, os relatos sobre a vida indiana eram relativamente contidos; não que ela soubesse mais do que nós, talvez menos. Eu percebi também que quando o pároco vinha fazer uma visita, o Sr. Peter falava de modo diferente sobre os países em que havia estado. Mas não creio que as senhoras em Cranford o tivessem considerado um viajante tão maravilhoso se elas o tivessem ouvido falar apenas com os modos tranquilos com que ele falava com o pároco. Elas o apreciavam mais, na verdade, por ser o que elas chamavam de "tão Oriental".

Certo dia, em uma reunião seleta em honra dele, oferecida pela Srta. Pole, e da qual, como a Sra. Jamieson a honrou com a sua presença, e até havia oferecido o Sr. Mulliner para servir como mordomo, o Sr. e a Sra. Hoggins foram obrigatoriamente excluídos – certo dia, na casa da Srta. Pole, o Sr. Peter disse que estava cansado de ficar sentado com as costas eretas apoiadas no encosto duro de cadeiras desconfortáveis, e perguntou se ele poderia se dar ao luxo de sentar-se de pernas cruzadas. O consentimento da Srta. Pole foi dado na mesma hora, e lá foi ele para o chão, na maior seriedade. Mas quando a Srta. Pole me perguntou, em um sussurro audível, "se ele não me fazia pensar no Pai de muitas nações?", eu não pude deixar de pensar no pobre Simon Jones, o alfaiate aleijado, e enquanto a Sra. Jamieson falava com vagar sobre a elegância e a conveniência da atitude, lembrei-me de como nós todas havíamos seguido o exemplo dessa senhora ao condenar o Sr. Hoggins por ser vulgar porque ele simplesmente cruzava as pernas enquanto sentava-se imóvel em sua cadeira. Muitos dos costumes do Sr. Peter para comer eram um pouquinho estranhos para as senhoras, como a Srta. Pole e a Srta. Matty e a Sra. Jamieson, sobretudo quando eu me recordei das ervilhas deixadas sem comer e dos garfos com dois dentes no jantar do pobre do Sr. Holbrook.

A menção do nome desse senhor me traz à mente uma conversa entre o Sr. Peter e a Srta. Matty uma noite no verão depois da volta dele a Cranford. O dia havia sido muito quente, e a Srta. Matty estivera muito abatida por causa do tempo, com cujo calor o irmão dela se deleitava. Eu me lembro de que ela não havia sido capaz de cuidar do bebê de Martha, o que, nos últimos tempos, havia se transformado em sua ocupação favorita, e o bebê se sentia tão confortável nos braços dela como nos braços da mãe, enquanto continuasse a ter pouco peso, podendo ser carregado por alguém tão frágil quanto a Srta. Matty. Nesse dia a que me refiro, a Srta. Matty tinha a aparência mais fraca e lânguida que de costume, e apenas se reanimou quando o sol se pôs, e o seu sofá foi levado para junto da janela aberta, através da qual, embora a janela se abrisse para a principal rua de Cranford, o aroma fragrante dos campos de feno das vizinhanças entrava de tempos em tempos, trazido pelas brisas suaves que agitavam o ar parado do pôr do sol estival, e então morriam. O silêncio da atmosfera abafada se perdia em meio aos murmúrios de vozes provenientes de muitas janelas e portas abertas; até as crianças estavam na rua, tarde como era (entre dez e onze horas), se deliciando com as brincadeiras para as quais elas não tinham tido ânimo durante o calor do dia. Era uma fonte de satisfação para a Srta. Matty ver quão poucas velas estavam acesas, até nos aposentos daquelas casas das quais surgiam os maiores sinais de vida. O Sr. Peter, a Srta. Matty e eu tínhamos estado em silêncio, cada qual com seu devaneio particular, por um tempinho, quando o Sr. Peter começou a falar:

— Sabe, minha pequena Matty, eu poderia ter jurado que você estava a caminho do matrimônio quando eu parti da Inglaterra naquela última vez! Se alguém tivesse me dito que você teria vivido e morrido como uma velha solteirona então, eu teria dado risada na cara da pessoa.

A Srta. Matty não respondeu, e eu tentei em vão pensar em algum assunto que virasse o rumo conversa;

mas eu estava muito perplexa; e antes de eu falar ele prosseguiu:

— Era Holbrook, aquele camarada simpático e honesto que morava em Woodley, que, eu costumava pensar, levaria embora a minha pequena Matty. Você não diria isso agora, eu me arrisco a dizer, Mary, mas esta minha irmã foi, outrora, uma bela moça... pelo menos, eu achava, e penso que o Holbrook também. Mas a troco de que ele tinha de morrer antes de eu voltar para casa para lhe agradecer por toda a gentileza dele para com um menino inútil como eu era? Foi isso que me fez pensar pela primeira vez que ele se importava com você; pois em todas as nossas saídas para pescar era Matty, Matty, sobre o que nós falávamos. Pobre Deborah! Mas que sermão ela me passou por tê-lo convidado para o almoço em casa certo dia, quando ela havia visto a carruagem dos Arley na cidade, e achava que milady poderia fazer uma visita. Bem, isso foi há tantos anos; mais do que metade de uma vida inteira!, e, no entanto, parece que foi ontem! Eu não conheço um camarada de quem eu tivesse gostado mais como cunhado. Você deve não ter jogado bem as suas cartas, minha pequena Matty, de um modo ou outro... queria que o seu irmão fosse um bom alcoviteiro, hã, irmãzinha? — disse ele, estendendo uma das mãos para segurar a dela, enquanto ela estava deitada no sofá. — Ora, mas o que é isso? Você está tremendo e tiritando, Matty, com essa estúpida janela aberta. Feche-a, Mary, agora mesmo!

Eu a fechei, e então me inclinei para beijar a Srta. Matty, e ver se ela realmente estava enregelada. Ela segurou a minha mão, e a apertou com força — mas de modo inconsciente, creio — pois em um ou dois minutos ela falou conosco com a sua voz costumeira, e dissipou nossa intranquilidade com um sorriso, embora pacientemente se submetesse às prescrições que nós fizemos de uma cama quente e um cálice de negus fraco. Eu deveria partir de Cranford no dia seguinte, e antes de partir me certifiquei de que todos os efeitos da janela aberta tivessem sumido. Eu havia supervisionado a maior parte das alterações necessárias na casa e nos serviços domésticos durante as últimas semanas de minha permanência. A loja era uma vez mais uma sala; os cômodos vazios e cheios de ecos novamente mobiliados até o sótão.

Tinha havido uma discussão a respeito de estabelecer Martha e Jem em outra casa, mas a Srta. Matty não queria nem ouvir falar disso. Na verdade, eu nunca a vi tão veemente como quando a Srta. Pole havia suposto que esse era o arranjo mais desejável. Enquanto Martha ficasse com a Srta. Matty, a Srta. Matty apenas poderia se sentir muito grata por tê-la ao seu lado; sim, e Jem também, que era um homem muito simpático para se ter na casa, pois ela nunca o via do começo de uma semana ao começo da outra. E quanto às prováveis crianças, se todas elas fossem umas queridinhas como a sua afilhada, Matilda, ela não se importaria com a quantidade, se Martha não se importasse. Além do mais, a próxima deveria se chamar Deborah – um ponto em que a Srta. Matty, com relutância, cedera à obstinada determinação de Martha de que a sua primogênita deveria ser Matilda. Então, a Srta. Pole teve de diminuir a força do ataque, e até o tom da sua voz, enquanto ela me dizia que, como o Sr. e a Sra. Hearn ainda deveriam continuar a morar na mesma casa com a Srta. Matty, nós certamente havíamos agido bem ao contratar a sobrinha de Martha como ajudante.

Eu deixei a Srta. Matty e o Sr. Peter muito confortáveis e felizes; o único tema a lamentar para o coração gentil dela e a natureza social e amistosa dele sendo a lamentável briga entre a Sra. Jamieson e os plebeus Hogginses e seus amigos. Em tom de brincadeira, eu profetizei um dia que a situação perduraria apenas até que a Sra. Jamieson ou o Sr. Mulliner estivessem doentes, e nesse caso eles ficariam muito felizes por serem amigos do Sr. Hoggins; porém, a Srta. Matty não apreciou que eu antecipasse doenças com tanta leviandade, e antes de o ano ter passado tudo havia se resolvido do modo mais satisfatório.

Recebi duas cartas de Cranford em uma promissora manhã de outubro. Tanto a Srta. Pole quanto a Srta. Matty me escreviam para me convidar para ir e encontrar os Gordons, que haviam retornado à Inglaterra vivos e muito bem com dois filhos, agora quase crescidos. A cara Jessie Brown conservara a sua antiga natureza gentil, embora tivesse mudado de nome e de posição social; e escrevia para dizer que ela e o Major Gordon esperavam estar em Cranford no dia quatorze, e ela esperava e desejava ser relembrada à Sra. Jamieson (citada em primeiro lugar, como convinha à sua posição honrosa), à Srta. Pole e Srta. Matty – e ela poderia um dia se esquecer da bondade das duas para com o pobre pai e a pobre irmã dela? – e a Sra. Forrester, o Sr. Hoggins (e neste ponto surgia de novo uma alusão à gentileza mostrada para com os mortos há tanto tempo), a nova esposa dele, que, como tal, deveria permitir que a Sra. Gordon desejasse conhecê-la, e que era, além do mais, uma antiga amizade escocesa de seu marido. Resumindo, todos foram nomeados, do pároco – que havia sido nomeado para Cranford no período entre a morte do Capitão Brown e o casamento da Srta. Jessie, e estava então associado a esse acontecimento – até a Srta. Betty Barker. Todos foram convidados para o almoço; todos com exceção da

Sra. Fitz-Adam, que havia ido morar em Cranford depois da época da Srta. Jessie Brown, e a quem eu encontrei bastante deprimida por causa da omissão. As pessoas se espantaram com o fato de a Srta. Betty Barker ser incluída na honrosa lista; mas, como disse a Srta. Pole, nós tínhamos de nos lembrar do descaso para com os aspectos mais refinados da vida em que o pobre capitão havia educado as suas filhas, e por causa dele nós engolíamos o nosso orgulho; na verdade, a Sra. Jamieson encarou a situação como um elogio, ao colocar a Srta. Betty (antes camareira *dela*) no mesmo nível "daqueles Hogginses".

Porém, quando cheguei a Cranford, nada ainda fora declarado quanto às intenções da própria Sra. Jamieson; iria a honrada senhora à reunião, ou não iria? O Sr. Peter declarou que ela deveria ir, e iria; a Srta. Pole balançou a cabeça e duvidou. Porém, o Sr. Peter era um homem habilidoso. Em primeiro lugar, ele persuadiu a Srta. Matty a escrever para a Sra. Gordon, e lhe falar da existência da Sra. Fitz-Adam, e pedir-lhe que alguém tão gentil, e cordial e generosa, pudesse ser incluída no agradável convite. Uma resposta veio no correio seguinte, com um delicado bilhete para a Sra. Fitz-Adam, e um pedido para que a Srta. Matty o entregasse pessoalmente e explicasse a omissão anterior. A Sra. Fitz-Adam ficou muitíssimo satisfeita, e agradeceu à Srta. Matty inúmeras vezes. O Sr. Peter havia dito, "Deixem a Sra. Jamieson comigo"; e nós o fizemos; principalmente porque não sabíamos de nada que pudéssemos fazer para alterar a decisão dela uma vez tomada.

Eu não sabia, tampouco a Srta. Matty, em que pé a situação se encontrava, até a Srta. Pole me perguntar, exatamente um dia antes da chegada da Sra. Gordon, se eu achava que havia algo entre o Sr. Peter e a Sra.

Jamieson no tocante a matrimônio, pois a Sra. Jamieson realmente iria ao almoço no "George Inn". Ela havia enviado o Sr. Mulliner para solicitar que houvesse um escabelo colocado junto do assento mais quente no cômodo, já que ela tencionava ir, e sabia que as cadeiras deles eram bem altas. A Srta. Pole havia ouvido essa notícia e, com base nela, conjecturara todos os tipos de coisas, e se lamentou ainda mais. "Se Peter se casasse, o que aconteceria com a pobrezinha da Srta. Matty? E a Sra. Jamieson, dentre todas as pessoas!". A Srta. Pole parecia pensar que houvesse outras senhoras em Cranford que dariam mais crédito à escolha dele, e creio que ela deveria ter alguma senhora solteira em mente, pois ficava falando, "Era tamanha falta de consideração, por parte de uma viúva, pensar nisso".

Quando voltei para a casa da Srta. Matty, realmente comecei a pensar que o Sr. Peter poderia estar pensando na Sra. Jamieson como esposa, e fiquei tão infeliz com a ideia quanto a Srta. Pole. Ele estava com o esboço de uma grande placa em sua mão. "Signor Brunoni, Mágico do Rei de Delhi, do Rajá de Oude, e do grande Lama do Tibete", &c. &c., iria "se apresentar em Cranford por uma única noite" – exatamente na noite seguinte; e a Srta. Matty, exultante, mostrou-me uma carta dos Gordons, prometendo ficar para participar dessa efeméride, o que a Srta. Matty disse ser obra única e exclusiva de Peter. Ele havia escrito pedindo ao Signor que viesse, e pagaria todas as despesas da ocasião. As entradas deveriam ser enviadas de graça para quantas pessoas pudessem ser acomodadas no salão. Resumindo, a Srta. Matty estava encantada com o plano, e disse que no dia seguinte Cranford a faria pensar na Guilda de Preston, na qual ela comparecera em sua juventude – um almoço no

"George Inn", com os prezados Gordons, e o Signor na Sala de Reuniões à noite. Mas eu – eu apenas olhei para as palavras fatais:

"*Com o patrocínio da* HONORÁVEL SRA. JAMIESON."

Ela, então, fora escolhida para ser a patrocinadora desse entretenimento do Sr. Peter; ela talvez fosse assumir o lugar da minha cara Srta. Matty no coração dele, e tornar a vida dela solitária uma vez mais! Eu não conseguia antecipar o dia vindouro com prazer; e todas as inocentes expectativas da Srta. Matty somente serviam para aumentar o meu aborrecimento.

E assim, com raiva e irritada, e exagerando quaisquer pequenos incidentes que poderiam aumentar a minha irritação, eu continuei até estarmos todos reunidos no grande salão no "George Inn". O Major e a Sra. Gordon e a bela Flora e o Sr. Ludovic estavam todos tão animados e belos e amistosos quanto possível; mas eu mal conseguia dar-lhes atenção por ficar observando o Sr. Peter, e vi que a Srta. Pole estava igualmente ocupada. Eu nunca havia visto a Sra. Jamieson tão animada e alegre antes; o seu rosto parecia cheio de interesse pelo que o Sr. Peter estava dizendo. Eu me aproximei para escutar. Meu alívio foi grande quando entreouvi que as palavras dele não eram de amor, mas que, apesar do seu rosto sério, ele estava pregando as suas velhas peças. Ele estava lhe contando sobre as suas viagens na Índia, e descrevendo a incrível altura das montanhas do Himalaia: uma menção depois da outra aumentava o tamanho delas, e cada qual excedia a outra em disparate; contudo, a Sra. Jamieson realmente apreciava tudo com toda a boa fé. Suponho que ela precisasse de fortes estímulos para incitá-la a sair de sua apatia. O Sr. Peter finalizou o seu relato dizendo que, é claro, naquela altitude não havia nenhum dos animais que são encontrados nas regiões mais baixas; a caça – tudo era diferente. Atirando um dia em uma ave, ele ficara muito consternado quando ela caiu, ao descobrir que havia atirado em um querubim! O Sr. Peter flagrou o meu olhar nesse momento, e me piscou com ar tão divertido, que eu tive a certeza de que ele não pensava na Sra. Jamieson como esposa na época. Ela ficou estranhamente surpresa:

– Mas, Sr. Peter, atirar em um querubim... o senhor não acha... receio que tenha sido sacrilégio!

O Sr. Peter fez uma cara séria em um instante e pareceu estar chocado com a ideia, que, como ele disse com muita honestidade, fora-lhe apresentada pela primeira vez; mas a Sra. Jamieson deveria recordar que ele vivera por um bom tempo entre selvagens – todos eles pagãos – alguns deles, ele receava, fossem Não-conformistas. Então, vendo a Srta. Matty se aproximar, ele apressadamente mudou de assunto, e depois de uns momentos, voltando-se para mim, ele disse:

– Não fique chocada, minha formal e pequena Mary, com todas as minhas histórias maravilhosas; eu considero a Sra. Jamieson uma presa fácil; e, além do mais, estou inclinado a lisonjeá-la, e o primeiro passo na direção disso é mantê-la bem desperta. Eu a subornei para vir aqui lhe pedindo que me permitisse ter o nome dela como patrocinadora do meu pobre prestidigitador nesta noite; e não quero lhe dar tempo suficiente para aumentar o seu rancor contra os Hogginses, que estão chegando. Quero que todos sejam amigos, pois perturba tanto Matty ouvir falar dessas brigas. Eu vou agir de novo logo em seguida, então você não precisa ficar chocada. Eu tenciono entrar na Sala de Reunião com a Sra. Jamieson de um lado, e milady, a Sra. Hoggins, do outro. Veja se eu não faço isso.

De um modo ou de outro ele o fez; e conseguiu fazê-las conversar. O Major e a Sra. Gordon auxiliaram na boa ação com a sua perfeita ignorância de qualquer frieza entre quaisquer habitantes de Cranford.

Desde esse dia predomina a antiga sociabilidade amistosa em Cranford; pela qual me sinto grata, por causa do amor que a minha cara Srta. Matty tem pela paz e pela gentileza. Todos nós amamos a Srta. Matty, e de algum modo creio que todos somos melhores quando ela está perto de nós.

DIREÇÃO
Martin Claret

PRODUÇÃO EDITORIAL
Carolina Marani Lima
Giovana Quadrotti

CAPA
Allora

TRADUÇÃO
Solange Pinheiro

REVISÃO
Lenita Maria Rimoli Pisetta

IMPRESSÃO
Bartira Gráfica

Dados Internacionais de Catalogação na Publicação (CIP)
(Câmara Brasileira do Livro, SP, Brasil)

Gaskell, Elizabeth Cleghorn, 1810-1865.
Cranford / Elizabeth Cleghorn Gaskell; tradução: Solange Pinheiro. São Paulo: Martin Claret, 2024.

Título original: *Cranford*.

I. Ficção inglesa I. Título.

ISBN: 978-65-5910-295-2

24-206926 CDD-823

Índices para catálogo sistemático:

1. Ficção: Literatura inglesa 823
Cibele Maria Dias Bibliotecária CRB-8/9427

EDITORA MARTIN CLARET LTDA.
Rua Alegrete, 62 CEP: 01254-010 São Paulo, SP
Tel.: (11) 3672-8144
Impresso 2025